KB163804

전쟁과 평화 I

일러두기

- 이 책은 Leo Tolstoy, Trans. Maude, Louise and Maude, Aylmer 『*War and Peace*』(Project Gutenberg, 2001)와 프랑스어판인 traduit par Henri Mongault, 『*La Guerre et la Paix*』, (Bibliothèque de la Pléiade, Gallimard, Paris, 1952)를 참고했습니다.

Война и мир

전쟁과 평화 I

톨스토이 지음

레프 톨스토이의 사진

1908년 러시아 남부 툴라 근처에 있는 자신의 영지 야스나야 폴랴나에서 찍은 사진이다. 그는 백작의 지위를 가진 귀족 출신이었으나 농민의 소박한 삶과 생각에 깊은 관심과 애정을 보였다. 자작나무와 떡갈나무가 우거진 영지 야스나야 폴랴나는 톨스토이가 태어난 곳이면서 동시에 그의 문학적, 사상적 원천의 장소였다. 그는 러시아 개혁을 부르짖은 지식인들을 소재로 한 소설 『데카브리스트』를 구상하다가 데카브리스트가 나폴레옹 군대의 침입에 맞선 러시아 대중의 후손임을 깨닫고, 러시아 역사상 가장 중요한 전쟁인 '조국 전쟁'에 집중하게 된다. 이러한 배경에서 『전쟁과 평화』가 탄생했다.

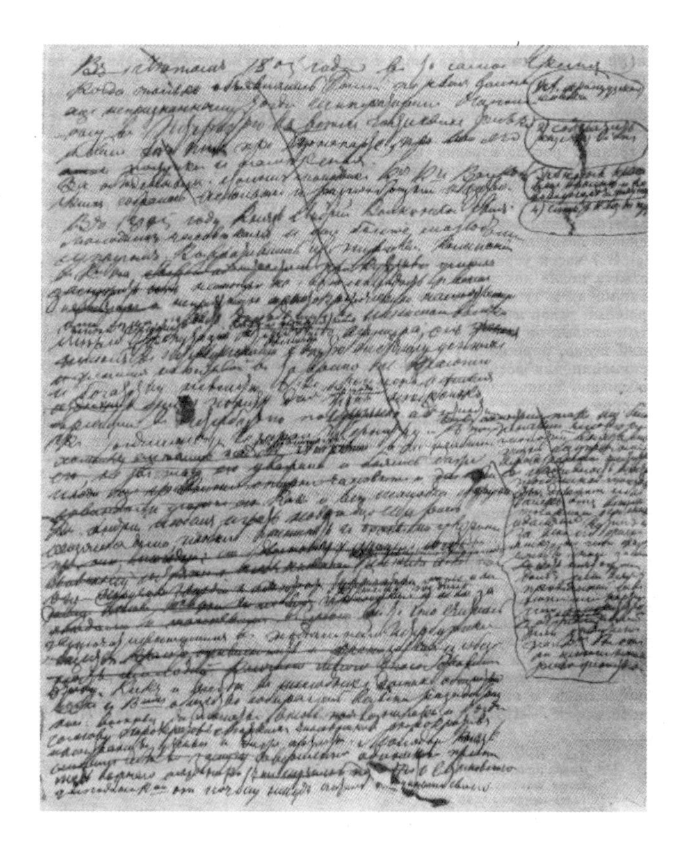

초고가 적힌 톨스토이의 노트

톨스토이는 『전쟁과 평화』를 1863년부터 집필하기 시작했다. 잡지에 연재되기 시작했을 때는 『1805년』이라는 제목이었으나, 1866년에 제2부를 발표하면서부터 지금의 제목으로 바뀌었다. 제목에서 평화로 해석된 '미르(мир)'는 세계, 우주, 평온, 화해와 같은 뜻의 낱말로, 이러한 의미를 넘어 세상이나 사회 등 인간의 삶 전체까지도 내포한다. 때문에 '전쟁'과 대립되는 '평화'뿐 아니라, 전쟁의 참상을 겪은 인간이 어떻게 새로운 삶과 사회로 나아가는가에 관한 주제까지도 포함하는 제목으로 해석할 수 있다.

「**보로디노 전투** Бородинское сражение」

프랑스의 장군이자 화가인 루이 프랑수아 르젠이 1812년에 그린 작품이다. 1812년 9월 7일 러시아 모스크바의 서쪽 보로디노 마을 근처에서 벌어진 나폴레옹 격퇴 전쟁은 러시아에서는 '조국 전쟁'이라고 일컬어진다. 새벽부터 밤까지 이어진 전투는 결국 프랑스의 승리로 끝났으나 양측 모두 막대한 사상자가 발생한 치열한 전투였다. 나폴레옹은 후에 이 싸움을 두고 '생애 가장 힘들었던 전투'였다고 회고할 정도였다. 러시아의 수많은 예술가가 조국 전쟁에서 모티프를 얻어 예술 작품을 남겼는데, 톨스토이의 『전쟁과 평화』가 바로 그 대표작이다.

세르게이 프로코피예프와 오페라 〈전쟁과 평화〉

세르게이 프로코피예프는 현대 러시아의 대표적인 작곡가 중 한 사람이다. 그는 톨스토이의 『전쟁과 평화』를 바탕으로 1941년부터 1952년까지 10년에 걸쳐 오페라를 만들었다. 오페라를 작업할 당시 그는 스탈린 정부로부터 갖은 압박을 받았다. 전쟁 장면마다 애국심을 부풀려야 한다는 권고를 받았으며, 무대공연에서 의상이나 배경을 모두 금지당하는 등 결국 생전에는 제대로 공연되지 못했다. 1955년 상트페테르부르크에서 완전한 작품으로 초연되었다. 그의 오페라는 1973년 완공된 시드니 오페라 하우스에서 처음으로 공연된 작품이기도 하다.

전쟁과 평화 I 차례

제1부

제2부

제3부

제4부

제5부

제6부

제7부

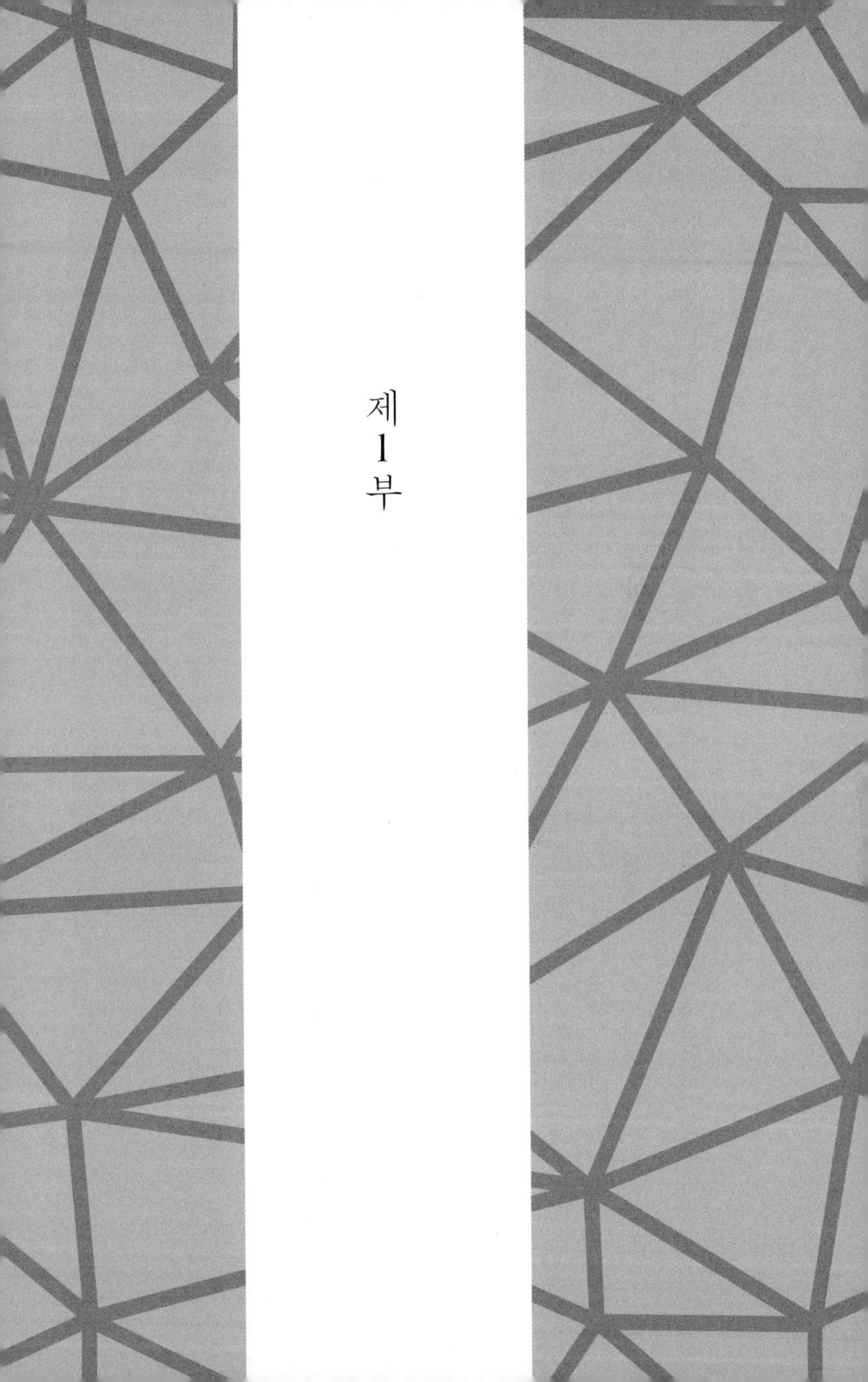

제 1 부

제1장

"자, 보세요. 공작님, 제가 뭐라고 했어요? 제노바와 루카도 나폴레옹 보나파르트 집안의 영토가 되어버렸어요. 미리 선언하지만 만일 당신이 계속 전쟁 같은 건 없다고 말씀하시거나 보나파르트의 그런 식의 반 그리스도적인 잔인한 행태들을 더 이상 묵과하신다면 당신과 절교할 거예요. 그렇게 되면 당신은 더 이상 내 친구도 아니고, 당신이 입버릇처럼 말하듯 제 충실한 노예도 아니에요. 어쨌든 잘 오셨어요. 제 말에 놀라신 것 같군요. 어서 앉아서 소식을 좀 들려주세요."

1805년 7월, 황태후 마리아 표도로브나가 총애하는 시녀인 안나 파블로브나 셰레르가 자기 집에 제일 먼저 도착한 바실리 쿠라긴 공작에게 말했다.

오늘 아침 황실의 제복을 입은 하인이 다음과 같은 내용이 적힌 초대장을 곳곳에 돌렸던 것이다.

> 백작님, 혹은 공작님, 만약 특별한 볼일이 없으시다면, 또한 이 불쌍한 환자와 저녁 시간을 함께 보내는 것이 언짢지 않으시다면, 오늘 저녁 7시부터 10시까지 저와 함께 지내주시기를 간절히 바랍니다.
>
> 안나 셰레르

그녀는 인플루엔자에 걸려 기침을 심하게 하고 있었기에 스스로 환자라 칭한 것이다.

"어휴, 정말 공격이 심하시네요." 공작은 그런 접대에 익숙해 있다는 듯 조금도 당황하는 기색 없이 대답했다. 그는 번들번들 빛나는 대머리를 앞으로 내밀어 그녀의 손에 입을 맞춘 뒤 유유히 소파에 앉으며 말했다.

"암튼 저는 무엇보다 당신의 건강이 어떤지 궁금합니다." 그는 정중한 어조로 그녀에게 말했다. 하지만 그의 틀에 박힌 인사 속에는 일종의 조롱기와 무관심이 어려 있었다.

"마음이 이렇게 괴로운데 어떻게 건강할 수 있겠어요?"

그녀는 마흔의 나이에 걸맞지 않게 활기와 열정이 넘치는 어조로 말했다. 실제로 그녀는 사교계에서 정열적인 여인으로 알려져 있었다. 바실리 공작은 늘 그렇듯, 진부한 역할을 연기하는 배우처럼 심드렁하고 느린 어투였다. 바실리 공작이 정치에 대해 이런저런 이야기를 전하는 도중 안나가 갑자기 발끈 열을 올렸다.

"아, 오스트리아 이야기는 하지 마세요. 제가 잘 모르는지 모르지만 오스트리아는 결코 전쟁을 원치 않아요. 우리를 배신한 거예요. 러시아만이 유럽을 해방시킬 수 있어요. 우리의 선량하시고 너그러우신 황제 폐하의 눈앞에 위대한 역할이 놓여 있는 거예요. 폐하는 히드라와 같은 그 괴물을 틀림없이 퇴치하실 거예요. 영국도 그렇고 프러시아도 믿을 수 없어요. 다들 발뺌하고 있잖아요. 제가 믿는 것은 오로지 하느님과, 우리 황제 폐하의 고결한 운명뿐이에요. 황제 폐하는 유럽의 구세주예요."

공작은 빙그레 웃으며 그녀의 말을 받았다.

"아, 당신이 프러시아 왕을 설득하는 사절로 파견되었더라면 프러시아가 프랑스 공격에 나섰을 텐데! 당신은 정말 열정이 대단한 뛰어난 웅변가예요. 그건 그렇고……, 차 한 잔 주실 수 있겠습니까?"

"네, 곧 드리지요. 그런데 오늘 아주 흥미로운 두 분이 오실 거예요. 한 분은 프랑스 명문가 출신 망명객인 모르트마르 자작이고 또 한 분은 모리오 주교예요. 아주 지혜로운 분으로, 얼마 전 황제 폐하를 알현한 분이에요. 알고 계시지요?"

"아, 정말 반가운 사람들이군요. 아 참, 그런데……." 공작은 무심결에 뭔가 생각났다는 듯 짐짓 시큰둥한 어조로 덧붙였다. 하지만 그가 이제부터 말하려는 것이 그가 오늘 이곳에 온 주목적임이 분명했다. "황태후께서 푼케 남작을 빈의 일등 서기관으로 임명하려 하신다는 게 사실입니까? 정말 별 볼 일 없는 사람인데……."

바실리 공작은 바로 자기 아들을 그 자리에 앉히려는 생각을 하고 있었다. 안나 파블로브나는 눈길을 지그시 낮추었다. 황태후가 그 누구를 마음에 들어하건 탐탁지 않게 여기건 자기를 비롯해 그 누구도 왈가왈부할 수 없다는 뜻이었다. 그녀는 마치 혼잣말을 하듯 말 뒤끝을 흐리면서 조용히 말했다.

"암튼 푼케 남작은 황태후 폐하의 언니께서 직접 추천하신 분이니까요……."

공작은 무심한 듯 잠자코 있었다. 공작이 그 이야기를 꺼낸 이유를 능히 짐작한 안나가 그를 책망하는 동시에 위로하기 위해 말을 꺼냈다.

"공작님의 가족 이야기를 좀 하지요. 공작님도 아시겠지만 따님이 사교계에 나온 이래 찬탄의 대상이 되고 있는 거 아시지요? 모두들 정말 너무 아름답다고들 해요."

공작은 존경과 감사의 표시로 고개를 꾸벅 숙였다.

안나는 잠깐 입을 다물었다가 공작에게 바싹 다가앉으며 계속 말했다. 정치나 사교계 이야기는 이제 그만하고 속내 이야기를 나누자는 것 같았다.

"저는 인생의 행복이 사람에 따라 참 불공평하게 나뉜다고늘 생각하고 있어요. 예컨대, 운명은 왜 공작님께는 그렇게 매력적인 자식들을 주신 걸까요? 하지만 둘째 아드님인 아나톨리는 예외예요. 저는 그분을 좋아하지 않아요. 모두들 그 사람을 좋아하지 않는다는 이야기가 황태후님의 귀에까지도 들어간 모양이에요."

"전들 어떻게 하겠습니까? 아나톨리 그놈은 성질이 거칠지요. 맏이 이폴리트는 얌전하긴 하지만 바보인 건 마찬가지고요. 두 놈 다 제게는 십자가처럼 무거운 짐입니다."

그는 체념한 듯 입을 다물었다. 안나가 잠시 생각에 잠겼다가 다시 입을 열었다.

"공작님, 혹시 아나톨리를 장가보내겠다는 생각은 해본 적이 없으세요? 저 같은 노처녀는 사람들을 결혼시키려고 안달하는 병을 앓고 있다고들 하지만 저는 그런 병에 걸릴 약골이 아니에요. 하지만 제 눈에 딱 띄는 처녀가 한 명 있어요. 실은 제 친척뻘인 볼콘스키 공작의 딸이에요. 당신도 아시겠지만 볼콘스키 공작은 엄청난 부자예요. 현명하긴 하지만 좀 성격이 괴팍하고 까다로운 사람이고 구두쇠예요. 그 불쌍한 처녀는 그런 아버지 곁에서 돌처럼 불행하게 지내고 있어요. 안드레이라는 오빠가 한 명 있는데 최근에 리자 마이넨과 결혼했어요. 쿠투조프 장군의 부관으로 있지요. 오늘 이곳에 올 거예요."

"제발, 안네트……." 공작은 안나의 손을 잡으며 말했다. "제발, 그 일을 성사시켜주십시오. 저는 영원히 당신의 충실한 노예가 되겠습니다. 집안도 좋은 데다 돈도 많으니 제게 꼭 맞는 며느릿감입니다."

"좋아요. 오늘 저녁에라도 볼콘스키 공작의 며느리인 리자 볼콘스키 부인에게 말해보겠어요. 알게 뭐예요? 일이 잘될지! 당신 집안을 위해 노처녀의 솜씨를 한번 발휘해보지요."

얼마 지나지 않아 안나 파블로브나의 살롱에는 차츰차츰 사람들이 들어차기 시작했다. 비록 나이와 성격은 다르더라도 모두 러시아의 수도 페테르부르크에서 내로라하는 상류층 사람들이었다. 그중에 가장 눈에 띄는 여자는 바실리 공작의 딸인 엘렌이었다. 야회복 차림의 그녀는 눈부시게 아름다웠다. 이어서 페테르부르크에서 가장 매력적인 부인 중의 한 명으로 알려져 있는 안드레이 볼콘스키의 부인 리자도 왔다. 지난해 겨울에 결혼한 그녀는 임신 중이어서 규모가 큰 정식 사교계 만찬에는 참석을 자제하고 있었지만 조촐한 야회에는 아직 얼굴을 내밀고 있었다. 몸집이 작은 그녀는 누구에게나 귀엽게 보였으며 대화를 나누는 상대방을 즐겁고 행복하게 만들었다. 그녀는 소박한 옷차림에 손에는 뜨개질감을 들고 있었다. 곧이어 바실리 공작의 큰아들인 이폴리트가 도착했고 뒤이어 도착한 모르트마르 자작을 그가 여러 사람에게 소개했다. 얼마 지나지 않아 모리오 주교를 비롯해 여러 사람이 속속 도착했다.

리자의 뒤를 이어 몸집이 크고 건장한 사내 한 명이 살롱으로 들어섰다. 안경을 걸치고 있었으며 당시 유행하고 있는 밝은 빛깔의 바지를 입고 넥타이를 매고 있었으며 프록코트를 걸치고 있었다. 그는 예카테리나 여제 시대에 큰 위세를 떨쳤지만 지금은 사경을 헤매고 있는 베주호프 백작의 사생아인 피에르였다. 그는 줄곧 외국에서 교육을 받다가 최근에 귀국했기에 사교계에 얼굴은 내민 것은 이번이 처음이었다. 안나는 그를 이 야회에서 가장 신분이 낮은 사람 취급하며 맞았다. 그의 태생 때문이었다. 그런데 그와 동시에 그녀의 얼굴에는 어쩐지 불안과 두려움이 뒤섞인 야릇한 표정이 떠올랐다. 그녀 자신도 그 이유를 알 수 없었지만 어쩌면 다른 사람들과 확연히 구분되는 그의 시선 때문인지도 몰랐다. 그의 시선은 영리한 듯하면서 수줍어하는 것 같았으며 그 무언가 관찰하는 것 같으면서도 동시에 너무 자연스러웠다.

사람들이 모두 모이자 안나가 주최한 야회는 무르익어갔다. 이윽고 각자 마음에 맞는 사람들끼리 모여 이야기를 나누기 시작했다. 바실리 공작의 딸인 엘렌과 젊은 볼콘스키 공작 부인 리자는 처음에는 젊은 사람들과 무리를 지어 이야기를 나누었다. 그런데 모르트마르 자작 및 비슷한 연배의 사람들과 이야기를 나누고 있던 안나가 엘렌에게 자기들 쪽으로 오지 않겠냐고 청했고 엘렌은 생긋 웃으며 몸을 일으켰다. 그녀는 포동포동한 어깨, 당시 유행대로 한껏 드러낸 아름다운 가슴과 등의 곡선을 마음껏 감상할 특권을 사람들에게 주기라도 하듯, 모든 사람의 시선을 한 몸에 받으며 사뿐사뿐 안나에게로 다가왔다.

하얀 야회복을 입은 그녀는 정말 아름다웠다. 하지만 그녀는 절대로 교태를 부리지 않았으며 오히려 자신의 완벽한 아름다움을 거북해하는 것 같기도 했다. 그녀는 마치 자기의 아름다움을 감추고 싶었지만 뜻대로 되지 않는 것처럼, 그 아름다움이 빛을 발했다.

엘렌은 모르트마르 자작과 안나 곁에 앉았고 곧이어 리자도 그쪽으로 와서 합석했다. 바실리 공작의 맏아들인 이폴리트도 안락의자를 가져와 그녀 바로 곁에 앉았다.

이폴리트는 누이 엘렌과 놀랄 정도로 닮은 얼굴이었다. 하지만 동시에 전혀 닮지 않은 얼굴이기도 했다. 엘렌은 미녀 중의 미녀였지만 놀랍게도 그녀와 닮은 그는 혐오감을 주었다. 어떻게 그런 일이 가능한지 어안이 벙벙할 정도였다. 비슷한 생김새의 얼굴에 미련함이라는 안개가 덮여 있는 것 같았으며 누이의 생기발랄한 얼굴과는 달리 무뚝뚝하기 그지없는 표정인 데다가 잔뜩 오만상을 찌푸리고 있었다. 하지만 미남인 것은 분명했다.

엘렌과 리자가 합석하자 모르트마르 자작은 나폴레옹의 연애담을 중심으로 그를 맹렬히 비난했고 여자들은 모두 흥미진진하게 귀를 기울였다.

그때였다. 새로운 인물이 살롱으로 들어섰다. 바로 볼콘스키 집안의 젊은 안드레이 공작, 즉 리자의 남편이었다. 그는 키가 별로 크지 않은 미남이었다. 하지만 어딘가 권태에 사로잡힌 듯한 표정이며 걸음걸이가 그의 부인과는 영 딴판이었다. 그는 살롱에 있는 사람들 거의 모두와 안면이 있었지만 마치 이들과 마주치는 것에 염증을 느끼는 것 같은 표정이었으며 특히 귀여운 아내의 얼굴에 가장 싫증을 내는 것 같았다. 그는 아내의 눈길을 피한 채 안나의 손에 입을 맞춘 뒤 좌중을 둘러보았다.

"듣자 하니 전쟁에 나갈 생각이라고요?" 안나가 안드레이에게 물었다.

"쿠투조프 장군께서 저를 부관으로 삼고 싶어하십니다."

"그렇다면 부인은?"

"시골로 가서 지내야겠지요."

"아니, 우리에게서 이토록 매혹적인 부인을 빼앗아가겠다는 건가요? 부끄러운 줄 알아야 해요."

안드레이는 그 말에는 일언반구도 없이 고개를 돌려버렸다. 그러자 그가 살롱에 들어설 때부터 그에게서 눈길을 떼고 있지 않던 피에르가 그에게 다가와 그의 손을 잡았다. 안드레이는 고개도 돌리지 않은 채, 누군가 자기 손을 잡는 자를 향한 불쾌감을 숨김없이 드러냈다. 하지만 미소 짓고 있는 피에르의 얼굴을 알아보자 대뜸 상냥한 미소를 지으며 반색했다.

"아니, 자네도 드디어 사교계에 진출했군!"

"당신이 올 줄 알고 온 겁니다. 당신 집에 한번 들러도 괜찮겠지요?" 피에르는 아직 이야기에 열을 올리고 있는 자작에게 방해가 되지 않으려는 듯 나지막이 말했다.

"아니, 안 되겠는걸." 인드레이는 웃으며 말했다. 그는 입으로는 그렇게 말했지만 피에르의 두 손을 꽉 쥐면서 새삼스럽게 뭐 그런 걸 물어보냐는 식의 응낙의 뜻을 전했다. 그때 바실리 공작이 자리에서 일어나며 안나에게 말했다.

"이거 죄송합니다. 영국 공사 집에서 축하연이 있어서 딸년과 가봐야겠습니다. 실은 딸년은 저와 함께 거기 가려고 온 겁니다. 이렇게 즐거운 자리를 뒤로하고 떠나려니 정말 서운하군요."

그러자 엘렌이 자리에서 일어나 한 손으로 옷자락을 잡은 채 늘어선 의자 사이를 걸어 나갔다. 피에르는 황홀함과 두려움이 뒤섞인 표정으로 그녀를 바라보았다.

"정말 아름답군!" 안드레이 공작이 말했다.

"그렇죠?" 피에르가 대답했다.

바실리 공작이 피에르의 곁을 지나면서 그의 손을 잡더니 안나를 향해 말했다.

"제발, 이 곰을 좀 교육시켜주십시오. 우리 곁에 머문 지 한 달이나 되었는데 사교계에서 보는 건 오늘이 처음입니다. 재치 있는 여성들의 사교 모임만큼 젊은이들 교육에 유익한 게 있나요?"

안나는 생긋 웃으며 그러겠다고 약속했다. 그녀는 피에르의 아버지 베주호프 백작이 바실리 공작과 먼 친척뻘이라는 것을 알고 있었다.

바실리 공작이 딸 엘렌과 함께 밖으로 나가려는 순간 한 중년 부인이 허겁지겁 그의 뒤를 따라 나왔다. 뭔가 불안한 기색이 역력했다.

"공작님, 우리 보리스 일 좀 어떻게 잘 봐주실 수 있겠어요? 공작님이 폐하께 한 마디만 해주셔도 그 애는 근위대에 들어갈 수 있을 거예요."

그녀는 안나 미하일로브나 드루베스카야 공작 부인으로서 과부였다. 그녀는 러시아 명문 집안 출신이지만 이제는 완전히 몰락해서 사교계에서 자취를 감춘 지 오래되었다. 그러나 아들 일을 부탁하려고 정식으로 초대받지도 않은 자리에 모습을 드러낸 것이었다. 바실리 공작은 양심의 가책상 그녀의 청을 거절하기 어려웠다. 그가 관리 생활 첫발을 내디딜 때 그녀 아버지의 도움을 받았기 때문이다. 그가 부인에게 말했다. 거드름을 피우는 태도가 역력했다.

"폐하께 직접 말씀드리기는 어려운데……, 다른 사람에게 부탁을 해보시는 게……."

안나 공작 부인은 간절한 눈길로 통사정을 하자 그가 마지못하다는 투로 말했다.

"어렵긴 해도 제가 애를 써보지요. 그래요, 무슨 수를 써서라도 아드님을 근위대에 넣어드리겠습니다. 약속합니다."

그는 안나 공작 부인을 안심시킨 후 밖으로 나갔다.

바실리 공작이 나간 뒤 모르트마르 자작과 안나, 안드레이, 피에르 사이에 나폴레옹 보나파르트를 두고 열띤 이야기가 이어졌다. 모두 나폴레옹을 악마 같은 찬탈자 취급하는 것은 당연했다.

"만일 보나파르트가 앞으로 1년 동안 더 제위에 머물러 있게 되면." 망명 자작 모르트마르가 말했다. "이미 사태는 수습할 수 없는 지경이 되어버릴 것입니다. 프랑스 상류사회에는 온갖 음모, 폭력, 추방이 횡행할 것이며 그것은 곧 프랑스 상류사회의

붕괴를 뜻합니다."

그의 말을 듣고 피에르가 관심이 있는 듯 뭔가 한마디하려 했으나 안나가 얼른 그를 가로막고 말했다. 그가 무슨 주책없는 말이라도 할까봐 걱정이 되었던 것이다.

"우리 러시아 황제 폐하께서는 프랑스 국민들 스스로 자신의 정체(政體)를 선택할 권리를 그들에게 준다고 선언하셨어요. 프랑스는 그 압제자, 찬탈자의 손에서 벗어나기만 하면 그들의 정당한 왕의 품 안으로 뛰어들게 될 거예요."

그녀는 왕당파의 일원인 자작에게 아첨하듯 말했다. 그러자 안드레이 공작이 입을 열었다.

"그럴 가능성은 희박합니다. 이제 너무 앞으로 나가버려 과거로 되돌린다는 건 어려울 것입니다."

그러자 피에르가 한 발 앞으로 나서며 얼른 입을 열었다.

"벌써 귀족들 대부분은 나폴레옹 편이 되었다는데요."

"그건 보나파르트파들이 하는 소리예요!" 자작이 피에르를 바라보지도 않고 큰소리로 외쳤다. "지금 프랑스 내 여론이 어떤지 아는 건 불가능에 가까워요. 게다가 나폴레옹이 앙기앙 공을 살해한 뒤에는, 그를 열렬히 숭배하던 자들도 이제 더 이상 그를 영웅으로 보고 있지 않습니다."

그러자 피에르가 다시 이야기에 끼어들었다. 미처 안나가 말릴 틈도 없었다.

"앙기앙 공의 처형은 정치적으로 불가피한 일이었습니다. 나폴레옹은 그 행동의 책임을 모두 자기가 지겠다고 말함으로써 그의 영혼이 위대하다는 것을 만천하에 보여주었습니다."

"어머나, 맙소사!" 안나가 두려운 듯 중얼거렸다.

"어머, 피에르 씨! 살인자에게서 위대한 영혼을 발견할 수 있다는 말씀이시군요." 리자 공작 부인이 일감을 끌어당기면서 웃음 띤 얼굴로 말했다.

모두들 놀란 듯 여기저기서 웅성거리는 소리가 들렸다. 하지만 피에르는 아랑곳하지 않고, 나폴레옹은 공공의 행복을 위해 한 사람의 목숨 앞에서 머뭇거릴 수 없었다, 그는 시민의 권리, 언론 및 출판의 자유를 시민들에게 주기 위해 실권을 장악한 것이다, 그는 혁명이 무엇인가를 완벽히 이해하고, 혁명이 남용되는 것을 막은 인물이다 라며 나폴레옹을 여전히 큰 소리로 옹호했다.

이어서 자작과 피에르 사이에 설전이 벌어졌다. 그 와중에 안드레이는 싱글거리는 얼굴로 때로는 피에르를, 때로는 자작을 번갈아 쳐다보았다.

결국 안나가 나서서 피에르를 공격했고 이폴리트와 리자까지 나서서 나폴레옹을 비난하자 피에르는 사람들을 둘러보며 멋쩍은 듯 웃었다. 이제까지의 무뚝뚝한 표정은 어디론가 사라지고 마치 어린애처럼 선량한 표정으로 사람들에게 용서를 비는 것 같은 모습이었다. 자작은 이 과격한 공화파가 자신이 뱉어내는 말만큼 그다지 무서운 인간은 아니라는 느낌을 받았다.

일제히 피에르를 향해 공격적 질문을 퍼부었던 사람들도 그의 표정을 보고 모두 입을 다물었다. 그러자 안드레이가 나서서 말했다.

"아니, 이 사람 혼자 일시에 여러분에게 어떻게 대답할 수 있겠습니까? 어쨌든 한 개인으로서의 나폴레옹의 행동과 황제로서의 행동은 구분해서 평가해야 한다고 봅니다. 한 인간으로서 훌륭한 행동도 많이 했지만 도무지 변명의 여지가 없는 행동도 많이 했지요. 자, 이제 그 이야기는 그만하지요."

그는 피에르를 돕기 위해 나선 것이었다. 이후 화제는 자질구레하고 무의미한 잡담으로 이어졌다.

제2장

그날 밤, 안드레이 공작의 서재에서 피에르와 안드레이가 대화를 나누고 있었다. 안나의 집을 나서면서 안드레이가 피에르에게 자기에게 오늘 밤 한번 들르라고 말했던 것이다.

"자네, 마드무아젤 셰레르 집에서 도대체 무슨 짓을 한 건가? 그 양반, 분명히 앓아누울 거야. 이봐, 아무 데서나 자기 생각을 있는 그대로 드러내면 안 되는 법이야." 안드레이가 피에르에게 가볍게 핀잔조로 말한 후 물었다. "그건 그렇고 뭐 결심한 게 있나? 근위병이 될 거야, 아니면 외교관이 될 거야?"

"아직 아무것도 모르겠어요! 어떤 것도 선뜻 마음이 내키지 않아요."

"하지만 어느 것이건 결정해야 해. 자네 아버지께서 기다리고 계시지 않은가."

피에르는 열 살 때 가정교사를 맡은 신부와 함께 외국에 나가서 스물다섯 살까지 머물렀다. 그가 모스크바로 돌아왔을 때 그의 아버지 베주호프 백작이 가정교사를 해고한 뒤 그에게 말했다.

"이제 페테르부르크로 가서 네가 직접 보고 할 일을 택해라. 뭘 하든 찬성하마. 여기 바실리 공작에게 보내는 편지와 돈이 있다. 연락 자주 해라. 언제든 도움을 줄 테니……."

페테르부르크로 온 뒤 피에르는 벌써 석 달째 할 만한 일을 찾았으나 아직 결정하지 못한 상태였다.

"자네 근위 기병대에 가본 적은 있나?" 안드레이가 물었다.

"아뇨, 아직 가보지 않았습니다. 한 가지 걸리는 게 있어서요. 당신께 물어보고 싶어요. 지금 러시아가 나폴레옹을 상대로 전쟁 중이잖아요. 자유를 위한 싸움이라면 나는 누구보다 먼저 입대했을 겁니다. 하지만 영국과 오스트리아를 돕기 위해 지금 이 세상 최고 위인을 상대로 싸운다는 건 좀……, 그건 옳지 않은 일이거든요."

안드레이는 어린애처럼 천진한 이 말에 그냥 어깨를 한 번 으쓱했을 뿐이었다. 그는 그런 순진한 생각에 진지하게 대답할 길이 없어 그냥 간단하게 말했다.

"순전히 자기 신념 때문에만 싸워야 한다면 이 세상에 전쟁은 없을 거야."

"그럴 수만 있다면 얼마나 좋겠어요."

"그래, 그렇다면 좋겠지. 하지만 그런 일은 결코 있을 수가 없단 말이야." 안드레이가 웃으며 말했다.

"그렇다면 우리가 전쟁터에 나가는 이유가 뭐지요?"

"이유? 나도 몰라! 가야 하니까! 그리고 내가 거기 가는 이유는……." 그가 말을 맺듯 말했다. "이곳에서의 생활이 내 적성에 맞지 않아서야!"

그때 옆방에서 여자 옷자락 스치는 소리가 났다. 그 소리에 조금 전까지 생기가 돌던 안드레이의 표정이 안나의 살롱에서 보였던 것과 같은 표정으로 바뀌었다. 잠시 후 공작 부인 리자가 서재로 들어왔다.

그녀는 평소의 습관대로 프랑스어로 말했다.

"무슨 논쟁을 하고 계셨어요? 피에르, 당신은 논쟁을 좋아하는 것 같아요."

"논쟁이라면 논쟁이랄 수도 있겠네요." 피에르가 자세를 고치며 대답했다. "저는 부군께서 왜 전쟁에 나가려는지 도무지 알 수가 없거든요."

공작 부인은 자신도 모르게 몸을 떨었다. 피에르의 말이 그녀의 정곡을 찔렀던 것이다.

"제가 저이에게 하고 싶은 말도 바로 그거예요. 저는 정말이지, 남자들은 왜 전쟁 없이는 살아갈 수 없다는 건지 이해할 수가 없어요."

피에르는 안드레이를 쳐다보았다. 그는 안드레이가 아내의 말을 탐탁지 않게 생각한다는 것을 그 표정을 보고 알았다. 그가 안드레이에게 물었다.

"언제 떠나실 건가요?"

"아, 제발 언제 떠나느니 하는 이야기는 하지 말아주세요. 여보, 저는 정말 무서워요." 리자가 애원조로 말했다.

"여보, 뭐가 그렇게 무섭다는 거지? 도무지 알 수가 없군."

"저것 좀 봐! 남자들은 다 저렇다니까! 정말 이기주의자야! 전부 다 이기주의자들이야! 무슨 변덕이 들었는지 갑자기 나를 내팽개치고 혼자 시골에 처박아두려 하고 있다니까!"

"당신 시아버님과 시누이가 함께 있잖아."

"마찬가지예요. 친구들이 없으니 혼자 있는 거랑 똑같아요.

그런데도 그냥 얌전히 가만있으란 말이에요?"

그녀의 말투는 어느새 불평으로 바뀌어 있었다. 그녀는 자신이 임신한 몸이라는 사실도 말하고 싶었을 것이다. 하지만 피에르 앞이라서 꾹 참았다.

"아무튼 나는 모르겠소. 뭐가 그렇게 무섭다는 건지. 그나저나 의사가 당신 잠자리에 일찍 들라고 하지 않았소? 그만 가서 자도록 해요."

부인은 울상을 지었다.

"여보, 당신 너무 변했어요. 왜 그렇게 된 거지요? 제가 뭘 잘못했나요? 아니, 전쟁터로 떠나겠다면서 혼자 남을 제 생각은 조금도 하지 않다니요! 아, 대체 무엇 때문이지요?"

"여보, 제발 그만두지 못해!"

그 자리에 그대로 앉아 있기가 거북해진 피에르가 엉거주춤 자리에서 일어나며 이만 실례하겠다고 부부에게 인사를 했다. 그러자 안드레이가 피에르에게 말했다.

"아니, 그대로 있게. 내 아내는 좋은 사람이야. 이 밤에 자네와 함께 이야기를 나누는 즐거움을 내게서 빼앗아가지는 않을 거야."

"아아, 저이는 자기 생각밖에 안 해요. 나를 어린아이나 병자

취급하고…….” 리자가 거의 노여움에 가까운 투로 울먹이듯 말했다.

“여보!” 안드레이가 이제 더 이상 참을 수 없다는 듯 목소리를 높였다. 그러자 리자의 얼굴이 두려운 표정으로 변했다. 그 얼굴은 평소보다 더 매혹적이었으며 동정심을 불러일으킬 만했다. 그녀는 다소곳한 표정으로 남편의 이마에 입을 맞추었다. 안드레이는 “잘 자요, 여보”라고 말하며 아내의 손에 입을 맞추었다.

리자가 나간 후 두 사내는 잠시 동안 말이 없었다.

“우리 식당으로 가서 밤참을 좀 들지.” 안드레이가 말했고, 둘은 식당으로 들어갔다. 크리스털, 은그릇, 깨끗한 식기 등 모든 것에서 신혼살림에서 흔히 느낄 수 있는 신선함이 풍겨 나왔다.

식사 도중 안드레이가 그 무언가 마음먹고 있던 이야기를 기어이 하고야 말겠다는 듯, 약간 신경질적인 표정을 지으며 입을 열었다. 피에르는 안드레이에게서 그런 표정을 이전에는 본 적이 없었다.

“이보게 내, 충고 하나 하지. 자네가 하고 싶은 일을 다 하기 전까지는, 그리고 자네가 선택한 여자를 이제 더 이상 사랑하지 않게 되어 그 모습을 똑바로 볼 수 있게 되기 전까지는 절대로 결혼하지 말게! 그렇지 않으면 결코 돌이킬 수 없는 큰 잘못을 범하는 꼴이 될 테니까. 차라리 다 늙어서 아무 쓸모없는 사람이 되었을 때 하든지. 최소한 자네가 지니고 있는 장점과 미덕을 낭비할 위험은 없어지는 셈이니까. 정말이야! 결혼하면 모든 게 하찮은 일들에 허비된단 말일세! 뭘 그리 놀란 눈으로 보고 있나? 자네가 결혼 후에도 뭔가 해보겠다는 의욕을 여전히 가지고 있게 된다면, 결혼 뒤 한 걸음 내디딜 때마다 뼈저리게 느끼게 될걸. 이제 모든 게 끝장났고 모든 게 닫혔으며 남은 것은 오로지 사교계의 살롱뿐이라는 것을! 그런 곳에서 그저 천치처럼 서 있을 수밖에 없다는 것을! 정말 부질없는 짓들이지!"

그의 말을 듣고 피에르는 안경을 벗었다. 그 작은 변화만으로도 인상이 완전히 달라져, 그의 선량함이 훨씬 두드러졌다. 그는 놀란 눈으로 안드레이를 바라보았다.

안드레이가 말을 이었다.

"물론 내 아내는 훌륭한 여자야. 남편의 명예를 조금도 더럽히지 않을 드문 여자 중 하나지. 오, 하지만 다시 독신으로 돌아갈 수만 있다면! 이런 이야기는 자네에게만 처음 하는 거야. 자네를 좋아하니까."

안드레이의 두 눈은 안나의 집에서와는 달리 반짝반짝 빛을 발하고 있었다. 그가 말을 계속했다.

"자네는 아직 이해할 수 없을 거야. 하지만 한 사람의 인생 전체가 달린 문제라네. 자네 보나파르트 이야기를 자주 하지? 하지만 그가 목표를 향해 한 걸음, 한 걸음 내디딜 때 그는 자유로웠다네. 눈앞에 오로지 그 목표만 있었을 뿐이기에 거기 도달할 수 있었던 거야. 하지만 불행히도 여자와 관계를 맺게 되면 차꼬를 찬 죄수와 같은 꼴이 된다네. 자유를 잃어버리게 되는 거야. 그전에는 자신에게 힘이며 희망이었던 모든 것들이 거꾸로 짐이 되어 자신을 짓누르게 되는 거야. 그러고는 살롱에서의 그 쓸데없는 객설들과 험담에 무도회, 허영심 이런 것들의 악순환 고리에 갇히게 되는 거야. 나는 지금 전쟁터에 나가려 하고 있네. 미증유의 거대한 전쟁이야. 나는 아는 것도 아무것도 없고 아무런 능력도 없는 사람이라네. 그냥 인상 좋고 입담이 좋을 뿐이야. 그래서 안나 파블로브나의 살롱에서 모두들 내 말에 귀를 기울이지. 하지만 다 쓸데없는 짓들이야! 어쨌든 다시 말하지만 결혼 따위는 하는 게 아니야. 이보게, 제발 결혼하지 말게." 안드레이 공작은 거기까지 말한 후 입을 닫았다.

"제게는 정말 이상하게 들리네요." 피에르가 조심스럽게 입을 열었다. "당신이 무능하며 실패한 인생이라고 말씀하시다니……, 제가 보기에 당신 앞길은 창창하고 게다가 당신은……."

그는 더 이상 말을 잇지 않았지만 그의 말투에는 자신이 상대방을 더없이 높이 평가하며 존경하고 있고, 그의 앞날에 대해서 얼마나 큰 기대를 걸고 있는지, 확연하게 드러나 있었다.

그는 안드레이가 왜 그런 말을 하는지 이해할 수 없었다. 그에게 안드레이는 완성된 인물의 전형이었다. 그가 보기에 안드레이는 자신이 갖지 못한 자질, 한 마디로 의지의 힘을 지니고 있었다. 피에르는 그 누구이든 부드러운 매너로 대할 수 있는 안드레이의 능력, 그의 놀라운 기억력, 박학한 지식, 게다가 뛰어난 그의 연구 능력을 언제나 찬탄의 눈으로 바라보았다. 물론 철학적 성찰이 부족한 것이 약점으로 눈에 띄기는 했지만, 피에르에게는 그것조차 결점이라기보다는 오히려 그가 지닌 힘으로 여겨졌다.

"어쨌든 나는 볼장 다 본 인간이니, 내 이야기는 그만하세. 자, 자네 이야기를 좀 해볼까?"

"저요?" 그의 입에 자신도 모르게 활짝 웃음꽃이 피었다. "저에 대해 뭐 특별히 할 이야기가 있나요? 저야 그저……, 사생아일 뿐인데요." 입에서 나오기 힘든 말을 겨우 꺼낸 듯 그의 얼굴이 붉어졌다. "이름도 없고……, 재산도 없는 데다……, 실제로는……." 그는 잠시 하려던 말을 멈추었다. "어쨌든 저는 자유로운 데다 잘 지내고 있어요. 다만, 솔직히 뭘 시작해야 할지는 잘 모르겠고……, 당신과 진지하게 상의해보고 싶었습니다."

안드레이 공작은 정감 어린 눈길로 그를 바라보았다. 하지만 그 다정한 눈길 속에는 일종의 우월감이 숨겨져 있음을 부인할 수 없었다.

"나는 자네가 마음에 들어. 내 주변에서 자네만이 유일하게 살아 있는 인물이야. 좋아, 그대로 괜찮아. 아무거나 좋아하는 걸 택하도록 해. 뭐든 별 상관없으니까. 어디서 뭘 하든 자네는 잘 해낼 거야. 다만 한 가지만 말해주지. 쿠라긴가(바실리 공작) 사람들하고 어울리는 것은 삼가게. 그따위 오락이나 방탕한 생활은 자네에게 안 어울려. 여자들에 술에……, 한심하지 않은가?"

피에르는 바실리 공작 집에 살고 있었기에 곧잘 둘째 아들 아나톨리와 어울려 방탕한 짓을 하고 있었다. 바실리 공작이 아나톨리를 안드레이의 누이 마리아와 결혼시키고 싶어하는 것도 아들의 행실을 바로잡아보겠다는 생각에서였다.

"정말 정신이 번쩍 들었습니다. 실은 저도 그런 생각을 오래 전부터 해왔는데 당신 말을 들으니……, 제가 그런 식으로 지냈기에 결정도 못 하고 아무 생각도 할 수 없었던 것 같아요. 머리도 나쁘고 돈도 없는 주제에……. 아나톨리가 오늘 저녁에도 초대했지만 가지 않겠어요."

피에르가 안드레이의 집을 나섰을 때는 벌써 밤 1시가 지나 있었다. 하지만 저 유명한 6월 페테르부르크의 백야(白夜)였기에 땅거미조차 지지 않았다.

그는 삯마차를 불러 세워 마차에 올랐다. 안드레이와 약속을 했기에 처음에는 곧장 숙소로 갈 작정이었다. 하지만 집이 가까워올수록 이렇게 훤한 날에 쉽게 잠을 이루기 힘들 것이라는 생각이 들었다. 게다가 아나톨리의 집에서 벌어질 유흥이 그를 유혹했다. 지금쯤 카드를 끝내고 술잔치가 시작되었을 것이며 자신이 좋아하는 놀이가 이어지리라.

의지가 약한 사람이 늘 그렇듯이 그는 유혹에 넘어갔다. 그는 속으로 생각했다.

'안드레이 공작과 한 약속보다 아나톨리와의 약속이 먼저잖아. 다음번에는 가지 않더라도 이번 약속은 지켜야 할 것 아니야.'

그는 아나톨리 쿠라긴의 집으로 마차를 몰았다. 집 안으로 들어서니 술 냄새가 코를 찌르고 있었고 안에서 우당탕 소란을 피우는 소리, 왁자지껄 웃음소리, 고래고래 소리를 지르는 낯익은 목소리들이 들렸다.

제3장

바실리 공작은 안나 파블로브나의 야회에서 안나 드루베스카야 공작 부인과 한 약속을 지켰다. 이런저런 경로를 통해 황제에게 청원한 덕분에, 그녀의 아들 보리스는 근위사단으로 배속되어 소위 계급장을 달고 세메노프스키가 지휘하는 연대에 근무하게 된 것이다.

그 야회 며칠 뒤 안나 드루베스카야 공작 부인은 모스크바로 돌아왔다. 그녀는 부유한 로스토프 백작 집에서 신세를 지며 살고 있었다. 백작은 그녀의 친척뻘이었으며 백작 부인은 그녀와 소꿉친구였다. 갓 임관되자마자 당당히 근위대에 근무하게 된 그녀의 아들 보리스도 어린 시절 대부분을 그 집에서 보냈다. 보리스가 속하게 될 부대는 8월 10일 페테르부르크를 출발했지만 그는 제복 등을 준비하기 위해 아직 모스크바를 떠나지 않고 있었다. 보리스는 라드지빌로프에서 부대와 합류할 생각이었다.

며칠 뒤 로스토프가에서 축하 연회가 열렸다. 바로 그 집안의 두 명의 나탈리아(나타샤), 즉 어머니와 막내딸의 영명축일 축하연이었다. 포바르스카야 거리에 있는 로스토프 저택에 아침부터 축하객을 태운 마차가 끊임없이 드나들었다. 백작 부인과 맏딸 베라는 응접실에서 몰려드는 손님들을 맞아들이느라 정신이 없었다.

로스토프 백작 부인은 마흔다섯 살로서 동양풍의 갸름한 얼굴이었으며 아이를 열두 명이나 낳았기 때문인지 기력이 쇠잔해 보였다. 안나 드루베스카야 공작 부인도 가족의 일원으로서 백작 부인과 함께, 아침부터 축하차 밀려드는 손님들을 맞았다. 로스토프 백작은 손님들을 맞고 배웅하면서 누구에게나 저녁 만찬에 참석해달라고 초대했다.

백작과 백작 부인은 여자 손님들과 함께 객실에 앉아 한담을 나누었다. 그러다가 화제가 예카테리나 여제 시절 미남으로 이름을 떨쳤던 노(老) 베주호프 백작의 건강과 그의 사생아 피에르에게로 옮아갔다.

"저는 베주호프 백작님이 너무 불쌍해요." 손님들 중 한 부인이 말했다. "건강도 안 좋으신 데다, 아드님이 걱정만 끼쳐드리니……."

"아니 무슨 말썽이라도 피웠나요?" 내막을 전혀 모르는 척 백작 부인이 물었다. 하지만 사실은 벌써 열 번도 넘게 다른 사람들로부터 그 이야기를 들은 터였다.

"어휴, 애써 교육을 시켜놨더니 기껏 한다는 게……." 손님이 말했다. "외국에서 너무 제멋대로 하도록 내버려두었던 게 문제예요. 이번에 페테르부르크에서 못된 짓을 저질러서 경찰로부터 추방 명령을 받았답니다."

"정말요?" 백작 부인이 짐짓 눈을 휘둥그레 뜨고 물었다.

그러자 옆에 있던 안나 드루베스카야 공작 부인이 말참견을 했다.

"친구들을 잘못 사귄 거지요. 바실리 공작의 둘째 아드님과 돌로호프라는 사람과 어울려서 엄청난 일을 저질렀나봐요. 다들 호된 벌을 받았답니다. 장교였던 돌로호프는 사병으로 강등되고 베주호프 백작의 아드님은 페테르부르크에서 추방되었답니다. 아나톨리 쿠라긴은 그럭저럭 아버지가 무마를 시키긴 했지만 페테르부르크에서 쫓겨나는 건 어쩔 수 없었답니다."

"아니, 무슨 일을 저질렀는데요?"

안나 공작 부인이 계속 말했다.

"진짜 불한당 같은 짓을 했지요. 특히 그 돌로호프는 아주 질이 안 좋아요. 어머니 마리아 이바노브나는 아주 훌륭한 부인인데……, 정말 상상할 수도 없는 짓을 저질렀어요. 셋이 어디선가 새끼 곰을 구해갖고는 마차에 태워 여배우들 집에 가지고 갔대요. 여배우들을 겁주려고 했다나봐요. 자세히는 모르겠지만, 그들을 말리려는 경관을 글쎄, 곰과 등을 맞대어 꽁꽁 묶어서는 그대로 모이카 호수에 처넣었대요. 곰이 등에 경관을 실은 채 헤엄을 쳐서 다행히 경관 목숨은 건질 수 있었대요."

"백작께서는 그 많은 자식들 중에 피에르를 제일 귀여워한다지요? 그분에게는 서자들밖에 없지요? 한 스무 명은 된다지요?" 백작 부인이 끼어들며 말했다.

그러자 안나 공작 부인이 사교계에 대한 자신의 박식을 자랑하듯 말을 이었다.

"키릴 블라디미로비치 베주호프 백작의 재산 상속자가 누가 될지 다들 궁금해하고 있어요. 농노가 4만 명에 이르고 현금도 수백만 루블이니 정말 어마어마하지요. 부인 쪽 친척으로 따진다면 바실리 공작이 첫째가는 상속자이지만 백작이 피에르를 정말 귀여워하고 있으니 그 많은 재산이 누구에게 돌아갈지 정말 알 수가 없어요. 사실 그분은 저에게 어머니 쪽으로 사촌 백부뻘이랍니다. 그분은 보리스의 대부(代父)세요. 보리스의 세례를 그분이 해주셨거든요. 아, 그리고 바실리 공작이 어제 모스크바에 오셨어요."

"무슨 검열 때문에 오신 거 아닌가요?" 여자 손님이 안나 공작 부인의 말을 받아 말했다.

"그래요. 하지만 우리들끼리 이야기지만 그건 핑계예요. 실은 베주호프 백작이 위중하다는 소식을 듣고 어떤가 보러 온 거지요."

부인들이 그런 이야기를 나누고 있을 때였다. 바로 옆방에서 여러 사람의 발소리와 의자가 넘어지는 소리 등 떠들썩한 소리가 들리더니 곧이어 문이 열리고 열서너 살쯤 되어 보이는 여자아이가 방으로 뛰어 들어왔다. 이어서 제복을 입은 대학생, 근위대 복장을 한 젊은이, 열다섯 살 정도 된 계집아이, 뺨에 살이 토실토실 오른 사내아이가 응접실에 나타났다.

"저 애가 바로 오늘의 주인공 나타샤입니다. 귀여운 제 딸이지요." 백작이 자리에서 일어나며 말했다. 그러자 백작 부인이 "당신이 늘 오냐오냐 하니까 버릇이 너무 없어요"라며 딸을 향해 살짝 눈을 흘겼다. 하지만 나타샤는 아랑곳하지 않고 어머니에게 달려들어 그 품에 얼굴을 묻었다.

눈이 까맣고 입이 큰 계집아이는 결코 예쁘다고 말할 수 없었지만 굉장히 발랄했고 명랑했다.

그녀의 뒤를 따라 들어온 젊은 남녀들은, 안나 공작 부인의 아들 보리스, 백작의 맏아들인 대학생 니콜라이, 백작의 조카뻘 되는 열다섯 살 소냐, 그리고 막내아들 페트루샤(페차)였다. 두 청년은 어릴 때부터 친구로서 나이도 같았고 둘 다 미남이었다. 보리스는 금발에 키가 후리후리했으며 이목구비가 반듯하고 차분한 젊은이였다. 반면에 니콜라이는 키가 그다지 크지 않았으며 곱슬머리에 솔직함이 그대로 드러나 있는 표정이었다.

한편 소냐는 가냘픈 몸매의 막 처녀티를 내기 시작한 여자아이였다. 그녀는 아직 성숙하지는 않았지만 장차 아름답게 성장할 예쁜 고양이를 연상케 했다. 그녀는 미소를 띤 채, 지금은 대학생이지만 머지않아 입대하게 될 사촌 오빠를 바라보았다. 처녀다운 열정과 존경심이 담겨 있는 눈길이었다.

백작이 니콜라이를 손으로 가리키며 여자 손님에게 말했다.

"보리스가 장교로 임관하니까, 니콜라이 저 애도 우정 때문에 군대에 가겠답니다. 늙은 나도 팽개치고 대학 공부도 그만

두고……. 벌써 문서국에 자리까지 마련해놓았는데……. 그런 게 바로 우정이라는 걸까요?"

"그런데, 이미 선전포고가 발령되었지요?" 자리를 함께 하고 있던 여손님이 말했다.

"뭐, 오래전부터 하던 이야기이고 지금도 여전히 되풀이들 하고 있지요. 하지만 그러다 수그러들 겁니다. 어휴, 우정이 뭔지, 도통 알 수가 있어야지. 경기병으로 들어갈 거라지?" 백작의 말이었다.

"아버지, 절대로 우정 때문이 아닙니다!" 니콜라이는 부끄러운 이야기라도 들은 듯 얼굴을 붉히며 말했다. "사명감 때문입니다!"

그러자 백작이 체념한 듯 말했다.

"오늘 저희 집 만찬에 파블로그라드 경기병 연대의 슈베르트 대령이 오게 되어 있습니다. 마침 휴가로 이곳에 와 있는데 이 애를 데려가기로 했습니다. 그러니 어쩌겠습니까?"

"아버지께서 반대하시면 남겠다고 이미 말씀드렸지 않습니까? 하지만 저는 입대할 수밖에 없다는 걸 저 자신이 잘 알고 있습니다. 외교관이나 공무원이 되려면 속을 감출 줄 알아야 하는데 저는 그러질 못하거든요." 니콜라이는 흘깃 소냐를 바라보며 말했다.

"좋아, 좋아!" 노백작이 말했다. "나폴레옹이 애들을 다 버려놨단 말이야. 젊은 애들은 온통 어떻게 일개 중위에서 황제가 될 수 있었는지, 그 생각만 하고 있으니……."

얼마 후 방문객들이 더 이상 찾아오지 않자 나타샤는 보리스와, 소냐는 니콜라이와 함께 밖으로 나갔고 응접실에는 안나 공작 부인과 로스토프 백작 부인 둘만 남게 되었다. 백작 부인이 공작 부인에게 물었다.

"그런데 안나, 누구에게 보리스 부탁을 한 거야? 보리스는 바로 근위대 장교로 가게 되었는데 니콜라이는 겨우 견습 사관이니……, 정말, 누구에게 부탁한 거야?"

"바실리 공작이야. 정말 친절하신 분이지. 내가 그 애 부탁을 하자마자 황제 폐하께 말씀드리겠다고 해줬어요." 안나는 아들 부탁을 하면서 그에게 당했던 수모를 말끔히 잊은 듯 말했다. "그런데, 나탈리아, 내가 보리스를 얼마나 사랑하는지 알고 있지요? 그 애를 위해서라면 뭐든 해주고 싶다는 것도……. 하지만 지금 내 형편이 얼마나 어려운지……, 소송에 지는 바람에 지금 수중에 땡전 한 푼 없는 형편이니……. 보리스에게 어떻게 제복을 해 입혀야 할지 걱정이 태산이야." 그녀는 손수건을 꺼내어 훌쩍훌쩍 울기 시작했다. "아무래도 500루블 정도는 있어야 하는데, 지금 달랑 25루블 지폐 한 장밖에 없어. 정말 옴짝달싹할 수 없는 형편이야……. 유일한 희망은 베주호프 백작이야. 그분이 대자(代子)인 보리스에게 뭔가 남겨주시겠다는 생각을 않으신다면 이제까지 정말 헛고생을 한 셈이야."

안나는 울면서 백작 부인을 껴안았다. 백작 부인도 울었다. 그녀들은, 둘이 친구이기에, 둘 다 선량했기에, 둘은 어릴 때부터 돈 문제처럼 비루한 일도 함께 걱정을 나누었기에, 무엇보다 그녀들의 젊음이 이미 가버렸기에 함께 울었다. 하지만 그 눈물을 두 사람 모두에게 다 감미로웠다.

백작 부인은 눈가가 촉촉해진 채 뭔가 곰곰 생각에 잠겼다.

그러자 안나 공작 부인이 푸념을 계속했다.

"이런 생각하는 게 죄스러운 일인지는 모르지만……, 그분의 그 외로운 처지와 그 어마어마한 재산을 생각하면……, 도대체 그분은 뭘 위해 살고 계신 걸까, 하는 생각이……. 그분에게는 산다는 게 짐일 텐데……. 하지만 앞길이 창창한 보리스는……."

"그분이 분명히 보리스에게 뭔가 남겨주실 거야." 백작 부인이 말했다.

"글쎄. 부자들은 대개 이기주의자들이라서! 하지만 당장 보리스와 함께 그 집에 가서 솔직히 사정을 말해볼 작정이야. 아, 벌써 2시네. 만찬이 4시에 시작하지? 그 전에 돌아올 수 있을 거야."

안나 공작 부인은 아들을 불러오게 하여 둘이 현관 쪽으로 나갔다.

"그럼 다녀올게. 행운을 빌어줘요." 공작 부인은 현관까지 마중 나온 소꿉친구에게 속삭이듯 말했다.

"아, 키릴 베주호프 백작에게 가시는 겁니까?" 근처에 있던 로스토프 백작이 안나 공작 부인에게 물었다. "백작 병세가 어지간하면 오늘 만찬에 피에르도 좀 오라고 초대해주십시오. 전에 자주 찾아와서 아이들과 곧잘 춤을 추곤 했는데……, 정말 꼭 좀 초대해주십시오."

제4장

두 사람을 태운 마차가 베주호프 백작 집의 널따란 마당으로 들어섰을 때 부인이 아들의 손을 다정하게 잡으며 말했다.

"얘, 보리스, 상냥하고 신중하게 행동해야 한다. 백작님은 네 대부이시고, 네 미래가 그분에게 달려 있다는 걸 절대 잊으면 안 돼."

"그래봤자 모멸감밖에는 얻어낼 게 없을 것 같은데요. 하지만 말씀하신 대로 하겠어요. 어머니를 위해서 억지로라도 약속하지요." 아들은 싸늘한 어조로 대답했다.

현관에서 벨을 누르자 하인이 나타나서 부인의 낡은 외투를 의미 있는 눈초리로 바라보더니 베주호프 백작이 병세가 심해서 면회를 할 수 없다고 잘라 말했다. 보리스가 잘 되었다는 듯 얼른 돌아서려 하자 안나 공작 부인이 아들의 손을 어루만지며 진정시킨 후 하인에게 사정조로 말했다.

"나도 그분이 위중하시다는 건 잘 알고 있어요……. 실은 그 때문에 온 거예요……. 나는 그분의 친척이에요. 나는 그저 바실리 쿠라긴 공작을 만나 뵙기만 하면 돼요. 그분이 여기 계신 걸 알고 있어요."

그러자 하인이 마지못한 듯 2층으로 통하는 줄을 잡아당겼다. 그러자 계단 위쪽에 연미복 차림의 하인이 나타났고 모자(母子)를 맞은 하인이 그를 향해 소리쳤다.

"드루베스카야 공작 부인께서 바실리 쿠라긴 공작님을 뵙고자 합니다!"

모녀는 하인의 안내로 계단을 올라 바실리 공작이 묵고 있는 방으로 통하는 홀로 들어섰다. 그때 마침 바실리 공작이 의사를 배웅하러 방에서 나왔다. 의사와 헤어진 바실리는 약간은 의심스러운 눈초리를 한 채 두 사람에게 다가왔다. 보리스는 공손하게 허리를 굽혀 인사했다.

"공작님, 너무 힘들 때 만나 뵙게 되었군요. 그래, 환자분은 좀 어떠신지요?" 공작 부인이 싸늘한 공작의 시선은 아랑곳하지 않고 말했다.

공작은 잠시 보리스를 향해 눈길을 준 뒤, 절망적이라는 듯 고개를 가로저었다. 그러자 부인이 말했다.

"아, 정말요? 무서운 일이군요! 생각만 해도 무서워요! 이 아이는, 제 아들입니다. 아들이 직접 공작님께 감사의 말씀을 드리고 싶다고 해서……."

보리스는 다시 한번 공손하게 고개를 숙였다.

"저를 위해 애써주신 일을 저와 제 어머니는 결코 잊지 않을 겁니다."

"그래, 부디 열심히 해서 좋은 결과를 빚도록……. 그런데 지금 휴가로 여기 와 있는 건가?"

"여기서 명령을 기다리고 있습니다."

공작이 잠시 말이 없자 안나 공작 부인이 눈치를 살피며 말했다.

"저는 백부님께 여러 가지로 감사하는 마음을 지니고 있답니다." 그녀는 힘주어 베주호프 백작을 백부님이라고 불렀다. "저랑 보리스에게 은혜를 베풀어주셨으니까요. 진심으로 백부님을 한번 뵙고 싶어요. 저는 백부님이 고결하고 곧은 성품을 지니셨다는 것을 잘 알고 있어요. 제가 정말 그분을 진심으로 사랑하고 존경하지 않는다면 이런 말씀을 안 드렸을 거예요. 게

다가 그분께는 아직 나이가 젊은 따님들만 세 분 있을 뿐이니……. 정말 그분을 꼭 한번 뵙고 싶어요." 안나는 이곳에 온 목적을 이루어야 한다는 일념에 사로잡혀 약간 횡설수설하고 있었다.

공작은 안나를 뿌리치기는 힘들겠다고 느끼면서도 말했다.

"지금 백작을 뵌다면 오히려 그분을 괴롭히는 게 되지 않을까요?"

"아니, 절대 그렇지 않을 거예요." 그녀는 바실리의 말을 기다리지도 않고 보리스에게 말했다.

"얘야, 나 혼자 백작님을 뵙고 올 테니, 너는 피에르를 만나보려무나. 그 사람을 만나서 로스토프 백작이 만찬에 초대한다는 말을 전해." 그녀가 공작에게 얼굴을 돌리며 말을 이었다. "하지만 그 사람은 가지 않겠지요?"

"그럴 리가요." 바실리는 눈에 띄게 불쾌한 표정을 드러내며 말했다. "그 젊은 친구를 데려가주신다면 저는 정말 기쁘겠습니다. 저쪽 방에 있습니다. 백작께서는 그 친구를 한 번도 보자고 하지 않으셨습니다."

하인은 보리스를 아래층으로 데리고 가더니 또 다른 계단을 올라 표트르 키릴로비치(피에르)의 방으로 안내했다.

페테르부르크에서 추방된 피에르는 며칠 전에 모스크바에 도착해서 아버지 집에 머물고 있었다. 하지만 그는 아직 아버지를 만나지 못했다. 백작의 딸들, 그러니까 이복 누이들이 그가 백작 근처에 가지도 못하게 했기 때문이다. 맏딸 카차는 그에게 노골적으로 "저처럼 몸도 마음도 괴로운 분에게 참으로 좋은 소식을 전해주었더군요. 아버지를 아예 죽일 생각이라면 만나도 좋아요"라고 말하며 그를 거들떠보지도 않았다.

그는 곧장 자기 방으로 갔으며 이후 그 누구도 그를 귀찮게 하지 않았다.

보리스가 그의 방으로 찾아갔을 때 그는 자신을 도버 해협 도항에 성공하여 영국에 상륙한 나폴레옹으로 상상하면서 방안을 거닐고 있었다. 그는 잘생긴 청년 한 명이 방으로 들어서자 걸음을 멈추고 그를 바라보았다. 피에르는 열네 살 때 보리스와 헤어졌기에 그의 얼굴을 기억할 수 없었다. 그럼에도 불구하고 그는 정겨운 미소를 보내면서 그의 손을 잡았다.

"나를 기억하는군요." 미소 짓는 피에르를 보고 보리스가 말했다. "어머니와 함께 백작님을 뵈러 왔는데 너무 많이 편찮으신 것 같습니다."

"네, 그런 것 같아요. 한시도 편히 내버려두질 않으니까요."

피에르가 상대방이 누군지 기억해내려 애쓰며 말했다.

보리스는 상대방이 자기를 알아보지 못한다는 것을 눈치챘다. 하지만 일부러 자기 이름을 댈 필요가 없으리라 생각하고 조금도 당황하지 않은 채 그를 바라보며 용건을 말했다.

"로스토프 백작께서 당신을 오늘 저녁 만찬에 초대하셨습니다."

"아, 로스토프 백작!" 피에르가 그제야 생각이 난다는 듯 반갑게 말했다. "그러면 당신이 그 사람 아들 일리야로군요. 이거 미처 못 알아뵈었군요. 우리 함께 곧잘 '참새 언덕'에 놀러 갔었지요. 기억나나요?"

"잘못 알았습니다." 보리스는 전혀 당황하지 않은 채 어딘가 비웃는 듯한 웃음을 띠고 또박또박 말했다. "나는 안나 드루베스카야 공작 부인의 아들인 보리스입니다. 또 일리야는 로스토프가의 아버지 이름이며 아들 이름은 니콜라이입니다."

피에르는 마치 눈앞의 모기라도 쫓듯 두 손을 흔들며 말했다.

"원, 이런 망령이! 온통 다 혼동하다니! 모스크바에는 친척이 너무 많아요! 아, 당신이 바로 보리스군요."

이어서 피에르는 나폴레옹의 불로뉴 원정에 대해 어떻게 생각하느냐고 보리스에게 느닷없이 물었다. 보리스는 알지도 못하고 관심도 없는 일이었다. 보리스는 잠시 아무 대답 없이 가만히 있다가 입을 열었다. 얼굴에는 여전히 비웃는 듯한 웃음을 띠고 있었다.

"이곳 모스크바에서는 정치에 대한 관심보다는 만찬에다 중상모략이 더 판을 치고 있지요. 요즘은 온통 당신과 당신 아버지 이야기뿐입니다."

피에르는 보리스의 입에서 나중에 스스로 후회할 정도의 심한 말이 나오지 않기를 바라는 듯 조바심을 내며 선량한 눈길로 상대방을 바라보았다. 하지만 보리스는 전혀 아랑곳하지 않고 상대방을 똑바로 쳐다보며 또박또박 말했다.

"모스크바에서는 달리 할 일이 없어요. 백작이 과연 누구에게 재산을 물려줄 것인가가 온통 관심거리이지요. 하지만 그분이 그 누구보다 오래 살 것인지 알게 뭡니까? 나도 진심으로 그걸 바라고 있습니다."

"그래요, 정말 가슴 아픈 일입니다. 가슴 아픈 일이에요."

"당신 분명 이런 생각을 하고 있을 겁니다." 보리스가 약간 얼굴을 붉히며 말했다. 하지만 목소리나 자세에는 조금도 흐트러짐이 없었다. "누구나 백만장자에게서 뭔가 부스러기라도 얻어내려 애쓰고 있다고!"

'맞아, 정말 그래.' 피에르가 속으로 생각했다.

"하지만 분명히 말하건대, 나나 제 어머니를 그런 사람으로 보았다면 엄청난 잘못을 범한 겁니다. 우리는 아주 가난하고 당신 아버지는 부자입니다. 바로 그렇기에 오히려 나는 당신 아버지를 결코 친척이라고 생각해본 적이 없습니다. 나나 제 어머니는 당신 아버지에게 그 아무것도 바라지 않으며 아무것도 받아들이지 않을 것입니다."

피에르는 처음에는 그의 말을 알아듣지 못했다. 간신히 그의 말뜻을 깨달은 그는 얼른 소파에서 일어나 재빠르게 보리스의 손을 움켜잡았다. 그는 당황스럽고 부끄러운 듯 보리스보다 훨씬 더 얼굴을 붉히며 외치듯 말했다.

"아니, 그럴 리가! 무슨 오해를……. 그래, 제가 당신을 그런 식으로……, 도대체 누가……."

그러나 보리스가 다시 그의 말을 도중에 가로채고 말했다.

"당신에게 그 말을 하고 나니 좀 시원하군요. 혹시 불쾌했다면 용서해주십시오. 그럴 의도는 없었으니까." 보리스는 피에르를 안심시키듯 말했다. "나는 속에 있는 생각을 감추지 못하는 성미라서……. 한데, 내가 돌아가서 뭐라고 말할까요? 만찬에 오겠습니까?"

"내 말을 들어보세요." 피에르가 한결 차분해진 음성으로 말했다. "당신은 정말 놀라운 분입니다. 당신 조금 전에 하신 말, 정말 훌륭한 말씀입니다. 당신이 나를 오해하는 것도 당연하지요. 오랫동안 만나지 못했으니……, 당신 마음 정말 잘 알겠습니다. 나라면 그러지 못했을 겁니다. 그럴 용기가 없으니까요. 당신을 알게 되어 정말 기쁩니다……. 진심입니다……." 그는 잠시 말을 멈춘 후 다시 웃으며 말했다. "정말 이상해요……. 당신이 나를 그렇게 생각하다니……, 어쨌든 이제는 서로를 잘 알게 되었지요."

그는 보리스의 손을 잡고 다시 말했다. "실은 나도 아버지를 아직 못 만났어요. 아직 나를 부르지도 않았어요……. 아버지가 불쌍하지만 내가 어쩔 도리도 없고……. 그런데 나폴레옹이 무사히 해협을 건널 수 있을까요?"

이어서 피에르는 불로뉴 원정의 장점과 단점에 대해 보리스에게 설명을 시작했다. 그런데 마침 그때 하인이 와서 공작 부인이 보리스를 기다리고 있다는 말을 전했다.

잠시 후 모자는 베주호프 공작의 집을 나서서 마차에 올랐다. 마차 안에서 안나 공작 부인은 "맙소사! 오오, 맙소사! 그분이 저렇게 위중하다니!"라고 연신 중얼거렸다.

그들 모자가 베주호프 백작 댁으로 떠난 뒤, 로스토프 백작 부인은 한참 동안 손수건을 눈에서 떼지 못하고 소파에 앉아 있었다. 이윽고 그녀는 결심한 듯 벨을 눌러 하녀를 불렀다. 하녀가 나타나자 그녀가 말했다.

"백작님께 내가 좀 오시란다고 전해줘."

잠시 후 백작이 아내 앞에 나타나서 "무슨 일이오, 부인?"이라고 묻자 부인이 머뭇거리며 말했다.

"저, 실은……, 아니, 여기 조끼에 웬 얼룩이……, 분명히 고깃국물이네!" 이어서 그녀는 미소를 지으며 덧붙였다. "실은 말이에요, 여보…… 저 돈이 좀 필요해요."

그녀의 얼굴은 슬픔에 잠겨 있었다.

"아, 그래?" 백작은 약간 당황한 듯 얼굴을 붉히며 지갑을 꺼냈다.

"여보, 좀 많이 필요해요. 500루블이 있어야 해요."

백작은 흔쾌히 집사를 불러 돈을 가져오게 했고 집사가 빳빳한 돈 500루블을 가져오자 부인에게 돈을 건네주었다.

안나 공작 부인이 베주호프 백작 집으로부터 돌아왔을 때 백작 부인은 얼굴을 붉히면서 그 돈을 공작 부인에게 건네주었다.

"제발 거절하지 말아줘. 이걸로 보리스의 군복을……."

둘은 얼싸안고 울었다.

제5장

그날 저녁 로스토프 백작의 집에서는 파티 겸 만찬이 성황리에 열렸다. 일찍 도착한 남자들은 백작의 서재에서 담배 연기를 내뿜으며 황제가 이미 선포한 것과 다름없는 선전포고에 대해 이야기를 나누었다. 포고문을 직접 읽은 사람은 아무도 없었지만 공포된 사실은 모두 알고 있었다. 그들은 한담을 나누다가 백작의 안내로 살롱으로 들어섰다.

피에르는 식사 직전에 도착해서 살롱으로 들어서며 눈에 띄는 아무 의자에나 털썩 주저앉았다. 많은 사람들이 호기심에 찬 눈으로 그를 바라보았다. 정작 피에르는 눈치를 채지 못하고 있었지만 대부분의 사람들은 이미 곰 사건에 대해 알고 있었다. 사람들은 그토록 느릿느릿하고 수줍음이 많은 사람이 어떻게 그런 일을 저지를 수 있을까 의아해했다.

이어서 파티가 시작되었다. 모두들 주인의 안내로 식당으로 옮겨가 식사를 했다. 이윽고 식사가 끝나자 카드놀이가 이어졌으며 얼마 후 악사들이 연주를 시작했다. 무도회가 시작된 것이다. 모두들 흥겹게 춤을 추며 연회를 즐겼다.

로스토프가에서 일곱 번째 영국 춤곡에 맞추어 모두들 춤을 추고 있던 그 시각, 요리사와 하인들이 녹초가 된 채 야식을 준비하고 있던 바로 그 시각에 베주호프가에서는 환자가 여섯 번째로 발작을 했다. 의사들은 다시 회복될 가망이 없다고 선언했고 고해와 영성체가 준비되었다.

베주호프가에는 수많은 손님들이 들끓었으며 모스크바 총독인 로스토프친 백작도 친히 나타났다.

총독이 환자와 잠시 독대한 후 병실에서 나오자 모두들 자리에서 일어났으며, 바실리 공작이 총독을 배웅했다. 요 며칠 사이 공작은 바싹 여위어 있었고 안색도 나빠져 있었다.

총독을 배웅하고 돌아온 공작은 잠시 소파에 몸을 깊숙이 묻고 생각에 잠겨 있다가 자리에서 벌떡 일어났다. 그러고는 주위를 두리번거리며 긴 복도를 지나 베주호프 백작의 맏딸이 거주하고 있는 별채로 사라졌다.

바실리 공작은 맏딸 카차의 방을 열었다. 방 안은 어두웠다. 두 개의 램프 불이 성상 앞에 밝혀져 있었으며 은은한 향내와 꽃향기가 감돌고 있었다.

"아, 오라버니, 당신이에요!" 카차가 바실리 공작을 보자 외쳤다. 백작은 그녀와 이종사촌뻘이었다. "왜, 무슨 일이라도 생겼어요? 정말 무서워 죽겠어요."

"그럼 내 마음은 편할 거라고 생각하니? 나도 무척 지쳐 있어. 하지만 너하고 긴히 상의할 일이 있어서 왔다. 이처럼 중대한 시기에 너희 세 자매의 장래 생각도 해야 하는 것 아니냐? 나도 내 가족을 생각해야 하고……"

백작의 딸은 그저 희미한 눈빛으로 그를 바라보고 있을 뿐이었다. 공작이 말을 이었다.

"너도 알다시피 너희들 세 자매와 내 아내, 이 네 사람이 백작님의 직계 상속인이다."

공작은 유심히 맏딸의 표정을 살폈다. 하지만 자신의 말에 귀를 기울이고 있는지 그저 멍하니 자신의 표정을 보고 있는 것인지 구분이 되지 않았다.

그녀가 입을 열었다.

"오라버니, 저는 오로지 한 가지만 하느님께 기도드리고 있어요. 아버님이 구원받으시기만을, 아버님의 아름다운 영혼이 마음 편히 이승과 작별을 고하기만을……"

"그건 나도 마찬가지야. 하지만 지난겨울 백작님께서 유언장을 쓰셨어. 그 유언장에 의하면 백작님의 전 재산이 직계 상속자인 우리를 제쳐놓고 모두 피에르에게 상속되게 되어 있단 말이다."

"아무리 유언장을 그렇게 써놓으셨어도 피에르에게 상속될 리가 없어요. 그는 서자(庶子)잖아요."

"하지만 백작께서 피에르를 적자(嫡子)로 삼게 해달라는 상소문을 황제께 올렸어. 그러니 방법은 단 하나야. 유언장이 어디 있는지 반드시 찾아내야 해."

"그래서 어떻게 하겠다는 거지요? 설사 그렇게 되더라도 나는 아무것도 원하지 않아요. 나는 아무것도 필요하지 않아요."
카차는 쌀쌀한 눈빛으로 공작을 바라보며 말했다.

"아니, 내 말을 들어봐. 너 그 유언장이 어디 있는지 알고 있지? 그 유언장은 백작님이 병마에 시달려 정신이 혼미해 있을 때 작성된 거야. 그걸 찾아내어 아직 백작님이 정신이 있을 때 백작님의 과실을 바로잡고 그분의 영혼을 가볍게 해드리는 게 우리의 의무야. 자신의 과실 때문에 여러 사람을 불행에 빠뜨렸다는 후회를 하며 돌아가시게 하면 안 돼. 백작님은 유언장 일을 까맣게 잊고 계실 거야. 그분께 유언장을 보여드리면 분명히 찢어버리실 거다. 너도 알다시피 내가 모스크바에 온 것은 바로 그 때문이야."

"아아, 생각하기도 싫어요. 이 집에는 비굴함, 기만, 질투와 간계밖엔 없었어요! 내가 이 집에서 기대할 수 있는 건 그것뿐이었어요! 이제 모든 걸 다 알겠어요. 누가 그런 간계를 부렸는지도……."

"얘야, 지금 그게 문제가 아니란다."

"바로 당신이 돌봐주고 있는 사람이 한 짓이에요. 안나 두르베츠코이! 나라면 하인으로도 삼지 않을 여자! 간악하고 잔혹한 여자!"

"카차, 지금 그런 이야기를 하고 있을 때가 아니라니까."

하지만 카차는 아랑곳하지 않고 외쳤다.

"그래요. 그 여자가 지난겨울 이 집에 찾아와서 우리들에 대해 이루 입에 담을 수도 없는 험담을 아버님께 해댔어요. 아버님은 그 험담에 넘어가 2주일 동안이나 우리들을 만나지 않았어요. 바로 그때 아버님이 그 구역질나는 유언장을 쓰시게 된 거예요. 하지만 나는 그깟 것 하나도 대수롭지 않게 생각하고 있었어요. 어쨌든 그 여자가 도대체 왜 우리 일에 끼어드는 거지요?"

둘이 그런 이야기를 나누고 있는 사이, 피에르와 안나 공작 부인을 실은 마차가 베주호프 백작의 뜰에 들어섰다. 부인은 자신이 꼭 피에르와 함께 가야만 한다고 생각하고 있었다.

공작 부인은 피에르를 곧장 백작의 방으로 안내했다. 피에르는 영문을 모르겠다는 표정으로 그녀의 뒤를 따랐다. 응접실에 이르자 안나는 백작의 방으로 들어가고 피에르는 엉거주춤한 자세로 소파에 앉아 기다렸다.

얼마 지나지 않았을 때, 바실리 공작이 위풍당당한 모습으로 응접실에 들어섰다. 피곤함이 가득한 얼굴이었고, 아침보다 더 수척해 보였다. 그는 피에르에게 다가와 두 손을 잡으며 "용기를 내게. 백작님이 자네를 보고 싶어하신다네"라고 말한 후 방 안으로 들어갔다. 베주호프 백작의 만딸 카차가 바실리 공작의 뒤를 따랐고 이어서 교회 일꾼들, 하인들이 같은 문을 통해 방 안으로 들어갔다.

얼마 후 안나 공작 부인이 긴장된 얼굴로 응접실로 나왔다.

"오, 한없이 깊으신 하느님의 자비여!" 그녀가 그에게 말했다. "이제부터 성체성사가 시작될 거예요……. 자, 안으로 들어가요."

피에르는 안으로 들어갔다. 그와 동시에 응접실에 있던 모든 사람들이 더 이상 허락을 받을 필요도 없다는 듯 그를 따라 방으로 들어갔다.

녹색 모포를 덮은 환자가 침대에 누워 있는 가운데 성체성사가 진행되고 있었다. 피에르는 죽음을 눈앞에 둔 백작의 얼굴을 바라보았다. 3개월 전 자기를 페테르부르크로 보낼 때와 조금도 다름없는 얼굴이었다. 피에르가 가까이 가자 백작은 앞을 똑바로 바라보았다. 하지만 마치 허공을 헤매는 듯, 그 누구도 그 의미를 이해할 수 없는 눈길이었다. 그 눈길의 뜻은 아무 할 말이 없다는 것이었을까, 아니면 너무나 할 말이 많다는 것이었을까?

피에르는 어찌할 바를 모른 채 침대 곁에 서서 묻는 눈길로 안나 공작 부인을 바라보았다. 안나는 입을 쑥 내밀어 병자의 손을 가리키며 입을 맞추라는 시늉을 했다. 피에르는 그녀가 시키는 대로 백작의 손에 입을 맞추었다. 하지만 백작의 그 어느 근육 하나 꼼짝도 하지 않았다. 피에르는 다시 눈짓으로 이제 어떻게 해야 하느냐고 안나에게 물었다. 안나는 그에게 의자를 눈으로 가리켰고 피에르는 순순히 의자에 앉았다.

잠시 후 안나는 피에르에게 "잠이 드셨어요"라고 말하며 밖으로 나가자고 했다. 피에르는 역시 순순히 그녀의 뒤를 따랐다. 방에는 환자의 간호를 위해 둘째 딸 소피야만 남고 모두들 밖으로 나갔다.

그들이 모두 응접실에 앉아 있을 때였다. 소피야가 방에서 뛰쳐나오며 절망한 목소리로 외쳤다.

"모두 뭣들 하는 거예요! 지금 운명하시려고 하는데요! 나 혼자만 남겨 두고!"

모두들 방 안으로 후다닥 뛰어 들어갔다. 피에르는 어찌할 바를 모르고 그대로 응접실에 있었다. 잠시 후 카차가 제일 먼저 방에서 나왔다. 그녀는 소파에 엉거주춤 앉아 있는 피에르의 모습을 보고 불쾌한 표정으로 외쳤다.

"정말 흐뭇하겠군요! 당신이 원하던 대로 되었으니!"

그녀는 느닷없이 울음을 터뜨리더니 손수건으로 얼굴을 가린 채 밖으로 뛰쳐나갔다.

뒤이어 바실리 공작이 나왔다. 그는 쓰러질 듯 피에르가 앉아 있는 소파로 가더니 마치 어디가 아픈 듯 털썩 그 옆에 주저

앉았다. 얼굴이 창백했고 턱이 덜덜 떨리고 있었으며 마치 열병에라도 걸린 듯 이빨이 딱딱 마주쳤다.

"오, 내 친구!" 공작은 피에르의 팔을 잡고 말했다. 피에르는 진지한 그의 말투와 조용한 목소리에 놀랐다. 전에는 한 번도 들어보지 못한 말투와 목소리였던 것이다!

"우리는 죄를 지었고, 잘못해왔다네. 도대체 왜 그랬던 거지? 이보게, 나는 육십이 넘었네……. 그래, 죽으면 모든 게 끝이지! 모든 게! 오, 무서운 죽음이여!"

안나가 제일 나중에 나왔다. 그녀는 피에르에게 "백작님은 이제 이 세상 분이 아니에요"라고 조용히 말했다.

그렇게 베주호프 백작은 바실리 공작의 바람과는 달리 유언장을 다시 한번 검토해보지도 못한 채 눈을 감았다. 그리고 피에르는 베주호프 백작의 어마어마한 재산의 상속자가 되었다.

제6장

니콜라이 안드레예비치 볼콘스키 공작의 소유지인 루이스이에 고르이(민둥산)에서는 니콜라이의 아들 안드레이 공작 부부의 도착을 이제나저제나 하고 기다리고 있었다. 그러나 그 기다림 때문에 볼콘스키 공작이 지키고 있는 집안의 정연한 질서는 결코 파괴되지 않았다. 사람들이 '프러시아의 왕'이라 칭하고 있는 공작은 육군 대장 출신으로서, 공포정치를 행하다 살해당한 파벨 1세 통치 때 시골로 추방된 이래 딸 마리아와 그녀의 말벗인 프랑스 출신의 부리엔 양과 이 '민둥산'에서 두문불출의 삶을 살고 있었다. 권좌가 바뀐 이래 그의 유배가 풀리고 페테르부르크와 모스크바에서 지낼 수 있게 되었건만 그는 이 마을에서 한 발자국도 벗어나지 않은 채 지내고 있었다. 그러니 누구든 그를 만나려면 모스크바로부터 150킬로미터 이상 되는 그곳까지 달려가야만 했다.

그는 인간의 악행은 오로지 게으름과 미신 두 가지 원인에서 비롯된다는 지론을 가지고 있었다. 마찬가지로 그가 인정하는 미덕도 활동과 지성 단 두 가지였다. 그는 이 두 가지 자질을 키우기 위해 딸을 직접 교육했다. 그는 마리아가 스무 살이 된 지금까지 대수와 기하를 손수 가르쳤고, 그녀의 생활 전체를 오로지 공부에 전념하게 만들었다. 또한 그 자신도 끊임없이 무언가 일을 했다. 틈틈이 비망록을 썼고 어려운 수학문제를 풀기도 했으며 물레를 돌려 담뱃갑을 깎기도 했고 정원을 직접 손질하기도 했다.

일상생활에서도 질서를 그 무엇보다 중시하는 그는 식사 시간을 단 1분도 어기지 않고 꼬박꼬박 지켰으며 가족과 하인들에게도 질서를 지키도록 엄격하고 까다롭게 요구했다. 그 때문에 그는 그다지 가혹한 사람이 아니었음에도 불구하고 모두들 그를 두려워했고 어려워했다. 그리고 가까운 주변 사람뿐만 아니라 그곳 현의 지사들까지도 그를 향한 두려움과 존경심을 갖고 있었다.

젊은 부부가 도착하기로 되어 있는 날 아침에 마리아는 평소처럼 아침 인사를 하려고 아버지의 방으로 갔다. 공작은 물레를 돌리고 있었다. 공작은 그녀를 보자 자기가 쓴 기하 학습장을 들더니 안락의자에 앉으며 무덤덤하게 말했다.

"어서 와라. 거기 앉아라. 자, 이게 내일 공부할 내용이다." 그는 책을 뒤적이더니 손톱으로 꼼꼼히 표시를 하면서 말했다. 마리아가 노트를 향해 몸을 기울이자 공작이 계속 말했다.

"잠깐, 네게 편지가 왔다." 그는 그 말과 함께 편지꽂이에서 편지를 한 통 꺼내 탁자 위에 집어던졌다. 마리아는 얼른 그것을 집어 들고 살펴보았다.

"줄리에게서 온 거냐?"

"네."

줄리 카라기나는 마리아와 가장 친한 어릴 적 친구로서 로스토프가의 영명축일 파티에도 참석했던 처녀였다. 마리아는 아버지에게 인사하고 황급히 방에서 물러나와 자기 방으로 갔다. 편지를 뜯어보니 다음과 같은 내용이 프랑스어로 적혀 있었다.

> 나의 친애하는 소중한 벗에게!
>
> 아, 헤어져 있다는 건 얼마나 무섭고 고통스러운 일일까!
>
> 나는 몇 번이고 내 존재와 행복의 절반은 네게 있다고 되

뇌곤 해. 그리고 우리가 비록 이렇게 멀리 떨어져 있지만 우리 두 사람의 마음은 끊으려야 끊을 수 없는 연(緣)으로 맺어져 있다고 생각하곤 해. 하지만 아무리 그래도 소용없어. 아무리 즐거운 일들이 주변에 넘치더라도 너와 헤어져 있다는 슬픔을 이기기 힘들어. 지금 이렇게 편지를 쓰고 있자니, 전에 우리가 '고백의 소파'에 함께 앉아 이야기를 나눌 때 너의 그 다정한 눈초리가 내 곁에서 나를 지켜보고 있는 것 같아.

마리아는 거기까지 읽은 후 옆에 있는 거울을 들여다보았다. 거울은 별로 예쁘지 않은 얼굴에, 가냘픈 몸매의 처녀 모습을 보여주고 있었다. 아무래도 친구가 지나친 아부를 하는 것 같았다. 하지만 사실은 아부가 아니었다. 비록 미인은 아니었지만 그녀의 눈은 마치 영롱한 빛을 발하듯 매력적이었다. 하지만 그녀는 자신의 눈이 그렇게 아름답다는 것을 결코 알 수 없었다. 그 눈이 아름다움을 발산하는 것은 그녀가 자기 자신을 잊고 남들 생각을 할 때뿐이기 때문이었다. 누구나 그렇듯, 그녀는 자기 자신의 모습을 살펴보기 위해 거울을 들여다보면서 자신이 못생겼다고 생각했다.

그녀는 계속 편지를 읽어 내려갔다.

모스크바에서는 온통 전쟁 이야기들뿐이야. 내 오빠 한 명은 벌써 외국에 가 있고 한 명은 근위부대와 함께 일선으로 진격하고 있어. 아, 하늘이 황제 폐하를 돌보시어 적들을 이 땅에서 빨리 추방할 수 있게 되기를!

이번 전쟁은 두 오빠뿐 아니라 내 마음속 가장 소중한 사람 한 명도 빼앗아갔어. 바로 니콜라이 로스토프를 말하는 거야. 그 사람도 곧 입대를 하게 되어 있어. 정말 쾌활하고 기품이 넘치는 사람이야. 비록 아주 짧은 기간 교제를 했지만 내게는 감미로운 추억으로 남아 있어. 기회가 닿으면 헤어질 때 일, 서로 주고받은 말들을 숨김없이 네게 전해줄게.

아, 그리운 마리아! 너는 참으로 행복해. 이처럼 애끓는 기쁨과 애타는 슬픔을 모르고 지내니까 말이야. 니콜라이 백작은 너무 젊어서 내게는 친구 이상이 될 수 없다는 것을 나는 잘 알고 있어. 하지만 이런 순수한 우정이 내가 바라던 것 바로 그것이기도 했어.

전쟁과 함께 지금 모스크바에서 사람들이 온통 관심을

쏟고 있는 문제가 또 있어. 베주호프 백작의 죽음과 유산 상속 문제야. 백작의 세 딸은 아주 적은 유산만 상속 받았고 바실리 공작은 한 푼도 받지 못했어. 피에르가 거의 모든 재산을 상속받은 데다 백작의 적자로 인정받아서 이제 러시아에서 첫째가는 부자에 당당한 베주호프 백작이 된 거야. 들리는 말로는 바실리 공작이 이 일에 대해 뭔가 비열한 짓을 꾸미다가 톡톡히 망신만 당하고 페테르부르크로 돌아갔다고 하더라. 너한테 살짝 하는 말이지만, 이제까지 내가 나도 생판 모르는 젊은이에게 시집갈 거라고 쑥덕거리던 사람들이, 이제는 나를 베주호프 부인으로 만들려고 애쓰고 있어. 이른바 양갓집 규수들은 다 그런 꿈을 꾸고 있겠지. 하지만 너도 잘 알다시피 난 그런 건 조금도 바라지 않아.

이왕 결혼 이야기가 나온 김에 한 마디 더 할게. 사교계에서 '모든 이의 아주머니'로 통하는 안나 드루베스카야 공작 부인이 극비라며 넌지시 내게 해준 말이야. 바로 너를 결혼시키겠다는 계획이 진행되고 있다는 거야. 상대방이 누구냐 하면, 글쎄, 다른 사람도 아니고 바로 바실리 공작의 둘째 아들 아나톨리라는 거야. 굉장한 미남이지만 또 굉장한 말썽꾼이래. 내가 모른 척할 수 없어서 네게 알려주는 거야.

이만 줄일게. 그럼 안녕! 아버님과 부리엔 양에게도 안부 전해줘.

애정 어린 포옹을 보내며

줄리

추신: 오라버니와 아름다운 올케 소식도 알려주길 바란다.

마리아는 잠시 생각에 잠겼다가 답장을 썼다.

사랑하는 벗에게,

13일에 보낸 네 편지를 받고 너무 기뻤어. 넌 여전히 나를 사랑하고 있구나, 시적인 줄리! 너는 누군가와, 특히 나와 헤어져 있는 게 고통스럽다고 말했지만 그런 이별이 네게는 별로 영향을 미치지 못하는가봐. 곁에 누군가가 없어서 힘들다고? 그렇다면 소중한 모든 이들, 모든 것들과 헤어져 지내야 하는 나는 뭐라고 해야 할까? 아, 종교가 우리를 위안해주지 않는다면 삶은 정말 슬프기 그지없을 거야.

베주호프 백작의 부고에 대한 소식은 네 편지를 받기 전에 이미 들었어. 아버님의 충격이 크셨던 것 같아. 그 소식을 듣고 아버님은 베주호프 백작은 이 위대한 세기의 두 번째 가는 인물이다, 다음번에는 내 차례다, 라고 말씀하셨어. 오, 하느님, 제발 그 불행을 우리가 피할 수 있게 해주소서!

줄리, 네 편지를 보니 피에르에 대해 조금은 좋지 않은 감정을 가진 것 같구나. 하지만 나는 생각이 달라. 어릴 때부터 그 사람을 알고 있었지만 언제나 훌륭한 마음씨를 가진 것으로 보였어. 그리고 나는 그 무엇보다 그 자질이 제일 중요하다고 생각해.

하지만 나는 그분이 가엽기도 해. 부자가 천국에 들어가기보다는 낙타가 바늘구멍을 빠져나가는 게 더 쉽다고 하신 구세주의 말씀은 무서운 진실이야. 그런데 그분이 그토록 무거운 짐을 지게 되었으니 앞으로 얼마나 많은 유혹을 헤치고 나가야 하는 걸까!

참, 내 혼담이 오간다고? 아버님께서는 내 결혼에 대해서는 한 마디도 언급하신 적이 없어. 다만 바실리 공작에게

서 편지가 한 통 와서 그분을 기다리고 계신다는 말은 해 주셨어. 나는 결혼이란 우리들이 복종해야만 하는 하느님의 계율이라고 생각해. 상대가 그 누구건 하느님의 뜻으로 아내로서, 또 어머니로서의 의무를 지게 된다면 그 사람에 대한 내 감정이 어떻건 충실하게 그 의무를 이행할 거야.

오빠와 올케 언니가 오늘 이곳에 온다는 연락을 받았어. 하지만 오빠를 만나는 기쁨은 그리 오래 지속되지 못할 거야. 오빠는 그 이유도 목적도 모르는 채 우리 모두 휘말려들고 있는 전쟁터로 곧바로 나갈 거거든. 이곳은 시골이니까 더없이 평온할 것 같지? 하지만 이곳에도 전쟁의 소음이 들리는 것 같아서 사람들의 마음을 무겁게 해. 게다가 여기서도 출정하는 아들들 앞에서 어머니가 울부짖는 모습을 종종 목격할 수 있어. 그걸 보면 나는 이런 생각이 들어. 아, 인류는 서로 사랑하라고, 내게 해를 가한 자를 용서하라고 말씀하신 주의 가르침을 잊은 채, 서로를 죽이는 기술 속에 자신의 명예와 가치가 있다고 생각하게 된 건 아닐까?

안녕, 사랑하는 내 친구. 우리 주와 성모 마리아께서 거룩

한 손길로 너를 지켜주기를!

마리아

마리아는 편지를 고이 접어 봉투에 넣었다.

제7장

마차가 현관 앞에 멈추더니 안드레이가 먼저 마차에서 내린 후 아내 리자가 내리는 것을 도와주었다. 백발이 성성한 충복 티혼이 그들을 맞아주었고, 안드레이 부부는 천천히 안으로 들어갔다.

그들이 피아노 소리가 들려오는 방 앞에서 걸음을 멈추자 문이 열리더니 방 안에서 금발의 처녀가 뛰쳐나왔다. 프랑스 처녀인 부리엔 양이었다. 그녀는 그들을 보자마자 기쁨의 탄성을 내질렀다.

“아, 드디어 오셨군요. 마리아 양이 얼마나 기뻐할까! 얼른 들어가서 알려줘야지!”

“아니, 아니, 가만두세요. 당신이 부리엔 양이겠군요.” 리자가 말했다. "시누이가 당신과 가깝게 지낸다는 걸 이미 알고 있어요. 자, 우리 함께 안으로 들어가요."

둘은 반갑게 키스를 나눈 후 안으로 들어갔고 안드레이는 얼굴을 찌푸린 채 방 앞에 잠시 서 있었다. 그들이 들어가자마자 마리아가 치고 있던 피아노 소리가 그치고 외침 소리, 키스 소리가 들려왔다. 안드레이는 천천히 방 안으로 걸음을 옮겼다.

안으로 들어가보니, 결혼식 때 딱 한 번 만났을 뿐인 시누이 올케가 서로 부둥켜안고 눈물을 흘리며 키스를 나누고 있었다. 마치 오랜만에 만난 십년지기 같았다. 이어서 마리아가 오빠의 모습을 알아보고 "아, 오빠!"라고 소리치며 반짝이는 아름다운 눈으로 안드레이를 바라보았다. 안드레이는 그녀의 손을 잡고 입을 맞추며 "너는 여전히 울보로구나"라고 놀려댔다.

이어서 리자가 수다를 떨기 시작했다. 리자의 이야기가 페테르부르크에서 있었던 영명축일 파티 이야기로 옮아갈 때까지 마리아는 올케의 이야기를 건성으로 들으며 안드레이를 사랑과 슬픔이 깃든 눈길로 바라보고 있었다. 그녀가 불쑥 안드레이에게 물었다.

"오빠, 꼭 입대하기로 결심한 거예요?"

"그럼. 당장 내일이라도……."

리자가 한숨을 내쉬더니 말했다.

"저 사람은 나를 이곳에 버려두고 전장에 나가려 하고 있어요. 도대체 왜 그러는지 모르겠어요. 가만히 있어도 앞길이 훤히 열릴 텐데……."

이어서 그녀는 갑자기 울음을 터뜨렸다.

"이 사람은 좀 쉬어야 해." 안드레이가 얼굴을 찌푸리며 말했다. "나는 아버님에게 다녀올 테니 함께 있도록 해라."

"오, 용사가 나타나셨군. 보나파르트를 무찌르겠다 이거지!" 서재에서 그를 맞은 니콜라이 볼콘스키 공작이 머리를 크게 흔들며 말했다. "그래, 그래! 그래야 해! 그러지 않으면 그놈은 머지않아 우리를 자기 신하로 삼아버릴 거야!"

안드레이는 아버지의 말에 동문서답 식으로 말했다.

"네, 아버지, 제가 이렇게 왔습니다. 임신 중인 아내를 데리고요. 건강은 좀 어떠신지요?"

"얘야, 바보하고 난봉꾼만 건강을 해치는 법이야. 넌 나를 잘 알지 않느냐. 아침부터 저녁까지 일을 하고 절제를 하고 있으니 건강이 좋을 수밖에!"

이어서 공작은 현재 벌어지고 있는 전투 상황에 대해 자신의

견해를 한참 동안 피력한 뒤 안드레이가 생각하고 있는 전술이 어떤 것인지 듣고 싶어했다. 안드레이는 아버지의 집요한 요구를 거절하기 어려워 자신이 생각하고 있던 작전 계획을 설명하기 시작했다. 처음에는 마지못해 꺼낸 이야기였지만 이야기가 진행될수록 그 자신도 이야기 속으로 빨려 들어가, 반은 러시아어로, 반은 프랑스어로 말을 이어갔다.

그는 9만의 군대를 동원해 프러시아를 위협해서 프러시아를 중립에서 벗어나 전쟁에 참가하게 만들어야 하며, 그 군대의 일부는 슈트랄준트로 가서 스웨덴군과 합류해야 한다는 것, 22만의 오스트리아군이 10만의 러시아군과 합류해서 이탈리아와 라인 지방에서 전선을 펼쳐야 하고 5만의 러시아군과 5만의 영국군이 나폴리에 상륙해서 프랑스군과 맞서는 등, 도합 50만의 군대가 사방에서 적들을 공격해야 한다고 한참 동안 역설했다.

"뭐, 제가 곰곰 생각해보고 말씀드린 건 아닙니다. 그냥 현재 상황을 펼쳐 보여드린 거지요. 나폴레옹도 이에 못지않은 계획을 세워놓고 있겠지요."

"그래, 네 이야기에 새로운 건 하나도 없구나. 이제 점심을 들어야지. 자, 식당으로 가 있거나. 내 곧 내려가마."

잠시 후 식당에서도 오간 이야기는 오로지 전쟁에 관한 것뿐이었으며 이야기는 물론 볼콘스키 노공작이 주도했다.

이튿날이 되었다. 안드레이는 저녁에 출발할 예정이었다. 안드레이는 방에서 하인과 함께 짐을 꾸렸다. 리자는 마리아의 방으로 가서 시누이와 함께 있었다. 안드레이가 아무리 대범한 척했지만 임신한 아내를 놔두고 전장에 나간다는 것은 작은 일이 아니었다. 하인이 짐을 들고 나가자 그는 뒷짐을 진 채 깊은 사색에 잠겨 방 안을 거닐고 있었다.

그때 복도를 걸어오는 발자국 소리가 들렸다. 그는 재빨리 뒷짐을 풀고 마치 상자의 뚜껑을 닫는 척하면서 여느 때의 침착한 표정을 지었다. 방으로 들어온 것은 누이동생 마리아였다.

"오빠가 짐을 부리고 있다는 소리를 듣고……." 그녀는 숨을 헐떡이고 있었다. "오빠랑 단둘이 이야기 좀 나누고 싶어요. 얼마 동안이나 헤어져 있을지 모르니까요. 오빠, 내가 이렇게 온 게 귀찮은 건 아니겠지요? 암튼, 오빠는 많이 변한 것 같아."

"리자는 어디 있지?"

"언니는 기진맥진해서 내 방에서 쉬고 있어요. 아아, 오빠, 오빠는 정말 좋은 아내를 둔 거예요. 언니는 정말 어린애 같아. 너무 귀엽고 사랑스러운 어린애! 난 언니가 정말 좋아."

안드레이는 대답하지 않았다. 그러나 마리아는 오빠의 얼굴에 흘낏 나타난 빈정대는 듯한 경멸의 표정을 놓치지 않았다.

"오빠, 사소한 결점이 없는 사람이 어디 있어요? 그런 건 너그럽게 보아 넘겨야 해요. 게다가 사교계에 익숙한 꽃다운 여자가 시골에 홀로 파묻힌다는 게 어떤 건지 생각해줘야 해요. 나 같은 사람하고 비교하면 안 돼요. 나는 다른 생활은 전혀 모르는 채 계속 이곳에서 지낸 여자잖아요. 나는 혼자 있는 걸 더 좋아하는 여자이고……, 어쨌든 오빠에게 꼭 전해주고 싶은 게 있어요."

안드레이는 의아한 눈길로 누이동생을 바라보았다. 마리아는 아직 손가방에 들어 있는 것을 꺼내지 않은 채 말했다.

"오빠, 약속해줄래요?"

"뭔지 모르지만 약속하지. 그런데 그게 뭔데?"

"이건 성상이에요. 오빠를 축복하기 위해 드리는 거예요. 절대로 이걸 몸에서 떼어내지 않겠다고 약속할 수 있어요? 약속해주겠죠?"

"그래, 그게 몇십 킬로그램이나 되어 목이 늘어나지만 않는다면……."

안드레이는 자신의 농담을 듣고 마리아가 슬픈 표정을 짓는 것을 보고 얼른 정색하고 말했다.

"물론이야. 정말 고맙다, 마리아."

"오빠, 하느님이 오빠를 구원해주시고, 오빠를 용서해주실 것이며, 오빠를 당신에게로 인도할 거예요. 하느님만이 진리이고 평화니까요." 그녀는 떨리는 목소리로 말하면서 섬세한 은사슬에 매달려 있는 구세주의 성상을 오빠에게 내밀었다.

"정말 고맙다."

그녀는 성상에 입을 맞춘 후 오빠의 이마에도 키스를 하고 소파에 앉았다. 둘은 잠시 말이 없었다. 얼마 후 그녀가 입을 열었다.

"오빠, 언니는 정말 착하고 친절한 분이에요."

"얘야, 왜 자꾸 그 이야기를 강조하는 거니? 나는 지금까지 네게 리자를 비난하거나 좋지 않게 말한 적이 없어. 또 앞으로도 그럴 일은 없을 거야. 하지만 아내 입장에서 나를 비난해도 안 돼. 나는 언제나 이 모습 그대로일 거야. 만일 네가 진실을 알고 싶어한다면……, 말하자면 내가 행복한지 아닌지 알고 싶어한다면……, 그렇지 않다고 대답할 수밖에 없구나. 그럼 리자는 행복할까? 그것도 아니야. 하지만 왜 그렇게 된 건지는 나도 알 수 없어. 자, 이제 리자에게 가자. 작별 인사를 해야 하니까."

둘은 방에서 나와 복도를 걸어갔다. 그때 하인이 안드레이에게 와서 전했다. 니콜라이 공작이 아들과 단둘이 서재에서 작별 인사를 하고 싶어한다는 전갈이었다. 안드레이는 아버지의 서재로 갔다.

그가 서재로 들어가자 아버지는 책상 앞에 앉아서 한참 무언가를 쓰고 있다가 뒤를 돌아보았다.

"이제 떠나는 거냐? 고맙다."

"아버님께서 제게 왜 고맙다고 하시는지 그 이유를 모르겠습니다. 저는 아내를 아버님 곁에 두고 가는 게 부끄러울 따름인데……."

"여자 치맛자락에 매달려 출발을 늦추거나 하지 않기 때문이지. 암튼 쓸데없는 소리 그만하자! 너, 뭔가 하고픈 말이 있는 모양이로구나."

"아내가 해산할 때 되면 모스크바에서 의사를 불러다주십시오."

노공작은 웃음을 띠며 말했다.

"너, 아내와 잘 안 돼가는 모양이로구나. 어쨌든 걱정 말아라. 내가 할 수 있는 건 다 해줄 테니……. 그리고 이 편지를 쿠투조프 장군에게 전해라. 너를 쓸데없이 부관으로 오래 데리고 있지 말고, 좋은 일을 할 수 있는 곳으로 보내달라고 썼다. 그에게 내 안부를 전해라. 그리고 네가 근무하게 될 곳이 마음에 들면 그대로 눌러앉아 계속 근무해라. 니콜라이 볼콘스키의 아들은 누군가의 비호나 받으며 지내면 안 된다. 자, 이제 작별 인사를 하자."

공작은 아들을 힘차게 껴안으며 말했다.

"아들아, 만일 네가 전사하게 된다면……, 내 늙은 가슴도 피를 흘릴 것이다." 그는 아들을 준엄한 얼굴로 똑바로 바라보며 덧붙였다. "하지만 니콜라이 볼콘스키의 아들이 의무에서 조금이라도 벗어나는 행동을 했다는 것을 내가 알게 된다면, 나는 부끄러워할 것이다!"

"그런 말씀은 하실 필요도 없습니다, 아버님." 안드레이가 웃으며 대답했다. "다만 저도 한 가지 청이 있습니다. 만일 제가 전사하고 사내아이가 태어나거든 아버님 곁에서 떼어놓지 말아주십시오. 아버님 밑에서 자라게 해주십시오……. 부탁드립니다."

아버지의 방을 나온 그는 아내와 마리아가 있는 방으로 가서 작별 인사를 했다. 마리아는 거의 정신을 잃다시피 한 리자를 부축한 채 안드레이가 나간 문을 언제까지나 바라보며 성호를 그었다. 서재에서는 노인의 코 푸는 소리가 계속 들려왔다.

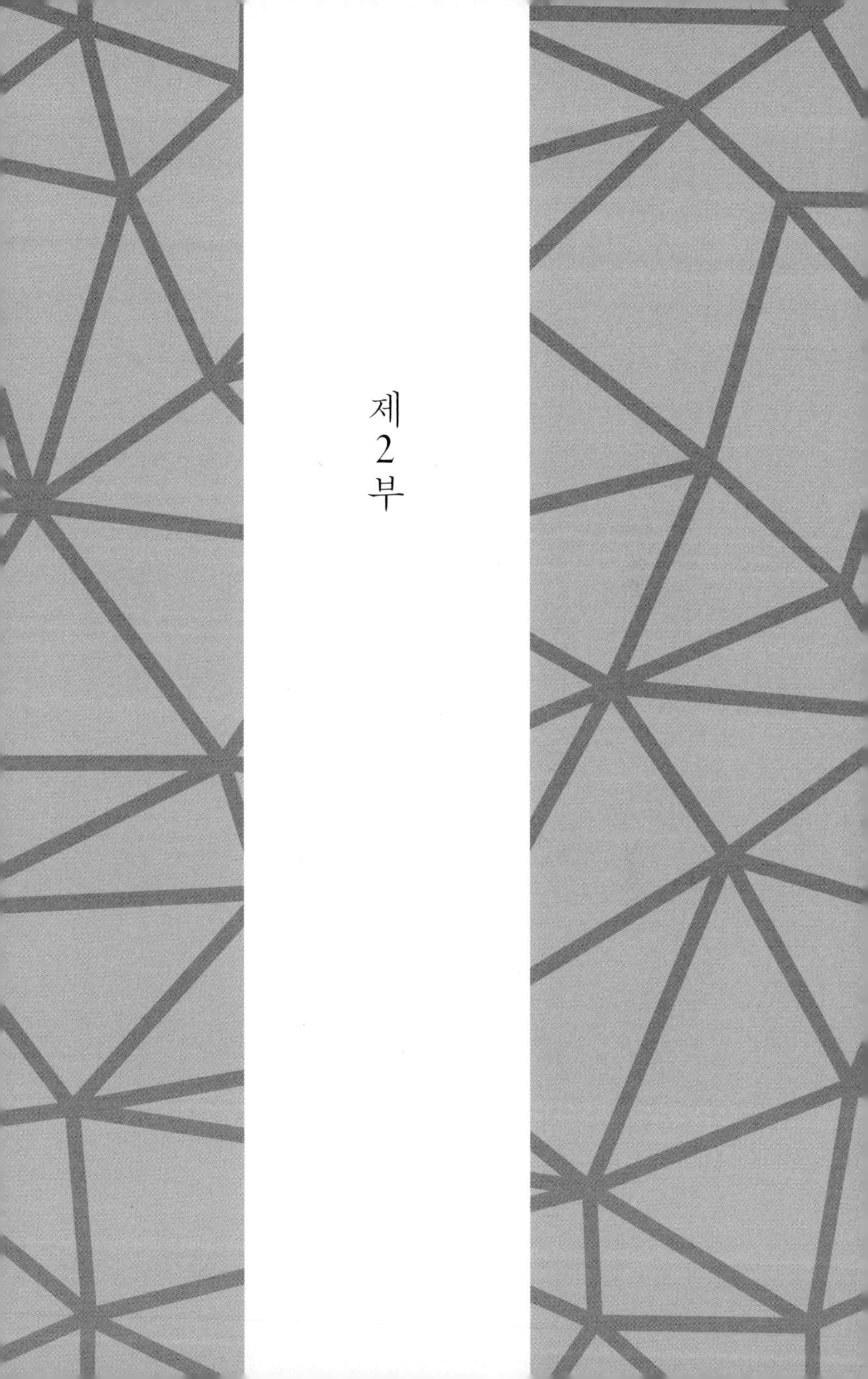

제 2 부

제1장

1805년 10월, 러시아군은 오스트리아 대공국의 몇몇 촌락과 도시를 점령하고 있었다. 그곳으로 속속 러시아로부터 새로운 부대가 도착해서 그곳 주민들에게 큰 짐을 안겼다. 점점 늘어나는 부대들은 쿠투조프 원수가 지휘하는 브라우나우 요새를 중심으로 운집했다.

1805년 10월 11일 브라우나우 요새에 막 도착한 보병 연대가 읍에서 1마일(약 1.6킬로미터) 정도 떨어진 곳에서 총사령관이 쿠투조프 원수의 사열을 기다리고 있었다. 사열을 기다리고 있는 2,000명의 부대원들을 연대장이 직접 지휘하면서 총사령관의 도착을 기다렸다.

"도착하셨습니다!" 척후병이 외쳤다.

연대장은 황급히 말 위에 올라 "전체, 차려-엇" 하고 영혼을 잡아 흔들만한 목소리로 호령했다. 양옆으로 가로수가 심겨 있는 넓은 한길 저편에서 하늘색 포장이 덮인 마차가 빠르게 달려오고 있었다. 마차 뒤로는 러시아 기병대와 카자크 기병들이 따르고 있었다. 쿠투조프 원수 곁에 앉아 있는 오스트리아 장군의 하얀 군복이 러시아 병사들의 검은 군복 사이에서 두드러져 보였다.

마차가 연대 앞에서 멈추었고 쿠투조프는 육중한 몸을 마차 발판에 디디며 마치 2,000명의 병사는 안중에도 없다는 듯 가볍게 미소를 지었다. 연대 병사들은 일제히 받들어총을 했고, 이어서 포효하듯 "원수 각하, 만세!"라고 외쳤다. 곧이어 쿠투조프는 물을 끼얹은 듯 조용한 대열 사이를 수행원을 거느리고 돌아다니기 시작했다.

쿠투조프는 대열 사이를 돌아다니면서 터키 전쟁에서 얼굴을 익힌 장교나 병사 앞에서 걸음을 멈추고 부드럽게 말을 건네기도 했다. 그의 뒤로는 수행원 스무 명 정도가 따르고 있었으며 바로 뒤로는 얼굴이 잘생긴 부관이 뒤따르고 있었다. 바로 안드레이 볼콘스키 공작이었다. 그와 어깨를 나란히 하고 네스비츠키라는 이름의 뚱뚱한 영관장교가 뒤따르고 있었다.

장군이 마지막 부대인 제3대대 앞에 이르렀을 때였다. 수행하고 있던 안드레이가 장군 옆으로 다가가 프랑스어로 나지막이 속삭였다.

"각하께서 강등된 병사인 돌로호프를 상기시켜달라고 말씀하신 걸로 압니다만……."

"아, 맞아. 그 병사 지금 어디 있나?"

돌로호프는 피에르, 아나톨리와 함께 곰 사건을 일으킨 장본인임을 여러분은 기억할 수 있을 것이다.

곧이어 금발 머리에 밝은 하늘빛 눈을 한 잘생긴 병사가 대열 중에서 앞으로 나왔다. 그는 총사령관 앞에 서더니 받들어 총을 했다.

"이 병사가 돌로호프입니다." 안드레이가 말했다.

"아, 그런가? 자네, 이번 일이 충분히 교훈이 되었을 것이다." 총사령관이 준엄한 눈빛으로 말했다. "최선을 다해 근무하도록! 황제 폐하께서는 너그러우신 분이며, 나 또한 자네가 공적을 쌓으면 결코 잊지 않겠다."

"각하, 한 가지 청이 있습니다!" 그가 쩌렁쩌렁 울리는 목소리로 단호하고 침착하게 말했다. "제게 제 과오를 씻고 황제 폐하와 조국 러시아를 향한 저의 충성심을 증명할 기회를 주십시오!"

쿠투조프는 대답 없이 고개를 돌리더니 마차가 있는 곳으로 걸어갔고 돌로호프는 제자리로 돌아갔다.

총사령관이 멀어지자 연대장이 중대장에게 말했다.

"돌로호프에게 내가 주목하고 있다고 반드시 전해주게. 마음 푹 놓고 있으라고 전하란 말이야. 그런데 그 친구 품행은 어떤가?"

"근무는 성실하게 합니다만……." 중대장이 조금 머뭇거리며 말했다. "성질이 좀……."

"아니, 성질이 어떻다는 건가?"

"그때그때 확 변하곤 합니다. 어느 날은 선량하고 영리하고 교양 있게 행동하다가 또 어떤 날은 완전히 짐승 같아집니다. 아시겠지만, 폴란드에서는 유대인 한 명을 죽일 뻔한 일도 있었지요."

"맞아, 그랬지. 하지만 동정해줘야 할 친구야……. 불행한 친구이기도 하고……, 배경도 상당해……. 그러니 알아서……."

"각하, 잘 알겠습니다!" 중대장은 상관의 뜻을 잘 알겠다는 듯 미소 지으며 말했다.

열병식을 마치고 돌아온 쿠투조프는 오스트리아 장군과 함께 서재로 갔다. 오스트리아 장군은 오스트리아군이 곳곳에서 위기에 처해 있으니 한시라도 빨리 러시아군이 출동해 그들을 도와달라는 부탁을 하러 온 것이었다. 쿠투조프는 부관을 불러 러시아군의 전반적 상황에 관한 보고서들과 오스트리아 선발대를 지휘하고 있는 페르디난트 대공의 서신을 가져오라고 명령했다. 곧이어 안드레이가 필요한 서류들을 챙겨 서재로 들어갔다.

쿠투조프는 서류를 받은 후 오스트리아 장군에게 말했다.

"마크 장군 같은 노련한 사령관이 지휘하고 있는 오스트리안군은 결코 패배하지 않을 것입니다. 제 확신이기도 하고 최근에 페르디난트 대공으로부터 받은 편지 내용으로 보아도 그렇습니다. 따라서 러시아군의 도움은 더 이상 필요치 않으리라고 생각됩니다만……."

오스트리아 장군은 눈살을 찌푸렸다. 오스트리아군이 패배했다는 결정적인 소식은 들리지 않고 있었지만 전체적으로 불리한 상황임을 알려주는 자료는 많았던 것이다.

쿠투조프는 안드레이에게 "그 서신을 이리 가져오게"라고 말했다. 그는 페르디난트 대공이 보낸 편지의 한 구절을 오스트리아 장군에게 읽어주었다.

우리들은 7만 명이 결집되어 있으므로 적군이 레히강을 건너려 하면 격퇴할 수 있음. 그들이 강을 건너더라도 우리는 울름 시를 점령하고 있으므로 도나우강 양쪽 강 안을 장악할 수 있고 필요한 경우 강을 건너 적을 공격할 수 있으며 그들의 주력군이 우리 동맹군을 공격하는 것을 저지할 수 있음. 우리는 러시아 제국의 군대가 그때까지 기다렸다가 우리와 합류하여 적군을 운명의 구렁텅이로 몰아넣기를 바라고 있음.

편지를 보여준 후 쿠투조프는 오스트리아 장군에게 잠시 실례하겠다며 안드레이에게 전황에 관한 모든 보고서를 일목요연하게 정리해서 가져오라고 지시했다.

안드레이는 두 사람에게 경례한 후 응접실로 나왔다.

안드레이 공작은 러시아를 떠나온 지 얼마 되지 않았지만 상당히 많이 변해 있었다. 평소에 그가 짐짓 지어 보이던 무기력과 권태의 모습은 찾아볼 수 없었다. 그는 현실적이고 진지한 문제에 늘 몰두해 있어, 자기가 남들에게 어떤 인상을 주는지 한가롭게 생각할 여유 같은 것은 없는 것 같았다. 그리고 그의 얼굴과 눈길은 전보다 한결 밝아졌으며 매력적이었다. 주변 사람들과 하는 일에 만족해 있는 것 같았다. 당시 폴란드에 있던 쿠투조프는 그를 반갑게 맞았으며 그를 절대로 잊지 않겠다고 약속했다. 쿠투조프는 그를 다른 부관들보다 특별히 총애해서 빈에도 데리고 가는가 하면, 아주 중요한 임무들을 그에게 맡겼다.

안드레이는 응접실에 있던 문서 보관 장교에게 총사령관의 명령을 전달했다. 러시아군이 전진하지 않고 머물러 있는 근거를 마련하라는 지시였다. 그때였다. 누군가가 황급히 응접실 문을 열고 안으로 들어섰다. 분명 방금 이곳에 도착한 것이 분명한 오스트리아 장군이었다. 문서 보관실로 가려던 안드레이와 보관 장교는 걸음을 멈추었다.

"쿠투조프 장군 계신가?" 막 도착한 오스트리아 장군은 서재 문을 향해 다가가면서 독일어식 발음으로 급히 물었다.

"각하께서는 다른 분과 면담 중이십니다." 안드레이가 대답했다. 장군은 기진한 듯 소파에 털썩 주저앉았다.

그때 서재 문이 열리며 쿠투조프가 응접실로 나왔다. 그러자 오스트리아 장군이 자리에서 벌떡 일어나며 말했다

"불운한 마크가 장군님을 만나러 왔습니다."

서재 문가에 서 있던 쿠투조프는 한동안 굳은 표정이었다.

그는 잠시 후 얼굴을 부드럽게 펴면서 공손히 머리를 숙이더니 손님과 함께 서재로 들어갔다.

사실 오스트리아군이 패했으며 울름 시까지 프랑스군에게 함락 당했다는 소문은 일찌감치 돌고 있었다. 그런데 그것이 이렇게 사실로 밝혀진 것이다. 그런데 안드레이는 그 소식을 듣고 환희에 가까운 감정을 느꼈다. 한편으로는 그토록 오만하던 오스트리아가 굴욕을 맛보았다는 생각에, 다른 한편으로는 1주일 내로 드디어 프랑스와 러시아가 정면 대결하게 되었고 자신이 직접 그 전투에 참가할 수 있다는 생각에서였다. 그런 가운데 그는 나폴레옹의 천재성이 그의 상대방들의 모든 용맹을 합한 것보다 강하면 어쩌나 하는 두려움을 느끼기도 했다.

제2장

이곳은 브라우나우로부터 2마일(약 3.2킬로미터) 정도 떨어진 곳. 파블로그라드 경기병 연대가 그곳에 주둔하고 있었다. 우리가 알고 있는 니콜라이 로스토프는 바로 그 경기병 연대 중, 데니소프 대위가 지휘하는 중대에 소속되어 있었다.

10월 11일, 마크 장군 패배의 비보가 전해지자 전날까지만 해도 평온하기만 하던 진영은 발칵 뒤집혔다. 내일 진격하라는 명령이 떨어진 것이다. 술과 노름에 절어 지내던 중대장 데니소프는 정신이 번쩍 들어 말했다.

"자, 진격이다! 정말 고마운 일이로다! 좀이 쑤셔서 못 견딜 지경이었는데!"

니콜라이 역시 자기 자신과 자신이 속한 부대, 더 나아가 러시아의 명예를 위해 그 무언가를 증명할 기회가 왔다는 생각으로 흥분한 가운데 출격 준비를 했다.

니콜라이의 모습은 그 정도 흘낏 바라보는 것으로 만족하고 우리의 눈길을 다시 총사령관 쿠투조프에게로 돌리기로 하자.

쿠투조프는 브라우나우 시를 흐르는 인나강과 린츠 시를 흐르는 트라운강의 다리를 아군이 건너자마자 다리들을 파괴한 후 빈을 향해 퇴각했다. 10월 23일, 러시아군은 엔스강을 건너고 있었다. 그날 정오 무렵, 러시아군 수송부대와 포병대, 보병 종대(縱隊) 행렬이 다리 양쪽에 꼬리를 물고 이어졌다.

포병 중대가 배치되어 있는 고지대에서 바라보면 작은 도시의 하얀 집들, 빨간 지붕들, 수도원, 다리 양쪽을 빽빽이 채우고 행군하고 있는 러시아군의 행렬이 멀리 내려다보였다. 도나우강이 합류하고 있는 엔스강 하류에는 배들, 섬들과, 두 강에 둘러싸여 있는 성들이 보였다. 바위로 이루어진 도나우강 왼쪽 기슭에는 안개 덮인 울창한 소나무 숲이 멀리까지 신비롭게 펼쳐져 있었으며 울창한 그 원시림 너머로는 수도원의 탑이 솟아 있었고 더 멀리 높은 곳에서는 적군 척후병들의 모습이 어른거렸다.

포대 앞쪽에서 후위 부대 지휘를 맡고 있는 장군 한 명이 참모 장교 한 명을 대동하고 망원경으로 지형을 관찰하고 있었다. 그리고 조금 뒤쪽에는 쿠투조프 총사령관의 부관 중 한 명인 네스비츠키가 포신 위에 앉아 있었다. 쿠투조프가 그를 후위 부대로 파견한 것이다.

장군의 참모 한 명이 장군에게 손가락으로 어딘가를 가리켰고 장군은 망원경을 눈에 대고 들여다보았다.

"음, 그래! 맞았어!" 장군이 망원경을 내려놓으며 화가 난 듯 말했다. "놈들이 공격을 준비하고 있군! 아니, 아군들은 뭘 저리 꾸물거리는 거야!"

맨 눈으로도 맞은편 강변의 적 포대가 보였다. 적들의 포신(砲身)에서 우윳빛처럼 흰 연기가 모락모락 피어오르는 것이 보였고 이어서 포성이 울렸으며 아군들이 서둘러 다리를 건너려고 허둥지둥하는 모습이 보였다.

"각하, 제가 내려가서 보고 오겠습니다." 네스비츠키가 장군에게 말했다.

"그래 줄 수 있겠나? 아무래도 아군이 너무 느리게 움직이는 것 같아. 그리고 이미 명령을 내려놓았지만 경기병들에게 다시 한번 전해주게. 모두 다 건너고 나면 다리를 불살라버리라고 말이야."

다리 위는 한없이 혼란스러웠다. 말을 탄 네스비츠키는 다리 한복판에서 병사들이 농담을 하며 후퇴하는 모습을 지켜보고 있었다. 다리 밑을 흐르는 엔스강을 바라보며 그는 어렵사리 병사들을 헤치고 앞으로 나아갔다.

그때였다. 누군가가 뒤쪽에서 "야, 이놈아! 어이, 네스비츠키!"라고 외치는 쉰 목소리가 들렸다. 그는 뒤돌아보았다. 순간 보병들의 무리에 섞여 있는 바시카 데니소프의 모습이 보였다. 바로 니콜라이가 속한 경기병대의 중대장이었다.

"오, 자네로군!"

데니소프는 병사들을 헤치며 겨우 네스비츠키의 곁으로 올 수 있었다.

"오늘은 어째 멀쩡하군." 데니소프를 보고 네스비츠키가 농담조로 말했다.

"어디 마실 짬이 나야 말이지. 그저 하루 종일 연대를 이리저리 끌고 다니기만 하니! 제길! 전쟁터에서는 한바탕 싸워야 제맛이지, 도대체 이게 뭐야!"

둘은 함께 겨우 다리를 건너 연대장을 만날 수 있었다. 네스비츠키는 서둘러 퇴각한 후, 다리를 다 건너게 되면 다리에 불을 지르라는 장군의 명령을 연대장에게 전한 후 되돌아갔다.

얼마 후 보병들이 모두 다리를 건너고 오로지 데니소프의 경기병 중대만이 적과 대치한 채 다리 건너편에 머물러 있었다. 멀리 맞은편 산 위에 있는 적군의 모습은 아직 이쪽 다리 아래에서는 보이지 않았다.

그때 갑자기 길 오르막에 푸른 외투를 입은 군대가 대포를 앞세우고 나타났다. 프랑스군이었다! 오후가 되면서 날은 활짝 개어 있었고 이따금 적진에서 나팔 소리와 외침 소리가 들려올 뿐 주위는 고요했다. 경기병 중대와 적군 사이에는 몇 명 되지 않는 양군 척후병 외에는 아무것도 없었다. 마주 보고 있는 양군 사이의 거리는 약 600미터가량 되었다. 적군은 사격을 하지 않고 있었으나 오히려 그 때문에 양군을 갈라놓고 있는 뭐라 설명하기 어려운 위협적인 선, 이 불가사의한 거리가 더욱 또렷하게 느껴졌다.

'삶과 죽음을 갈라놓는 것 같은 이 경계선을 한 발자국 넘어서면 무엇이 있을까? 미지의 고통? 죽음? 이 들판, 이 나무, 햇빛을 받아 반짝이는 이 지붕들 너머에는 무엇이 있을까? 무엇인지 알 수 없다. 하지만 어쩐지 알고 싶다……. 이 선을 넘는 것은 두렵다. 하지만 그것을 넘고 싶다. 조만간 그래야만 한다는 것을 누구나 알고 있기 때문이다. 그러면 그 너머에 무엇이 있는지 알게 되리라. 마치 삶 저편에 무엇이 있는지 알게 되는 것과 마찬가지로……. 나는 힘이 넘치는 것을 느끼며 건강하고 쾌활하며 흥분되어 있다. 그리고 나를 둘러싸고 있는 사람들 모두 나와 마찬가지로 건강하고 활기에 넘치고 있다.'

적과 마주 선 사람들은 모두 똑같은 생각을 하고 있지는 않았지만 어렴풋이 비슷한 것을 느끼고 있었다.

적군이 있는 고지에서 가벼운 연기가 피어오르더니 포탄이 경기병 중대 머리 위로 날아갔다. 병사들은 명령을 기다리는 듯 일제히 중대장을 바라보았다. 잇달아 제2, 제3의 포탄이 날아왔다. 적은 경기병을 목표로 사격하고 있음이 분명했다. 모두의 얼굴에 흥분과 동요의 표정이 나타났다.

견습사관 니콜라이 로스토프도 일행 중에 있었다. 발에 약간의 부상을 입은 그는 애마의 등에 올라탄 채 좌측에 서 있었다. 그는 마치 여러 학생들이 보는 앞에서 시험에 불려 나가, 자신의 실력을 보여줄 기회를 맞이한 학생처럼 행복한 표정이었다. 그는 포탄이 날아오는 가운데 태연하게 서 있는 자신의 모습을 자랑하듯 밝고 씩씩한 얼굴로 주위를 둘러보았다.

그때 다리 위로 연대장의 모습이 나타났다. 데니소프는 그쪽으로 말을 몰아간 후 외쳤다.

"연대장님! 돌격을 허락해주십시오! 놈들을 박살내버리겠습니다!" 그의 얼굴 표정은 평소 술을 두서너 병 들이켰을 때와 다름이 없었다.

"뭐, 공격?" 연대장은 귀찮은 파리라도 피하듯 얼굴을 찌푸리고 말했다. "아니, 대체 여기서 뭘 하고 있는 거야? 부대들이 후퇴하는 게 보이지 않나? 중대를 빨리 후방으로 이동시켜!"

경기병 중대는 곧이어 한 명의 부상자도 없이 사정권에서 벗어났고 모든 부대가 다리를 무사히 건넜다.

그때였다. 어디서인지 네스비츠키가 갑자기 말을 몰고 나타나서 연대장에게 외쳤다.

"아니! 도대체 어떻게 된 겁니까? 아까 다리를 소각하라고 말씀드리지 않았습니까?"

높은 곳 지휘본부에서 상황을 살펴보고 있던 장군이 다리를 그대로 둔 채 물러나는 경기병대의 모습을 보고 네스비츠키에게 다리를 소각하라는 지시를 전했느냐고 호통을 쳤고 네스비츠키는 황급히 말을 몰고 온 것이었다.

연대장은 이런저런 변명을 늘어놓더니 데니소프가 지휘하는 제2중대에게 다시 다리를 건너가 다리를 소각시키고 오라고 명령했다. 병사들은 허겁지겁 말에서 내려 다리를 건너기 시작했다. 우리의 수습사관 니콜라이도 재빨리 말에서 내려 허겁지겁 일행과 함께 다리 위로 말을 달렸다. 그는 두려웠다. 적이 두려운 게 아니라 동료들에게 뒤질 것이 두려웠다. 그는 그저 맨 앞에 서야겠다는 일념으로 부지런히 말을 몰았다.

프랑스군에서 일제히 포격을 가했다. 포격에 경기병 중대 병사 한 명이 쓰러졌다. 이어서 푸른 외투를 입은 프랑스 보병들이 진군하기 시작했다. 열심히 앞을 향해 달리던 니콜라이 로스토프는 다리 위에서 걸음을 멈추었다. 도무지 다리 위에서 무슨 일이 일어나고 있는지 분간할 수조차 없었다. 군도로 상대방을 쳐 죽이려 해도 적이 근처에 없었고(그는 전투라는 것을 언제나 그런 식으로 상상하고 있었다) 다리 소각을 도와주려 해도 경황 중에 짚 다발을 가져오지 않아 그 일도 할 수 없었다. 그가 우뚝 선 채 주위를 둘러보는 순간 바로 옆에 서 있던 병사 한 명이 신음과 함께 난간 위로 쓰러졌다. 니콜라이는 동료 네 명과 함께 그 경기병을 들것에 실었다.

부상당한 동료를 들것에 실은 후 니콜라이는 마치 무엇을 찾기라도 하는 듯 멀리 푸른 숲과 도나우강물, 하늘, 태양을 차례로 둘러보았다. 하늘은 뭐라고 표현할 수 없을 만큼 아름다웠다. 오, 어찌 이다지 푸르고 평온하며 깊이가 있단 말인가! 떨어져가는 태양은 어찌 저렇게 휘황하고 장엄하단 말인가! 저 멀리 조용히 흘러가는 도나우강물은 어쩌면 저렇게 부드럽게 반짝일 수 있단 말인가! 저 멀리 도나우강 저쪽에 신비스럽게 줄을 지어 서 있는 푸른 산들, 수도원, 안개에 휩싸여 있는 소나무 숲들……. 그래, 거기에 평화가 있었다. 거기에 행복이 있었다.

'만일 내가 저런 곳에 살 수만 있다면 더 이상 바랄 게 없을 텐데……, 정말 아무것도!' 니콜라이는 생각했다. '나는 내 안에, 그리고 저 태양 안에 더할 나위 없는 행복이 있음을 느낀다. 그런데 여기는……? 고통에 찬 신음……, 공포……, 혼돈……, 허둥대는 사람들……, 그리고 또 비명. 모두들 달려가고 나도 그들과 함께 달려간다! 그리고 바로 저기에……, 저기에……, 죽음이……, 나를 가로막고 있는 죽음이 있다! 단 1초 만에 나는 더 이상 태양도, 물도, 산들도 볼 수 없게 되리라!'

태양이 구름 뒤로 숨었다. 니콜라이의 앞쪽에 또 들것이 나타났다. 그러자 죽음과 들것에 대한 공포도, 태양과 생명을 향한 사랑도 고통과 번민의 감정에 뒤섞여버렸다.

"오오, 하늘에 계신 아버지시여! 저를 구하시옵고 용서해주시옵고 보호해주시옵소서!" 니콜라이 로스토프는 마음속으로 중얼거렸다. 그러고는 '그래 나는 겁쟁이다! 겁쟁이!'라고 자책하듯 한숨을 내쉬었다.

마침내 데니소프의 경기병 중대는 한 명이 전사하고 몇 명이 부상당하는 손실을 입은 끝에 다리를 소각하고 퇴각할 수 있었다.

제3장

쿠투조프가 지휘하는 3만 5,000의 러시아군은 나폴레옹이 진두지휘하는 10만 프랑스군의 추적을 받아, 가는 곳마다 주민들의 냉대를 받으며 후퇴를 거듭했다. 더 이상 동맹군을 신뢰할 수도 없는 상황이었으며 군량도 부족했기에 예기치 않은 온갖 악조건 속에서 허둥지둥 퇴각할 수밖에 없었다. 이제 빈을 수호해야겠다는 생각은 품을 수조차 없었으며 오로지 러시아 원군과 합류하기만 바라는 수밖에 없었지만 그것도 거의 실현 가능성이 없어보였다.

10월 28일, 쿠투조프는 도나우강 좌안을 건너자 비로소 처음으로 퇴각을 멈춘 뒤 도나우강을 사이에 두고 프랑스군과 대치했다. 그로부터 이틀 후 러시아군은 도나우강변에 진을 치고 있던 모르티에 휘하의 프랑스군과 전투를 벌여 승리를 거두고 처음으로 전리품을 획득할 수 있었다. 부대의 형편이 나아진 것은 없었지만 이 전투의 승리로 러시아군의 사기는 어느 정도 진작되었다.

이 전투에서는 손실도 있었다. 오스트리아의 슈미트 장군이 전사한 것이다. 전투 내내 슈미트 장군과 함께했던 안드레이 공작은 전투가 끝난 후 오스트리아 궁정에 승전보를 보고할 특사로 임명되었다. 특사로 임명된다는 것은 승진에 한 걸음 가까이 가게 된다는 것을 의미하는 만큼, 쿠투조프 총사령관의 특별 배려가 작용했다.

어느 상쾌한 아침 안드레이는 질풍처럼 말을 몰아 오스트리아 궁전이 있는 브르노로 달렸다. 그가 브르노에 도착했을 때는 이미 날이 어두워져 있었다. 그는 머릿속으로 프란츠 황제에게 보고할 내용을 정리하며 궁정으로 향했다. 그는 궁정에 도착하면 즉시 황제와 알현할 수 있으리라 생각했다. 하지만 그를 만난 관리는 그를 당직 시종무관에게 안내했고, 시종무관은 그를 군부대신에게 데려갔다. 안드레이는 이들이 자신을 홀대하고 있다고 생각해 화가 치솟았지만 꾹 참았다.

그를 만난 군부대신도 마찬가지였다. 그는 이 전투의 승리가 축하할 일이긴 해도 그다지 결정적인 승리는 아니라고 말한 후 내일 황제 폐하가 분명히 알현을 해줄 것이라고 심드렁하게 말했을 뿐이었다. 군부대신을 만나고 나오자 이제까지 승전보를 전하겠다는 행복감에 들떠 있던 안드레이에게 마치 그 전투는 까마득히 오래전 일처럼 여겨졌다.

궁정에서 나온 안드레이는 브르노 주재 러시아 외교관인 빌리빈의 집으로 갔다. 그와는 러시아에서부터 친숙하게 알고 지내던 사이였다.

빌리빈은 아주 반갑게 안드레이를 맞아주었다. 안드레이는 간만에 편안하고 사치스러운 분위기에 휩싸여 아늑한 휴식을 맛보았다. 오스트리아 정부로부터 무례한 대접을 받은 뒤라, 뜻이 통하는 러시아인과 반 오스트리아 감정을 나눌 수 있으리라 예상하고 안드레이는 흐뭇한 기분이었다.

빌리빈은 서른다섯 살의 노총각으로서 전도유망한 외교관이었다. 그는 기지가 넘치는 사람이었으며 우아한 대화를 즐겼기에 외교관으로서 안성맞춤이었다.

안드레이가 그날 군부대신으로부터 받은 푸대접에 대해 이야기하자 빌리빈이 말했다.

"그야 당연한 일이지. 자, 오스트리아 정부의 입장이 되어서 한번 생각해보게나. 자네들이 거둔 승리가 대체 무슨 의미가 있단 말인가? 가령 카를 대공이나 페르디난트 대공의 군대가 보나파르트의 작은 중대 병력이라도 격파했다는 소식이 왔다면 그들은 축포를 쏘며 기뻐했을 걸세.

하지만 이번 일은 고의적으로 오스트리아를 우롱하는 짓으로 보일 수도 있다네. 카를 대공이나 페르디난트 대공은 얼굴조차 들지 못하는 판국인 데다, 자네들은 빈을 방어하려 하지도 않았어. 마치 '당신네들 수도가 어떻게 되건 말건 우리는 우리 마음대로 행동하겠습니다'라고 선언하는 것과 같단 말이야. 게다가 오스트리아가 사랑하는 슈미트 장군을 포탄의 희생자로 만들어놓고 전승 축하를 하고 있지 않느냐 말이야. 그 승리가 도대체 오스트리아에게 무슨 이익을 가져다주었는가? 더욱이 빈이 프랑스군에게 점령당한 지금에 와서는 아무 소용없는 일이란 말일세."

"아니, 빈이 점령되었다고? 정말인가?"

"점령되다뿐인가? 나폴레옹은 지금 오스트리아 황제의 여름 궁전인 쇤브룬에 있단 말이야."

"아니, 어떻게 빈이 점령당할 수 있었지? 아우어스페르크 공작이 굳건하게 지키고 있다고 들었는데…….” 안드레이는 자기가 가지고 온 승전보는 정말 아무 의미가 없다는 것을 느끼면서 물었다.

“아직 강 이쪽, 우리들 쪽은 공작이 방어하고 있어. 하지만 빈 시가는 강 저쪽에 있단 말이야. 다리는 아직 점령되지 않았고 만일의 경우 폭파하기로 되어 있으니, 방어는 방어인 셈이지.”

“하지만 빈이 점령당했다고 해서 전쟁이 완진히 끝난 건 아니잖은가?”

“내가 보기엔 이미 끝장났어. 이곳 사람들도 감히 입 밖에 내지만 못할 뿐 다들 그렇게 생각하고 있어. 러시아 황제와 프러시아 황제의 회담이 잘 이루어져 프러시아가 나선다면 모르겠지만 그렇지 않다면 강화조약을 맺을 수밖에 없을 거야.”

“정말 천재야! 그리고 행운아이기도 하고!” 안드레이가 갑자기 주먹으로 탁자를 내리치며 말했다.

“보나파르트 말인가? 그 이야기는 하지 말자고. 어쨌든 오스트리아는 러시아를 배반하고 나폴레옹 보나파르트와 조약을 맺을 거야. 나는 육감으로 알 수 있어. 오스트리아 황제가 러시아 황제를 속이고 있다는 것을…….”

이어서 둘은 이런저런 이야기를 더 나누었고 안드레이는 밤

늦게 잠자리에 들었다.

다음 날 안드레이는 늦게야 자리에서 일어났다. 그는 오스트리아 프란츠 황제 알현에 알맞은 의관을 차려입고 서재로 들어갔다. 서재에는 빌리빈 외에, 외교관 네 사람이 앉아 있었다. 그 중 공사관 소속의 서기관인 이폴리트 쿠라긴 공작과 안드레이 볼콘스키는 전부터 알고 있던 사이였다. 나머지 셋은 빌리빈이 서로 인사를 나누게 해주었다.

안드레이는 그들의 잡담에 귀를 기울인 후 그들과 작별 인사를 하고는 궁정으로 갔다.

안드레이를 접견한 황제는 빌리빈의 예상과는 달리 전투의 승리를 기쁘게 받아들였다. 황제는 쿠투조프에게 훈장을 하사했고 전군에 포상을 내렸다. 황제를 접견하고 나온 안드레이는 오스트리아의 주요 고관들의 초대를 받고 오전 내내 그들을 예방해야만 했다.

안드레이는 오후 4시가 되어서야 볼일을 마치고 빌리빈의 집으로 돌아왔다. 그런데 놀랍게도 집 앞에 짐이 반쯤 실린 마차가 서 있었고 하인이 부지런히 짐을 나르고 있었다.

"아니, 이게 웬일인가?" 놀란 안드레이가 물었다. 그러자 하인이 트렁크를 힘겹게 마차 위에 올려놓으며 말했다.

"아, 각하, 더 멀리 물러나지 않으면 안 되게 되었습니다. 악당들이 코앞까지 몰려왔답니다."

"뭐야? 그게 무슨 소리야!" 안드레이가 하인에게 묻고 있을 때 빌리빈이 안에서 나왔다. 여전히 평온한 얼굴이었지만 어딘가 흥분한 기색을 감추지 못하고 있었다.

"타보르 다리에서 벌어진 일이 정말 멋지다고 생각하지 않나?" 빌리빈이 조용히 말했다. "적이 아무런 저항도 받지 않고 다리를 건너버렸다네."

안드레이는 무슨 말인지 못 알아듣는 표정이었다.

"자네 대체 어디 있다 온 거야? 마부들도 다 아는 소식을 자네만 모르고 있다니." 빌리빈이 재차 말했다.

"지금 대공 전하를 만나고 오는 길이야. 아무 말도 듣지 못했어. 도대체 어찌 된 일이야."

"아우어스페르크가 지키고 있던 다리를 프랑스군이 건넜다이 말이야. 다리를 폭파하지 못했어요. 지금 브르노를 향해 질주하고 있으니 오늘 중으로, 늦어도 내일이면 이곳에 도착할 거야. 다리에 폭파 장치가 되어 있었지만 프랑스 장군들이 백기를 들고 아우어스페르크에게 와서 강화조약을 맺자고 거짓 제안을 했대. 바보 같은 아우어스페르크는 그 거짓말에 속아

넘어간 것이고 그사이 프랑스군이 다리를 건넌 거지."

여러분이 이상하게 생각할지 모르지만 이 비보를 듣고 안드레이는 가슴이 덜컹 내려앉았음에도 불구하고 은근히 만족감을 느꼈다. 그는 그 이야기를 듣자마자 생각했다.

'그래, 절망에 빠져버린 러시아군을 구할 운명이 내게 주어진 거야. 이곳이야말로 자기를 무명의 장교에서 벗어나 영광의 길로 이끄는 툴롱(나폴레옹이 처음으로 전공을 세워 이름을 알리게 된 곳)이 아닐까?'

서둘러 출발 준비를 하려고 방으로 가는 안드레이를 보고 빌리빈이 물었다.

"지금 어디로 가는 건가?"

"떠나야겠어."

"어디로?"

"부대로."

"아니, 아직 이틀 더 머물 수 있지 않은가?"

"그럴 수 없어. 지금 당장 떠나야겠어."

안드레이는 하인에게 출발 준비를 하라고 지시한 후 방으로 들어갔다. 그러자 빌리빈이 따라 들어오면서 말했다.

"이보게, 대체 왜 떠나려는 건가?"

안드레이는 무슨 그런 질문을 하느냐는 눈길로 빌리빈을 바라보았다.

"그래, 대체 왜 떠나려는 건지 알고 싶어. 물론 자네 부대가 위험에 빠졌으니 급히 부대로 달려가는 게 의무라고 생각하고 있겠지. 그건 나도 알고 있어. 자네는 영웅이야!"

"천만에!"

"하지만 자네는 철학자이기도 해. 그러니 철학자답게 다른 식으로 생각해보라고. 다른 관점에서 보자 이거야. 자네는 자기 자신을 온갖 위험에서 구해내는 것도 자신의 의무라고 생각하지 않나? 위험에 뛰어드는 건 다른 재간이라고는 없는 사람들에게 맡겨놓으란 말일세. 자네에게 귀환 명령이 떨어진 것도 아니고, 여기서도 자네는 아직 공식 임무 수행 중 아닌가? 그러니 자네는 여기 남아 우리의 불행한 운명이 이끄는 곳으로 함께 갈 수 있지 않은가? 그게 자신을 위험에서 구해내는 임무에 충실한 길 아닐까? 말을 듣자니 올뮈츠로 간다더군. 아주 멋진 도시야. 내 마차를 타고 함께 가세."

"빌리빈, 농담은 제발 그만해."

"나 농담하는 게 아니야. 어디로 가든 자네 앞에 놓여 있는 운명은 둘 중 하나야. 자네가 미처 귀대하기도 전에 강화조약이 체결되거나, 혹은 쿠투조프 군대가 패배해서 파멸과 오욕에 빠지거나…….”

“나는 그런 것들은 생각할 겨를이 없어.” 안드레이가 차갑게 말했다. 그는 속으로 ‘나는 아군을 구하려고 가는 것이다’라고 생각하고 있었다.

“안드레이, 자네는 영웅이로군!” 빌리빈이 큰 소리로 외쳤다.

제4장

그날 밤 안드레이 볼콘스키 공작은 어디서 아군을 만날 수 있을지도 모르는 상황에서 오스트리아 군부대신과 작별하고 브르노를 떠났다. 도중에 프랑스군에게 포로로 잡힐 수도 있는 위험한 처지였다.

다행히 안드레이는 에첼스도르프 부근에서, 퇴각하고 있는 러시아 부대를 만날 수 있었다. 끝없이 줄을 지어 퇴각하는 병사들과 군용 마차, 수송차 등 온갖 차량들이 진흙 길을 메운 채 앞서거니 뒤서거니 하며 몰려가는 모습을 안드레이는 미간을 찌푸리고 바라보았다. 수레바퀴 삐걱거리는 소리, 마차 차체의 덜거덕거리는 소리, 말발굽 소리, 채찍 소리에 뒤섞여 장교들과 병사들의 욕설이 난무하고 있었다.

안드레이는 곁을 지나는 장교에게 물어 총사령관의 숙소를 겨우 알아낼 수 있었다. 총사령관 쿠투조프는 어느 농가를 빌려 지휘본부로 쓰고 있었다. 그는 그곳에 바그라티온 공작과 바이로터와 함께 있었다. 바그라티온 공작은 쿠투조프 휘하의 전위 부대를 지휘하는 장군이었고 바이로터는 전사한 슈미트의 후임으로 온 오스트리아 장군이었다.

집 안으로 들어서자 총사령관 부관 중의 한 명인 코즐로프스키가 서기에게 무언가를 불러주고 있었고, 서기는 열심히 받아 적고 있었다. 무언가 중대한 임무를 불러주는 듯 표정이 심각했다.

안드레이가 코즐로프스키에게 한꺼번에 궁금한 것을 마구 물었지만 코즐로프스키는 손을 내저으며 말했다.

"조금만 기다려주게, 공작. 바그라티온 장군에게 하달할 작전 명령일세. 장군이 전위 부대를 이끌고 출동할 거야."

"그렇다면 항복 조약은?"

"그런 일은 절대로 없어. 우리는 지금 전투 준비 중이야."

안드레이가 쿠투조프를 만나려고 문가로 다가가는 순간 문이 열리며 쿠투조프가 나타났다. 심각한 표정이었으며 안드레이의 얼굴조차 알아보지 못하는 것 같았다. 그의 뒤를 바그라티온 장군이 따르고 있었다. 아직 나이가 많이 들지 않은 장군은 작달막한 키에 의지가 강해 보이는 동양적인 얼굴을 하고 있었다.

"그래, 끝났나?" 총사령관이 코즐로프스키에게 물었다.

"이제 곧 끝나갑니다, 각하!" 코즐로프스키가 대답했다.

코즐로프스키가 서기에게서 서류를 받아 총사령관에게 전달하자 그가 그 서류를 바그라티온에게 주면서 말했다.

"그럼 공작, 잘 가시오. 신의 가호가 있기를! 큰 공을 세우길 빌겠소."

뜻밖에도 쿠투조프의 눈가에 눈물이 흐르고 있었다. 그는 왼손으로 바그라티온을 포옹한 후 오른손으로 성호를 그었다.

바그라티온 공작이 떠나자 쿠투조프는 밖으로 나가 마차로 다가가며 안드레이에게 말했다.

"자, 마차에 함께 오르세. 우리도 길을 떠나야 해."

"각하, 저도 뭔가 도움 되는 일을 하고 싶습니다. 저를 바그라티온 장군의 부대에 합류하게 해주십시오."

"어서 올라와 앉아." 쿠투조프가 주저하고 있는 안드레이를 보고 말했다. "내게도 훌륭한 장교가 필요하단 말이야."

안드레이는 마차에 올랐다. 두 사람은 몇 분 동안 말이 없었다.

갑자기 총사령관이 입을 열더니 중얼거렸다.

"저 공작의 부대 중에서 10분의 1만이라도 살아 돌아온다면 하느님께 감사할 일이지."

"그러니까 저를 그 부대로 전속시켜달라는 말씀입니다."

쿠투조프는 대답하지 않았다. 그는 자기가 한 말을 이미 잊은 듯 안드레이에게 브르노에 갔던 일에 대해 물었다.

11월 1일, 척후병의 보고를 받은 쿠투조프는 자신의 부대가 거의 막다른 골목에 처해 있다고 판단했다. 보고에 따르면, 빈 다리를 건넌 프랑스 대군은 쿠투조프와 러시아 원군이 합류하는 지점을 향해 상당히 빠르게 진격하고 있었다.

그에게 주어진 선택권은 셋이었으며 셋 모두 실패가 훤히 보이는, 험난하기 그지없는 길이었다. 만일 쿠투조프가 크렘스에 그대로 머물러 있겠다고 결정한다면 지칠 대로 지친 4만의 러시아군은 15만의 프랑스 대군의 포위 공격을 받아, 오스트리아의 마크 장군이 울름에서 겪은 운명을 그대로 반복하게 될 것이다. 또한 만일 쿠투조프가 러시아 원군과의 연결을 포기해버린다면 그의 부대는 한 발자국씩 보헤미아의 산속으로 밀려나, 결국 원군에 대한 모든 희망을 버리는 수밖에 없을 것이다. 그러니 남은 길은 무슨 수를 써서라도 원군과 접촉하는 길밖에 없었다. 하지만 그 길도 거의 희망이 없었다. 원군과 만나려면 올뮈츠를 향해 퇴각해야 했다. 하지만 도중에 빈 다리를 건너온 프랑스군에게 추월당할 위험이 있었다. 만일 그렇게 된다면 세 배 이상 우세한 적군에게 양쪽에서 협공을 받을 운명에 처하게 되는 것이다. 그것도 전투 준비를 미처 갖추지 못하고 행군 중에 치러야 할 전투이니 결과는 불을 보듯 뻔했다.

하지만 쿠투조프는 이 마지막 길을 택했다.

척후의 보고에 의하면 나폴레옹의 군대는 빈 다리를 건넌 후 강행군으로 츠나임을 향해 진격하고 있었다. 츠나임은 쿠투조프가 퇴각하는 길목에 있었지만, 위치상으로는 전방 100킬로미터에 있는 도시였다. 만일 그곳에 프랑스군보다 늦게 도착한다면 그것은 곧 우군의 전멸을 뜻했다. 그런데 4만의 군대를 모두 이끌고 그곳에 프랑스군보다 먼저 도착한다는 것은 사실상 불가능했다. 빈에서 츠나임에 이르는 도로가 크렘스에서 츠나임에 이르는 도로보다 훨씬 거리가 짧고 길도 좋았던 것이다.

척후병의 보고를 받은 날 쿠투조프는 4,000명으로 이루어진 바그라티온의 전위 부대를 먼저 출발시켰다. 그런 후 쿠투조프가 이끄는 본대도 츠나임을 향해 출발했다.

바그라티온은 산을 넘는 지름길을 택해 굶주린 창자를 움켜쥔 병사들을 이끌고 밤에도 쉬지 않고 강행군을 계속했다. 덕분에 그의 부대는 프랑스군보다 두세 시간 앞서 빈-츠나임 가도에 있는 홀라브룬에 도착할 수 있었다. 폭풍우가 휘몰아치는 밤에 50킬로미터에 가까운 강행군을 한 탓에 거의 3분의 1 병력이 낙오한 상태였다.

하지만 그것으로 일이 다 된 것은 아니었다. 쿠투조프의 주력 부대가 중포류를 이끌고 그곳에 도착하려면 꼬박 며칠은 더 걸려야만 했다. 바그라티온은 굶주리고 지친 3,000미만의 병사들로 프랑스군의 공격을 며칠간 막아내야만 했던 것이니, 그것은 도저히 불가능한 일이었다.

그런데 변덕스러운 운명의 장난이 불가능을 가능으로 만들었다. 프랑스군이 기만적인 작전으로 빈 다리를 수중에 넣은 것처럼 쿠투조프도 기만전술을 쓰기로 작정했다.

츠나임 가도에 제일 먼저 도착한 프랑스 전위 부대는 뮈라 장군이 지휘하고 있었다. 츠나임 가도에서 허약하기 그지없는 러시아군과 맞닥뜨린 뮈라는 이것이 쿠투조프의 전군이라고 생각했다. 그는 적군을 완벽히 섬멸하기 위해서 지금 빈을 출발해서 이곳으로 향하고 있는 프랑스군 본대를 기다리기로 작정했다. 뮈라는 양국 군대가 현 위치에서 조금도 이동하지 않는다는 조건으로 러시아군에 사흘간의 휴전을 제의했다. 자신의 작전을 완벽하게 수행하기 위해서였다.

휴전은 러시아군에게는 가뭄에 단비 같은 것이었다. 지쳐 있던 바그라티온의 전위부대가 휴식을 취할 수 있었으며 쿠투조프의 본대가 도착할 시간을 벌어주었다. 보고를 받은 쿠투조프는 한술 더 떠서 아예 참모인 시종무관 반싱게로데 장군을 적의 진영으로 보내, 휴전을 수락할 뿐 아니라 아예 항복한다는 문서를 전달했다. 중포대와 군수품을 실어 나를 시간을 얻기 위한 전략이었으며 그 전략은 적중했다.

홀라브룬에서 30킬로미터 정도 떨어진 쇤브론에 있던 나폴레옹 보나파르트는 뮈라의 보고를 받자마자 적의 속임수를 간파하고 다음과 같은 서신을 뮈라 장군에게 보냈다.

뮈라 공 귀하,

1805년 11월 16일, 오전 8시, 쇤브론에서

어떤 말로 귀하에 대한 불만을 표시해야 할지 알 수 없을 지경이오. 귀하는 나의 전위부대를 지휘할 권한만 갖고 있을 뿐 내 명령 없이 휴전을 할 권한은 지니고 있지 않소. 귀하는 전투의 결실을 날아가버리게 만들었소. 즉각 휴전을 파기하고 적에게 진격하시오. 귀하가 받은 항복 문서는 아무 효력이 없소. 그런 권리를 가진 자는 러시아 황제뿐이오. 이 모든 것은 계략에 불과하오. 진군하여 러시아군을 섬멸하시오.

우리 군이 빈 다리를 건널 때 오스트리아군이 귀하의 기만전술에 속아넘어갔지만 이번에는 귀하 자신이 러시아 시종무관에게 사기를 당한 거요.

나폴레옹

나폴레옹의 부관은 이 서신을 갖고 전속력으로 뮈라가 있는 곳으로 향했다. 휘하의 장군을 신뢰할 수 없게 된 나폴레옹은 전군을 거느리고 전선으로 향했다. 거의 도마에 올라온 고기를 놓칠 수는 없다는 생각에서였다.

그런 상황에서 바그라티온 부대 병사들은 느긋하게 불을 쬐며 휴식을 취하면서 사흘 만에 모처럼 귀리죽을 끓이고 있었다. 부대 장병 그 누구도 그들에게 몰아닥칠 폭풍우를 조금도 예상하지 못하고 있었다.

제5장

안드레이 공작은 오후 4시쯤 그룬트에 머물고 있는 바그라티온 앞에 나타났다. 쿠투조프에게 계속 간청해서 겨우 승낙을 받아낸 것이었다. 아직 나폴레옹의 본대가 뮈라의 부대와 합류하기 전이었다. 바그라티온 부대원들은 상황에 대해 아는 바가 없었으므로 모두들 강화조약에 대해 갑론을박하고 있을 뿐 코앞에 전투가 다가오고 있다는 생각은 그 누구도 하지 않고 있었다.

안드레이가 쿠투조프의 깊은 신임을 받고 있다는 것을 잘 알고 있는 바그라티온 장군은 그를 반갑게 맞았다. 바그라티온 역시 근일 중에 전투는 없을 것이라고 안드레이에게 말했다. 안드레이는 장군에게 진지를 한 바퀴 돌아보고 싶다고 말했다.

장군은 흔쾌히 승낙했고 당직을 맡고 있는 영관 장교가 안내를 맡았다.

가는 곳마다 비에 흠뻑 젖은 장교들이 초췌한 얼굴로 무언가를 찾는 듯 두리번거리고 있었으며 병사들이 마을에서 문, 걸상, 울타리를 끌고 오는 모습이 보였다. 영관 장교는 혀를 끌끌 차며 말했다.

"기강이 말이 아니로군. 정말 질렸어. 병사들을 제멋대로 돌아다니게 만들다니, 도대체 부대장들은 뭘 하는 거야!" 그는 근처에 쳐 놓은 주보(酒保) 천막을 가리켰다. "장교들은 모두 저기 멍청하게 앉아 있을 거요. 한심한 놈들!"

"함께 가볼까요?" 안드레이가 말했다. "빵과 치즈를 좀 사야겠어요."

"아니, 그런 게 필요하면 진작 말씀하시지." 당직 장교는 힐난하듯 말하며 주보 쪽으로 말을 몰았다.

그들은 말에서 내려 주보 천막으로 들어갔다. 장교들 몇이 탁자에 앉아 먹고 마시고 있었다.

"아니, 이게 무슨 짓들이야! 부서를 이탈하지 말라는 장군님 명령을 못 들었나!" 이어서 그는 작은 키에 바싹 여윈 한 포병 장교에게 말했다. "또, 자네로군, 투쉰 대위! 어라, 군화도 신지 않았군! 부끄럽지도 않은가! 남에게 모범이 되어야 할 친구가! 자, 모두들 어서 제자리로 돌아가지 못해!"

안드레이는 투쉰 대위를 바라보고 저도 모르게 빙그레 웃음이 나왔다. 군화도 신지 않은 모습이 우스꽝스러워서가 아니었다. 선량하고 영리해 보이는 두 눈으로 자신과 영관 장교를 번갈아 바라보는 그에게 호감이 간 때문이었다. 그에게는 전혀 군인답지 않은 묘한 매력이 풍기고 있었다.

주보를 나온 안드레이와 당직 사관은 마을을 벗어나 몇 개의 참호와 보루들을 살펴본 후 정면에 보이는 산으로 올라갔다.

"저 위쪽에 아군의 포병 중대가 있소. 아까 맨발로 있던 투쉰 대위가 지휘하는 중대요." 당직 사관이 위쪽을 가리키며 말했다.

"정말 수고하셨습니다. 이제부터 저 혼자 돌아보겠습니다." 안드레이가 당직 사관에게 말하자 영관 장교는 말머리를 돌렸고 안드레이는 혼자 산 위를 향해 말을 몰았다.

안드레이는 산 위에 전진 배치된 부대들을 돌아보았다. 이제까지 도중에 만났던 부대와는 달리 병사들은 활기가 넘치고 있었으며 질서가 잡혀 있었다. 그리고 중대장이 병사들에게 어디서 운 좋게 구한 술을 따라주는 모습도 눈에 들어왔다. 적군과 가장 가까이 마주하고 있었기에 부대원들은 긴장한 가운데 전의를 불태우고 있었다.

산에 포진한 우군 진지들을 한 바퀴 둘러본 뒤 안드레이는 당직 영관이 일러주었던 포병중대를 향해 말을 몰았다. 전장을 한눈에 내려다보기 위해서였다.

정말로 이곳에서는 러시아 부대 전체와 적군 대부분을 한눈에 내려다볼 수 있었다. 포대 정면 언덕으로 쇤그라벤 마을이 보였고 마을 좌우로 프랑스군들이 산재해 있는 모습이 모닥불의 푸른 연기 사이로 보였다. 하지만 대부분의 프랑스군은 마을 중심부와 산 뒤에 숨어 있는 것 같았다.

안드레이는 바그라티온에게 보고할 요량으로 수첩을 꺼내 포신에 몸을 기댄 채 아군의 진지도(陣地圖)를 대충 그린 후 두 군데 표시를 했다. 나름 전투 작전 계획을 세운 것이었다.

그때 포신 옆의 움막에서 장교들의 이야기 소리가 들려왔다. 그중 낯익은 목소리가 있었다. 바로 조금 전에 만났던 투쉰 대위의 목소리였다.

"내가 하고자 하는 말은 만일 우리가 죽은 뒤에 어떤 세상이 우리를 기다리고 있는지 알 수만 있다면 아무도 죽음을 두려워하지 않을 거다, 이거야!"

"두려워하건 두려워하지 않건 마찬가지야! 어차피 벗어날 수 없는데…….” 젊은 목소리가 받았다.

“아냐, 우리가 죽음을 늘 두려워하는 건, 그 뒤의 세상에 대해 모르기 때문이야! 영혼이니 어쩌니 말들을 하지만 우리가 아는 건 우리가 숨 쉬는 대기뿐이거든…….”

이어서 “암튼, 포병 장교들은 모두 철학자라니까……”라며 운운하는 소리가 들렸지만 그 사람은 미처 말을 맺지 못했다. 공중에서 윙하는 굉음이 울렸던 것이다.

순간 몸집이 작은 투쉰이 파이프를 비스듬히 문 채 제일 먼저 움막으로부터 튀어나왔다. 선량하고 영리해 보이는 그의 얼굴은 약간은 질려 있었다. 이어서 그와 이야기를 나누던 포병 장교가 뛰쳐나와 군복 단추를 채우면서 자기 중대 쪽으로 뛰어갔다.

안드레이 공작은 그 자리에서 말에 오른 채 막 발포한 대포에서 피어오르는 연기를 바라보고 있었다. 프랑스 기병이 맞은편 언덕 위를 질주하고 있었으며 그 아래쪽에 이동 중인 적의 보병이 보였다. 첫발 연기가 사라지기도 전에 두 번째 포성이 울렸다. 전투가 시작된 것이다. 안드레이는 바그라티온 공작이 있는 그룬트를 향해 말을 몰았다. 등 뒤로 포격 소리가 점점 잦아졌으며 아군도 응사를 시작했는지 소총 사격 소리가 들리기 시작했다.

보나파르트의 서신을 받은 뮈라가 자신의 실수를 만회하기 위해 자기 눈앞에 대치하고 있는 허약한 부대를 일거에 분쇄하기로 마음먹고 총공격을 감행한 것이다. 공격을 받은 우군 병사들의 얼굴에 '드디어 시작되었다!'라고 말하는 것과 같은 표정이 떠올랐다. 그 표정들은 '두렵다, 하지만 유쾌하기도 하다!' 라고 말하는 것 같았다.

안드레이가 바그라티온 장군의 숙소로 미처 도착하기도 전에 그는 말을 달려오는 장군 일행을 도중에 만났다. 바그라티온은 포병이 그 무엇보다 중요하다고 생각하고 투쉰의 중대를 향해 달려가는 중이었다.

언덕에 도착한 바그라티온 장군은 아래를 내려다보며 아주 침착하게 상황에 대처하며 명령을 내렸다. 하지만 안드레이가 조금 정신을 차리고 보니, 실제로 바그라티온이 새롭게 내리는 명령은 하나도 없었다. 그는 단지 각 부대 지휘관들이 취한 모든 행동들이 자기 의도와 일치하는 것으로 보이게끔 애를 쓰고 있을 뿐임을 안드레이는 알 수 있었다. 전쟁터에서 벌어지고 있는 상황들은 장군의 의지와는 상관없이, 각 부대 지휘관들의 의지에 따라, 혹은 우연에 따라 전개되고 있었다. 하지만 바그라티온 장군의 존재 자체가 발휘하는 힘은 막강했다. 그가 전투 전체를 한눈에 파악하고 있는 듯한 태도를 취했기에, 당황한 얼굴로 그에게 찾아오던 지휘관들도 이내 침착함을 되찾았으며, 장교와 병사들은 그의 앞에서 자신의 용기를 과시하고 싶은 의욕에 불탔다.

바그라티온은 아군 우익 가장 고지대에 이르자 다시 아래쪽으로 내려가기 시작했다. 콩 볶는 듯한 소총 소리가 어지러이 울리고 있었고 연기가 자욱이 일고 있었다. 이제 프랑스군은 코앞까지 다가와 있었다. 바그라티온 장군과 나란히 걷고 있던 안드레이의 눈에 프랑스군의 배낭과 견장뿐 아니라 얼굴까지도 똑똑히 보였다. 바그라티온은 새로운 명령을 내리지 않은 채 입을 다물고 대열의 선두에 서서 걷고 있었다.

갑자기 프랑스군진영에서 한 발의 총성이 울렸다. 이어서 두 발, 세 발……, 이윽고 적의 전선이 뽀얀 연기에 휩싸이더니 일제히 요란한 총성이 울리기 시작했다. 아군 병사가 대여섯 명 쓰러졌다.

최초의 총성이 울리던 그 순간, 바그라티온 장군이 "돌격!"이라고 함성을 질렀고, 이어서 "와!" 하는 함성이 전군에 울려 퍼졌다. 곧이어 병사들이 서로 앞서거니 뒤서거니 대열을 흩뜨리며 장군을 넘어서서 돌진했다. 병사들은 마치 즐거운 사냥이라도 하듯 이미 대열이 흩어져 달아나기에 바쁜 프랑스군의 뒤를 쫓았다.

제6장

투쉰의 포병 중대는 프랑스인이 주둔하고 있던 쇤그라벤 마을을 폭격해서 태워버리고 중도에서 프랑스군의 진격을 저지했다. 프랑스군은 바람에 번지는 불을 끄느라 정신이 없어 아군에게 퇴각의 여유를 주고 말았다. 또한 우익 부대는 제6연대가 합심하여 프랑스군을 공격한 덕분에 별다른 손실 없이 퇴각에 성공했다. 문제는 좌익에 있었다.

좌익을 담당하고 있던 부대는 브라우나우에서 쿠투조프의 사열을 받았던 연대, 즉 돌로호프가 일개 병사로 근무하고 있던 부대였다. 하지만 좌익 부대 중 최 좌익은 니콜라이 로스토프가 근무하고 있는 경기병 연대장이 지휘권을 갖고 있었기에 두 부대 간에 갈등과 충돌이 있었다. 따라서 프랑스군의 공격이 시작되었음에도 불구하고 두 부대의 연대장은 프랑스군대가 그들의 측면을 공격해서 퇴로를 차단할 때까지 서로 입씨름만 하고 있다가 퇴각 시기를 놓치고 말았다. 그들 부대는 전투준비를 하기는커녕, 보병은 장작을 해오고, 기병은 건초를 나르는 일만 한가롭게 하고 있었던 것이다.

니콜라이 로스토프가 근무하고 있는 기병 중대 기병들이 전투 개시 명령을 받고 말에 올라탔을 때는 이미 어느 틈에 적이 코앞까지 다가왔을 때였다. 얼마 전 엔스강 다리 위에서처럼 기병 중대 병사들과 프랑스군은 그 사이에 아무것도 없이 서로 맞서 있었으니, 그때와 마찬가지로 둘 사이를 가르고 있는 것이라고는 미지의 공포에 가득 찬 그 거리, 마치 삶과 죽음을 가르고 있는 것과 같은 그 선뿐이었다. 과연 그 선을 무사히 안전하게 건널 수 있을 것인가!

말에 오른 니콜라이는 들떠 있었다. 그는 친구들의 입을 통해 여러 번 들은 바 있는 공격의 즐거움을 맛볼 시기가 왔음을 느끼면서 '어서, 시작되었으면!'이라고 중얼거리고 있었다.

"자, 모두 돌격!" 순간 데니소프의 목소리가 길게 울렸다. "속보로 전진!"

니콜라이는 질풍같이 말을 몰아 제일 먼저 앞으로 달려 나갔다. 니콜라이뿐 아니라 모두에게 두려움을 주었던 선을 그들은 넘었고 이제 더 이상 그 선은 존재하지 않았다. 그는 칼자루를 힘껏 손에 움켜쥔 채 '어서 와라, 적들아! 한칼에 베어 넘기겠다!'라고 생각했다.

어느새 적이 눈앞에 보였다. 그때였다. 마치 거대한 채찍 같은 것이 중대 전체를 후려친 것 같았다. 포탄이 터진 것이지만 니콜라이는 그런 것을 판단할 겨를이 없었다. 니콜라이는 칼을 휘두르려고 높이 치켜들었다. 순간 그의 눈앞에서 질주하고 있던 병사가 갑자기 멀어졌다. 니콜라이는 마치 꿈속에서처럼, 현기증이 날 정도의 속도로 앞으로 질주하고 있건만 몸은 여전히 제자리에 머물러 있는 것 같은 느낌을 받았다.

'도대체 어떻게 된 거지? 앞으로 나아갈 수가 없네. 말에서 떨어진 건가? 나는 죽은 건가?'

그의 머릿속에 온갖 질문과 대답이 교차했다. 그는 이미 들판에 홀로 있었다. 주변에는 동료 경기병들 대신 요지부동의 대지와 수확이 끝난 들판만이 있을 뿐이었다. 그는 자신의 몸 아래에서 따뜻한 피의 감촉을 느꼈다.

그는 가까스로 자리에서 일어났다. 말은 피를 흘리며 곁에 누워 있었다. 그때 자기를 향해 뛰어오는 병사들의 모습이 보였다. 그는 처음에는 러시아 병사들이라고 생각했다. 하지만 그들은 프랑스 병사들이었다. 그는 권총을 손에 들었으나, 이내 집어던지고 덤불숲을 향해 달려갔다. 엔스강의 다리 위에서 느꼈던 투쟁심은 어디론가 사라지고 없었으며 오직 사냥개를 피해 도망가는 토끼의 심정이었다. 선두에 있던 프랑스군 한 명이 걸음을 멈추고 그를 향해 총을 발사했다. 한 발, 두 발, 총알이 윙윙거리며 옆을 스쳐 갔다. 그는 젖 먹던 힘을 다해 덤불 속으로 뛰어들었다. 덤불 속에는 러시아군 저격병들이 있었다.

숲에서 프랑스군의 불의의 기습을 받은 좌익의 보병 연대는 무질서하게 도주할 수밖에 없었다. 프랑스 병사들 사이에서 간신히 빠져나온 연대장은 도주하는 부하들을 향해 호령을 했지만 아무 소용이 없었다. 연대장도 추격하는 프랑스군을 피해 말을 달리는 수밖에 없었다. 그는 절망적인 느낌에 사로잡혀 있었다.

그때였다. 갑자기 숲속에서 러시아 병사들이 나타났다. 강등된 사병 돌로호프가 소속되어 있는 티모힌 중대였다. 중대는 티모힌의 지휘 아래 질서정연하게 숲 옆의 도랑에 매복했다가 일제히 공격을 감행한 것이다. 티모힌을 비롯해 부대원 전체가 마치 술에 취한 것처럼 마구 군도를 휘두르며 공격하자 추격하던 프랑스군은 미처 정신 차릴 겨를도 없이 무기를 버리고 도망쳤다. 티모힌과 함께 맨 앞에 섰던 돌로호프는 한 프랑스 병사를 정통으로 베어 죽이고, 항복한 프랑스 장교의 멱살을 움켜쥐고 있었다. 그 기습 공격 덕분에 뛰어 달아나던 우군 병사들이 되돌아와 집결했으며 러시아 좌익군을 가운데서 양단하려던 프랑스군의 시도는 무위로 끝났다. 곧이어 연대는 질서정연하게 퇴각할 수 있었다.

연대장은 말 위에 올라 참모 장교와 함께 퇴각하는 부대를 지켜보고 있었다. 그때 한 병사가 그에게 다가와 거의 말에 기대다시피 하고 연대장에게 말을 걸었다. 배낭도 군모도 없었고, 머리에는 붕대를 감고 있었다. 연대장은 그에게 눈길을 돌렸다.

"각하, 제가 전리품을 둘 획득했습니다." 병사는 프랑스군의 군도와 탄약통을 가리키며 말했다. 바로 돌로호프였다. "그리고 프랑스군 장교를 한 명 포로로 잡았습니다. 제가 프랑스군을 저지했습니다. 중대원 전원이 증인입니다. 저를 기억해주십시오, 각하!"

한편 이곳은 투쉰이 지휘하는 포병 중대. 전 부대가 모두 퇴각했지만 투쉰 포병 중대에서는 아직 포성이 들리고 있었다. 투쉰은 바그라티온 공작을 비롯해 전 부대가 퇴각했는데도 여전히 쇤그라벤 마을을 완전히 태워버리기 위해 네 문의 포로 포격을 계속하고 있었던 것이다. 포 옆에 배치되어 있던 엄호 부대마저 누군가의 명령을 받고 퇴각한 뒤였다. 중대가 홀로 남아 포격을 하면서도 프랑스군의 공격을 받지 않을 수 있었던 것은 아무 엄호도 없이 포대가 홀로 남아 이렇게 포격을 하리라고는 적군이 상상조차 하지 못한 덕분이었다. 적군은 러시아군 주력 부대가 포대 근처에 집결해 있으리라 생각하고 가까이 접근조차 못 했다.

바그라티온 공작은 먼저 당직 영관을, 이어서 안드레이를 그곳에 보내 한시라도 빨리 퇴각하라고 명령했다. 당직 영관이 포대에 도착했을 때 투쉰은 마치 열에 들뜬 듯 포격을 지시하고 있었다. 그는 죽음의 공포 같은 것은 조금도 느끼지 않고 있었으며 마치 술 취한 것처럼 몽롱한 상태에서도 정확하게 포대를 지휘하고 있었다.

그가 병사에게 다시 포탄 장전을 지시하고 있을 때였다. 누군가 "이봐, 투쉰 대위!"라고 그를 향해 고함을 쳤다. 투쉰은 깜짝 놀라 뒤를 돌아보았다. 주보에서 자신에게 호통을 치던 당직 영관이었다. 당직 영관은 숨 가쁜 목소리로 투쉰에게 외쳤다.

"아니, 어떻게 된 거야! 정신이 있는 거야? 벌써 두 차례나 퇴각 명령을 내렸는데도 자네는……!"

하지만 그는 말을 미처 다 마치지 못했다. 포탄이 날아오자 말 위에 납작 엎드릴 수밖에 없었던 것이다. 그가 다시 무언가 말을 하려는 순간 또다시 포탄이 날아오자 그는 아예 말머리를 돌리고 반대쪽으로 달려가더니 밀리 서서 "퇴각! 전원 퇴각!"이라고 소리쳤다. 병사들은 웃음을 터뜨렸다. 당직 영관은 병사들 웃음을 뒤로하고 말을 몰아 진지로부터 멀어졌다.

1분 뒤 안드레이가 같은 명령을 전하기 위해 달려왔다. 그는 당직 영관과는 달리 침착하게 말에서 내려 장군의 퇴각 명령을 전달했다. 안드레이는 투쉰이 부대원들과 함께 침착하게 네 문의 포 중 멀쩡한 두 문을 끌차에 연결하는 모습을 바라보았다. 투쉰은 완전히 파괴된 한 문의 포와 곡사포는 버려두고 가라고 지시했다.

그 작업이 다 끝난 다음에야 안드레이는 투쉰에게 다가갔다.

"자, 이제 그만 실례하겠소." 안드레이는 투쉰에게 손을 내밀며 말했다.

"잘 가시오. 당신은 정말 좋은 사람 같소." 그 말을 하면서 투쉰은 왠지 눈시울이 붉어지는 것 같았다. 그는 적들의 포격에 부리나케 도망갔던 영관 장교와 안드레이를 비교하고 있었다.

제7장

바람은 잦아들었고, 저 지평선 멀리 검은 구름이 화약 연기와 뒤섞여 싸움터에 낮게 드리워져 있었다. 포격은 뜸해졌고 간간이 소총 소리만 들려올 뿐이었다. 투쉰은 두 문의 포와 부하들을 이끌고 포화 속을 빠져나와 산 아래 골짜기로 내려갔다.

그가 산기슭까지 내려갔을 때였다. 한 창백한 얼굴의 경기병 견습사관이 그에게 다가와 사정했다.

"중대장님, 전 부상을 입어서 걸어갈 수가 없습니다. 제발 포차에 태워주십시오."

사정을 보니 이미 여러 번 태워달라는 부탁을 했다가 거절당한 모양이었다. 그 견습사관은 바로 니콜라이 로스토프였다. 투쉰은 그를 포대 위에 올려주라고 부하들에게 명령했다.

그들은 퇴각하는 행렬에 뒤섞여 행군을 계속했다. 그런데 어디서 시작되었는지 모르지만 정지 명령이 내려졌다는 이야기가 들려왔다. 일행은 행군을 멈추었다. 투쉰은 중대 전원에게 이런저런 지시를 한 다음 군의관을 찾아오라고 병사 한 명을 심부름 보냈다. 이어서 그는 병사들이 길 위에 피워놓은 모닥불 옆에 앉았다. 니콜라이가 엉금엉금 그의 곁으로 왔다. 통증과 추위 때문에 그는 온몸을 덜덜 떨고 있었다. 투쉰의 선량한 두 눈은 연민의 빛을 띠고 그를 향하고 있었다. 그 눈길을 통해 니콜라이는 자신을 도와주고 싶지만 그러지 못해 안타까워하는 마음을 읽을 수 있었다.

"대위님, 저는 제 부대를 잃었습니다. 제가 지금 어디 있는지도 모르겠습니다."

"많이 아픈가?" 투쉰이 낮은 목소리로 니콜라이에게 물었다.

"네, 몹시 아픕니다."

그때 하사 한 명이 투쉰에게 와서 말했다.

"중대장님, 장군님께서 부르십니다. 저기 저 오두막 안에 계십니다."

투쉰은 외투 단추를 잠그고 옷매무새를 매만지면서 모닥불 곁을 떠났다.

바그라티온 장군은 그곳에서 별로 멀지 않은 농가에서 식사를 하며 각 부대장들을 치하하고 전황을 보고받고 있었다. 그 중에서 가장 신이 난 사람은 숲에 매복해 있다가 프랑스군을 격퇴한 중대의 연대장이었다. 그는 보고를 마친 후 말했다.

"한 말씀 각하께 꼭 드리고 싶은 말씀이 있습니다. 다름이 아니라 장교에서 병사로 강등된 한 병사가 적의 장교를 생포하는 수훈을 세웠습니다."

그 말을 하면서 그는 이전에 사열 시 쿠투조프 원수와 돌로호프가 만나던 순간을 다시 한번 또렷이 상기했다.

"잘 알았소. 아주 훌륭한 공을 세웠군." 장군은 말을 이었다. "자, 모두 용감하게 잘 싸워주었소." 그런데 장군이 갑자기 낯을 찡그리며 말했다. "그런데 어째서 중앙의 포 두 문을 내버려두고 온 거지?"

바로 투쉰 중대의 포에 대해 질문이었다. 그곳까지 갔던 당직 영관은 우물쭈물할 수밖에 없었다. 장군은 투쉰을 불러오라고 지시했다.

얼마 후 투쉰이 머뭇거리는 모습으로 문턱에 나타났다.

"어째서 포를 내버린 건가?" 장군은 눈살을 찌푸리며 투쉰에게 물었다.

순간 투쉰은 부끄러운 표정을 지었다. 자신은 이렇게 버젓이 살아 있으면서 두 문의 포를 잃었다는 것이 치욕으로 여겨졌던 것이다. 그는 지금까지 너무 흥분해 있어서 미처 그 생각은 하지 못하고 있었다.

"각하, 저도 잘 모르겠습니다. 병사가 부족했던 것 같습니다."

"엄호대가 있었을 것 아닌가!"

투쉰은 엄호대가 없었다는 말을 하지 않았다. 엄연한 사실이었지만 다른 장교에게 누를 끼치기 싫어서였다. 잠시 침묵이 이어졌다. 장군은 부하를 가혹하게 다그치는 것을 별로 좋아하지 않는다는 듯 더 이상 말을 하지 않은 채 질책의 눈길만을 투쉰에게 보내고 있었다. 다른 사람들은 아무도 감히 대화에 끼어들지 못했다. 분위기가 어색했다.

그 모습을 보고 있던 안드레이가 참지 못하고 입을 열었다.

"각하, 저를 그곳에 파견하셨지요? 저는 그가 중대 병력의 3분의 2를 잃는 모습과, 포 두 문이 파괴되는 모습을 똑똑히 보았습니다. 엄호대는 그곳에 없었습니다."

그는 적잖이 흥분해 있었다. 그는 계속 말했다.

"각하, 허락해주신다면 기탄없이 말씀드리겠습니다. 오늘 우리가 거둔 성공은 그 무엇보다 이 포병중대의 용감한 행동과 투쉰 대위의 헌신에 힘입은 바가 크다고 생각합니다!"

장군은 안드레이의 말을 불신하지는 않지만 그렇다고 완전히 믿을 수도 없다는 듯 고개를 갸우뚱하며 투쉰에게 물러가라고 말했다.

투쉰은 물러났고 안드레이도 그의 뒤를 따라 방에서 나왔다.

"정말 고맙소. 덕분에 살았소." 투쉰이 안드레이에게 말한 후 그의 곁을 떠났다. 하지만 안드레이의 마음은 무거웠다. 도무지 그가 기대했던 것과는 딴판의 이상한 일만 벌어지고 있었던 것이다.

'저들은 도대체 누구지? 뭘 하는 거지? 언제 이 모든 게 끝날 거지?'

눈앞에서 오가는 사람들을 바라보면서 니콜라이는 그런 생각을 하고 있었다.

부상을 당한 후 그는 한동안 실신 상태에 빠졌었다. 그 짧은 순간 그는 무수한 환영을 보았다. 어머니의 크고 하얀 손, 소냐의 야윈 어깨, 나타샤의 아름다운 눈과 웃음소리, 데니소프 중대장의 음성과 콧수염 등이 꿈결에 보였다.

그는 하늘을 바라보았다. 투쉰도 돌아오지 않고 군의도 오지 않았다. 다만 한 병사가 모닥불 저쪽에 앉아 야윈 몸을 녹이고 있을 뿐이었다.

'나는 누구에게도 필요 없는 인간이다! 전에는 내 주변에 그렇게 사람들이 많았건만 지금은 아무도 없다!'

그는 모닥불 위에 날리는 눈송이를 보면서 따뜻하고 밝은 집, 폭신폭신한 털외투, 쌩쌩 달리는 썰매, 건강한 몸, 다정한 가족들을 생각하고 있었다.

'아아, 나는 무엇 때문에 이곳으로 온 것일까?'

이튿날 바그라티온 부대는 쿠투조프의 본대와 합류했다.

제 3 부

제1장

바실리 공작은 미리 무슨 계획을 세우는 사람이 아니었다. 그리고 남에게 해를 끼치고 거기서 이익을 취하려는 생각을 해 본 적도 없었다. 그는 단순히 성공한 사교계 사람이었으며 그에게 성공은 마치 습관 같은 것이 되었다.

그는 언제나 상황에 따라 행동했으며 사람들과 사람들의 관계에 걸맞게 행동했다. 그리고 그것들을 적절히 조합해서 자신에게 이익이 되게 만들었지만 결코 의식적으로 그러는 것은 아니었다.

예를 들어보자. 그는 결코 '이 사람은 지금 권력을 잡고 있다. 따라서 그의 신뢰와 애정을 얻어, 그의 도움으로 그 무언가를 얻어내야 한다'라든지 '피에르는 부자니까, 그를 내 딸과 결혼시켜 내게 지금 필요한 4만 루블의 돈을 빌려야겠다'라는 생각 같은 것은 하지 않았다. 그 대신 권력 있는 사람을 만나면 '아, 이 사람은 뭔가 도움이 되겠다'라고 그의 본능이 속삭였다. 그는 무슨 속셈을 가지고 누구에게 접근한다기보다는 타고난 본능에 의해서 힘 있는 사람과 가까이했고 그런 후에 자연스럽게 상대방과 친밀해졌다.

그렇게 그는 미리 아무런 계획 없이 모스크바에서 지내고 있던 피에르와 가까이 지냈다. 피에르는 바실리 덕분에 오등 문관에 해당되는 시종보(侍從補)의 자리를 얻었으며, 그의 설득으로 페테르부르크의 그의 집에서 지내게 되었다. 그리고 바실리 공작은 자기 딸 엘렌과 피에르를 결혼시키기 위해 온갖 수단을 다 썼다. 그리고 마치 그것이 단순하기 그지없는 행동이라는 듯, 확신에 차서 그 일을 추진했다. 다시 말하지만 그에게는 그 모든 것이 확실했고 자연스러웠다. 만일 그가 미리 진지하게 계획을 세우고 실행하는 사람이었다면 그토록 자연스럽고 단순하며 여유 있게 행동하지는 못했을 것이다. 그 무언가 알 수 없는 힘이 그를 그보다 강한 자, 그보다 부유한 자 쪽으로 이끌었고, 그는 그만의 독특한 기술로 그 사람을 이용할 필요가 있을 때와 그것이 가능한 순간을 포착할 줄 알았다.

한편 피에르는 졸지에 부유한 베주호프 백작이 되자마자 고독하긴 했지만 아무 걱정거리 없던 삶을 더 이상 누릴 수 없게 되었다. 그는 갑자기 많은 일과 사람들에 둘러싸인 바쁜 몸이 되고 만 것이다. 전에 피에르를 거들떠보지도 않던 사람들도 그를 만나고 싶어 애간장을 태웠으며 만일 그가 만나기를 거절하면 화를 냈다.

법률가, 사업가, 사돈의 팔촌 격의 친척, 그저 안면이나 있던 사람들이 그의 옆에 들끓으며 그에게 친절하고 상냥한 태도를 보였다. 그들은 모두 피에르가 뛰어난 자질을 지닌 사람이라는 것을 추호도 의심하지 않는 것 같았다. 그들은 틈만 나면 피에르의 귀에 대고 "당신이 한없이 착한 덕분에"라든지 "당신의 아름다운 마음씨 덕분에"라고 속삭였으며, "당신처럼 순수한 분이라면"이라든지, "그 사람이 당신처럼 현명했다면"이라고 떠들어댔다.

그러자 차츰 피에르는 자신이 착하고 현명한 사람이라는 생각을 하게 되었고, 이전에도 은근히 그런 생각을 하고 있었던 만큼 더 쉽사리 그런 확신을 갖게 되었다. 심지어 그에게 적대적이었던 사람들도 그에게 부드럽고 친절하게 대했으니 고(故) 베주호프 백작의 맏딸 카차가 대표적이었다. 바실리의 주선하에 피에르는 그녀에게 3만 루블의 어음을 지불하는 증서에 서명을 했다. 바실리의 무의식 속에는 자신이 추한 짓을 하려 했다는 것을 혹시 입 밖에 낼지 모르는 그녀의 입을 막으려는 의도가 있었다고 보아야 할 것이다. 그녀의 두 동생 또한 피에르에게 그지없이 상냥하게 대했음은 물론이다.

어쨌든 베주호프 백작이 죽은 뒤 바실리 공작은 한시도 피에르를 손에서 놓아주지 않았다. 그는 이 의지할 데 없는 젊은이, 막대한 재산을 가진 친지의 아들을 가혹한 운명과 사기꾼의 농간에 맡겨둔다는 것은 인정상 있을 수 없는 일이라는 표정을 짓고 있었다.

바실리와 함께 페테르부르크로 와서도 피에르의 생활은 변함이 없었다. 그는 바실리가 그에게 마련해준 일자리, 일자리라기보다는 차라리 관직을(아무 할 일도 없는 자리였던 것이다) 물리칠 수 없었다. 그는 몽롱한 행복감에 젖어 페테르부르크 생활을 누려나갔다.

이전에 광란적인 삶을 살던 시절의 친구들은 이제 곁에 없었다. 안나 공작 부인의 아들 보리스는 근위장교가 되어 원정을 떠났고, 돌로호프는 사병으로 근무 중이었으며, 아나톨리는 후방 부대에서 복무 중이고 안드레이는 외국에서 전쟁에 참여하고 있었다. 때문에 그는 저녁 대부분의 시간을 만찬회와 무도회에서 보냈으며, 그것도 주로 바실리 공작의 집에서 벌어지는 무도회에서였다. 따라서 그는 바실리 공작의 뚱뚱한 아내와, 그의 아름다운 딸인 엘렌과 함께 지내는 시간이 많았다.

1805년 말, 초겨울에 피에르는 파티 초대장을 한 장 받았다. 우리가 이 책의 맨 앞에서 만난 바 있는 황태후의 시녀 안나 파블로브나 셰레르가 보낸 초대장이었다. 그에게 전해진 장밋빛 초대장에는 '오늘 저녁에 누구나 그 아름다움을 경탄해 마지않는 엘렌 양도 참석할 것입니다'라는 말이 별도로 적혀 있었다. 그 초대장을 읽으며 피에르는, 자기와 엘렌 사이에 이미 모종의 관계가 맺어져 있다고 사람들이 생각하고 있음을 처음으로 느꼈다. 그런 느낌을 받고 그는 놀랐다. 마치 원치 않는 짐이 어깨에 부과된 것 같은 생각이 들었던 것이다. 하지만 그와 동시에 마치 재미있는 상상에 빠질 때처럼 즐거운 기분도 들었다.

이윽고 안나 셰레르의 집에서 야회가 열렸다. 그녀가 손님들에게 내세운 간판이 모르트마르 자작에서 베를린에서 돌아온 외교관으로 바뀐 것 외에는 이전 야회와 똑같았다. 아니다. 변한 것이 있었다. 마드무아젤 안나는 피에르를 보며 그 입에서 무슨 말이 나올지 결코 불안해하지 않았다. 이제는 그의 입에서 무슨 말이 나오건 모두 그녀를 비롯해 모든 사람들에게 즐겁게 들렸다.

야회에서 안나는 본연의 솜씨를 발휘했다. 그녀는 다른 여자들 틈에서 이야기를 나누고 있는 엘렌을 가리키며 피에르에게 은밀히 말했다.

"어때요? 정말 매력적이지 않아요? 젊은 처녀가 벌써 저런 몸가짐을 할 줄 알다니! 저런 건 마음에서 우러나오는 거예요. 저런 처녀를 아내로 맞이하는 남자는 얼마나 행복할까! 아무리 멍청한 사람이라도 저런 처녀를 아내로 맞으면 사교계의 총아가 될 거예요."

엘렌은 마치 그 말을 들었다는 듯 이쪽으로 고개를 돌리고 피에르를 바라보며 방긋 미소 지었다. 마치 '아니, 아직까지 내가 아름답다는 것을 모르고 있었단 말인가요? 제가 여자라는 걸 모르고 있었단 말인가요? 전 여자니까, 당신의 것도 될 수 있고 그 누구의 것도 될 수 있는 여자예요'라고 말하는 것 같았다.

순간 피에르는 엘렌이 자기 아내가 될 수도 있다는 것, 그렇게 될 수밖에 없다는 것을 깨달았다. 마치 지금 결혼식장에 서 있듯 확실한 느낌이었다. 하지만 언제, 어떻게? 그것은 알 수 없었다. 과연 행복할까? 그는 그것도 알 수 없었다. 어쩌면 불행해질지도 모른다는 생각이 그에게 들었지만 둘의 결혼이 실현되리라는 것은 확신할 수 있었다. 그리고 자신이 그녀에게 이끌리는 것은 무엇보다 그녀의 아름다운 육체 때문이라는 것 또한 확실히 느끼고 있었다.

1805년 11월, 바실리 공작은 지방 4개 지역을 시찰하는 임무를 부여받았다. 그가 이 역할을 스스로 떠맡은 것은 속셈이 있어서였다. 그는 거의 내팽개쳐두다시피 한 자신의 영지들을 둘러볼 겸, 자기 아들 아나톨리를 연대 소재지에서 만나 함께 니콜라이 안드레예비치 볼콘스키 공작을 방문할 심산이었다. 물론 변변치 않은 자기 아들을 그 부유한 시골 영감의 딸과 결혼시키기 위해서였다.

하지만 그 전에 시급히 매듭지어야 할 문제가 있었다. 바로 딸 엘렌과 피에르의 결혼 문제였다. 피에르는 무슨 생각에서인지 최근 자기 방에만 틀어박혀 정작 청혼을 하지 않고 있었다.

'만사가 잘 되어가고 있어. 하지만 빨리 끝을 보아야만 해'라고 바실리 공작은 생각했다.

피에르는 마드무아젤 안나의 야회에서 돌아온 뒤 들뜬 마음에 꼬박 밤을 새웠다. 엘렌과 결혼하면 불행해진다는 생각에 이 집에서 나가버릴까 하는 생각도 해보았다. 하지만 그 후 한 달 반 동안 그는 아무런 행동도 취하지 못한 채 그 집에 그대로 머물러 있었다. 그리고 그 집에서는 거의 매일 밤 야회가 열렸으며 그는 사람들의 기대 때문에 매번 야회에 참석할 수밖에 없었다.

엘렌은 늘 그를 미소로 대했다. 그는 매력적인 그녀의 모습을 볼 때마다, 그녀와 결혼하면 불행해질지도 모른다는 자신의 예감이 그녀에 대한 오해에서 비롯된 것은 아닐까 자문해보았다. 하지만 결단을 내리려는 순간 알 수 없는 공포가 밀려오는 것을 어쩔 수 없었다. 게다가 그의 결단을 가로막고 있는 것이 또 한 가지 있었다. 바로 그의 결벽증이었다. 그는 엘렌을 향해 육체적 욕망을 느낄 때가 가끔 있었고, 그는 그 욕정을 스스로 죄악시하고 있었다. 그 때문에 그는 결단을 내리지 못했다. 그 결단이 순수한 사랑에서 비롯된 것이 아니라, 그 안에 불순물이 끼어 있다는 생각이 들었던 것이다.

엘렌의 생일날이 되었다. 바실리 쿠라긴가에서는 가장 가까운 친척들과 친구들만 초대한 가운데 만찬이 열렸다. 하지만 명색만 생일잔치일 뿐 모두들 그날 무슨 결정이 나리라고 모두들 기대하고 있었다. 모인 손님들은 물론이고 하인들까지 아름다운 엘렌과 피에르를 쳐다보며 그들을 이미 맺어진 한 쌍으로 간주하고 있었다.

피에르는 자신이 이 자리의 중심이며 모든 사람들의 주목을 받고 있다고 느꼈다. 그는 즐겁기도 했고 거북하기도 했다. 하지만 그 무엇 하나 제대로 보이지도 않았고 이해되지도 않았다. 다만 '이것으로 모든 것이 끝난 것이로구나'라는 생각만 끊임없이 들 뿐이었다.

'그래, 이건 그녀와 나만의 문제가 아니야. 모든 사람들이 바라고 있고 모든 사람들이 연관되어 있는 문제야. 내가 어떻게 저 사람들을 실망시킬 수 있단 말인가? 아, 하지만 어떻게 해야 하나? 어쨌든 이 일이 꼭 이루어질 수밖에 없는 일이라는 건 틀림없어.'

만찬이 끝나자 피에르는 엘렌과 함께 사람들을 따라 응접실로 갔다. 이윽고 사람들이 작별 인사를 하고 떠나기 시작했다. 손님들이 전송을 받으며 밖으로 나간 사이 피에르는 엘렌과 단둘이 응접실 소파에 앉아 있었다. 이전에도 단둘이 있었던 적이 있었지만 사랑에 대한 이야기를 해본 적은 없었다. 하지만 지금은 사랑한다고 말해야만 한다. 하지만 그는 여전히 망설이고 있었다.

손님들을 배웅하고 들어온 바실리 공작은 아내에게 둘이 어떻게 하고 있는지 가서 보고 오라고 말했다. 공작 부인은 응접실로 다가가서는 슬쩍 안을 들여다보았다. 둘은 아까와 마찬가지로 앉아서 평범한 이야기를 나누고 있었다.

"그냥 그대로예요. 별일 없나봐요."

바실리 공작은 눈살을 찌푸렸다. 순간 그는 뭔가 단호한 표정을 짓더니 응접실로 들어갔다. 그는 엄숙한 표정으로 피에르에게 다가갔다. 그 모습을 보고 피에르는 깜짝 놀라 자리에서 벌떡 일어났다.

"오, 그래!" 그가 말했다. "집사람에게 다 들었네."

그는 두 청춘 남녀를 가슴에 안았다.

"엘렌, 아빠는 너무 기쁘고 너무 행복하다!" 그의 목소리가 떨리고 있었다. "나는 자네 아버지를 사랑했네……. 이 애는 자네에게 훌륭한 아내가 될 거야……. 하느님도 축복해주실 거네."

그의 두 볼에 눈물이 흐르고 있었다. 이어서 그는 아내를 불렀다. 이내 뚱뚱한 공작 부인이 들어오더니 울음을 터뜨렸다. 피에르는 부부에게서 키스를 받은 후 엘렌의 손에 입을 맞추었다.

잠시 후 두 사람만 남겨놓고 부부는 밖으로 나갔다. 피에르는 그녀의 손에 다시 입을 맞추려 했다. 그러자 엘렌이 재빨리 그의 입술에 키스를 했다. 평소의 새침하던 모습과 달리 일변한 엘렌의 모습을 보고 피에르는 깜짝 놀랐다.

'이제 너무 늦었어. 모든 게 끝난 거야.' 피에르는 생각했다. '게다가 나는 그녀를 사랑해!'

"나는 당신을 사랑합니다." 이런 경우 반드시 이런 말을 해야 한다는 것을 생각해내고 그가 말했다. 하지만 그 말은 왠지 그의 귀에 비참하게 울렸고 그는 부끄러웠다.

한 달 반 뒤에 그는 결혼했다. 그리고 세상 사람들이 말하는 대로 미모의 아내와 수백만 루블의 재산을 소유한 사람이 되었고, 새롭게 단장한 호화로운 베주호프 대저택의 주인이 되었다.

제2장

1805년 11월, 니콜라이 안드레예비치 볼콘스키는 바실리 공작으로부터 아들과 함께 방문하겠다는 편지를 받았다.

"잘됐네요. 아가씨를 사교계에 데리고 나가 선보일 필요가 없어졌잖아요. 남자 쪽에서 먼저 찾아오니 말이에요." 그 소식을 듣고 리자가 조심성 없게 불쑥 입을 놀렸다. 장군은 며느리의 말을 듣고 눈살을 찌푸렸다.

그렇지 않아도 바실리 쿠라긴 공작에 대해 별로 좋은 감정을 갖고 있지 않던 볼콘스키 장군은 며느리의 입을 통해 그 속셈을 알게 되자 그를 더욱더 경멸하게 되었다.

편지를 받은 지 2주일쯤 지난 어느 날 바실리 공작의 하인들이 먼저 '민둥산'으로 왔고 이튿날 저녁 무렵 바실리가 아들 아나톨리와 함께 도착했다. 양쪽 집 하인들이 모두 몰려나가 부자를 맞았으며 바실리와 아나톨리 부자에게는 각기 다른 방이 배정되었다.

자기 방으로 들어간 아나톨리는 코트를 벗은 뒤, 아름다운 눈에 한가한 미소를 머금은 채 멍하니 탁자 한구석을 바라보며 의자에 앉아 있었다. 그는 자신의 삶 자체를 일종의 오락처럼 여기고 있는 젊은이였다. 그에게는 이번, 심술궂은 노인과 못생긴 여자의 방문도 그런 식으로 가볍게 생각하고 있었다.

'뭐, 재미있는 일이 벌어지겠지. 그 여자가 부자라면 결혼 못 할 것도 없지. 그거야 전혀 해로운 일이 아니잖아'라고 그는 생각했다. 그는 평소와 다름없이 공들여 면도를 하고 향수를 뿌린 후 마치 승리자와 같은 표정으로 아버지의 방으로 갔다. 그가 들어서는 모습을 보자 바실리 공작은 반갑게 아들을 맞으며 고개를 끄덕였다. 마치, '그래, 그렇게 잘 치장해야지!'라고 말하는 것 같았다.

"그런데 아버지, 농담 그만하시고 말씀해주세요. 정말 그렇게 못생겼습니까?" 아나톨리는 프랑스어로 여행 중 한두 번 오간 게 아니었던 말을 다시 꺼냈다.

"그런 바보 같은 소리 그만해. 중요한 건 공작에게 공손하게 대해서 잘 보이는 거야. 네 일생이 모두 이 일에 달려 있단 말이다."

한편 마리아는 혼자 자기 방에 앉아서 안절부절못하고 있었다.

'아, 어떻게 객실에 들어가지? 올케 언니가 한 말이 사실일까? 설사 그가 마음에 든다 하더라도 나는 평상시 내 모습을 보여줄 수 없을 텐데…….'

그때 리자와 부리엔 양이 마리아의 방으로 들어왔다. 그녀들은 이미 하녀를 통해 아나톨리가 굉장한 미남이며 멋쟁이라는 정보를 입수하고 있었다. 둘은 모두 세심하게 몸치장을 하고 있었다.

"어머, 아직 그렇게 평상복을 입고 있으면 어떻게 해요?" 부리엔 양이 말했다. 이윽고 두 명은 마리아에게 예쁜 옷을 입히고 정성껏 화장을 해주었으며 머리 손질을 해주었다. 하지만 아무리 보아도 마리아에게는 어울리지 않았으며, 오히려 그녀가 못생겼다는 것을 더욱 두드러지게 드러내줄 뿐이었다. 리자와 부리엔이 머리 모양을 고치려 하자 마리아가 말했다.

"그냥 내버려둬요. 난, 어떻든 아무 상관없어요."

간신히 눈물을 참고 있는 표정으로 마리아가 완강하게 말하자 둘은 그대로 방에서 나갈 수밖에 없었다. 홀로 남은 마리아는 고개를 떨어뜨린 채 생각에 잠겼다.

그녀가 상상 속에서 그리던 남편의 모습은 자신을 자신이 이제까지 모르던 행복의 세계로 옮겨다주는, 힘차고 자신만만한 남자였다. 그리고 곁에서 자기와 갓난아기를 다정한 눈길로 바라보고 있는 남자였다.

'하지만 안 될 일이야. 나는 너무 못생겼어.' 그녀는 생각했다.

그때 차가 준비되었으니 응접실로 건너오시라는 하녀의 목소리가 들렸고, 그녀는 정신이 번쩍 들었다.

마리아가 응접실로 들어섰을 때 바실리 공작 부자는 리자와 부리엔 양과 이야기를 나누고 있었다. 니콜라이 볼콘스키 공작은 아직 모습을 보이지 않고 있었다. 마리아는 눈을 크게 뜨고 응접실 안을 둘러보았지만 그만 정신이 아득해져서 그녀의 눈에는 아무것도 보이지 않았다. 바실리 공작에 이어 아나톨리가 그녀에게 다가와 손을 잡고 이마에 입을 맞추었지만 그녀는 제대로 답례도 못 하고 소파로 가서 얌전히 앉았다.

이어서 아나톨리와 리자, 부리엔 양 사이에 이야기가 오갔다. 주로 파리 사교계에 대한 이야기였다. 마리아는 가만히 듣고 있을 뿐이었다. 아나톨리는 주로 부리엔 양과 이야기를 나누며 속으로 생각했다.

'거참, 대단한 미인이로군. 마리아가 시집올 때 함께 데리고 오면 좋겠군.'

한편 노공작은 이런저런 생각에 잠겨 서재에서 천천히 옷을 갈아입고 있었다. 그는 착잡했다. 바실리 공작이라는 인간으로 미루어 짐작건대 아들도 보나마나였다. 게다가 그는 마리아의 미래에 대해서는 언제고 답을 미뤄놓고 있었다. 겉으로는 딸의 존재를 무시하는 것 같았지만 공작은 그녀가 없는 삶을 상상할 수조차 없었다.

'아니, 불행해질 게 뻔한 마당에 결혼할 필요가 어디 있어? 며느리를 봐도 알 수 있잖은가? 요즘 세상에 좀처럼 보기 드문 남편과 살면서도 저렇게 불행해하니……. 게다가 저렇게 못생긴 데다, 약삭빠르지 않은 애를 누가 데려간단 말인가? 저 애를 데려가는 자가 있다면 문벌이나 재산이 탐이 나서겠지. 한평생 처녀로 사는 여자가 없는 것도 아니지 않은가? 저 애는 차라리 그편이 행복할 거야.'

하지만 그는 다시 생각했다. 어쨌든 코앞에 닥친 일이니 당장 오늘내일 결정을 내려야만 했던 것이다.

'암튼 청혼을 하러 온 건 확실하지. 사실 가문이나 사회적 지위는 상당해. 하지만 그게 저 애에게 맞을까? 어쨌든 두고 볼 일이야. 돼 가는 대로 두고 봐야지. 그래, 어디 녀석 모습이나 한번 볼까?'

노공작은 응접실로 건너갔다. 이어서 주인과 손님 사이에 인사가 오가고, 모두 한자리에 앉아 이야기를 나누었다. 노공작은 아나톨리가 영 마음에 들지 않았다. 잠시 뒤 그는 바실리 공작을 서재로 데리고 가더니 단둘이 있는 곳에서 선언하듯 말했다.

"자네는 내가 내 딸을 붙잡고 놓지 않는다고 생각하겠지? 하지만 내일이라도 내 딸이 좋다고 하면 아무 상관 않겠네. 내일 내 딸이 좋다고 하면 자네 아들을 여기 머물게 하겠네. 내가 좀 두고 봐야겠어. 그게 내 규칙이야."

노공작은 마치 화라도 난 듯 큰 소리로 말했다.

이제 결론부터 말하기로 하자. 그 혼담은 깨졌다. 마리아가 거절했기 때문이었다. 하지만 그녀가 거절하게 된 이유는 엉뚱한 곳에서 발생했다.

다음 날 아침, 마리아는 서재로 찾아가 아버지를 만났다. 아버지는 "모든 것이 네 결심에 달려 있다"고 짧게 말했을 뿐이었다. 노공작은 "잘 생각해보고 한 시간 후에 내게 와서 그 남자를 택할 것인지 아닌지 말해다오. 너, 기도할 거지? 내가 잘 알아. 하지만 기도도 좋지만 생각도 좀 해봐야 한다"라고 덧붙였다.

아버지의 서재에서 나온 그녀는 곰곰이 생각에 잠긴 채 온실 쪽을 향하여 발걸음을 옮겼다. 그때 귀에 익은 목소리가 그녀의 생각을 깨뜨렸다. 바로 부리엔 양의 속삭임이었다. 마리아는 고개를 들어 바라보았다. 그러자 그녀로부터 불과 두세 걸음 떨어진 곳에서 힘껏 포옹하고 있는 두 남녀의 모습이 눈에 들어왔다. 아나톨리는 부리엔 양을 포옹한 채 그녀의 귀에 대고 무언가를 속삭이고 있었다.

아나톨리는 인기척에 고개를 돌렸다. 하지만 부리엔의 허리를 두르고 있는 팔은 여전히 풀지 않고 있었다. 부리엔 양은 아직 마리아가 온 것을 모르고 있었다.

마리아는 그저 멍하니 잠시 서 있었다. 그녀에게는 그 광경이 무엇을 의미하는지 이해가 되지 않았다. 이윽고 부리엔 양이 외마디 비명을 지르며 달아났다. 아나톨리는 아무 일도 없었다는 듯 환하게 미소 지으며 마리아에게 인사한 후 자기 방으로 돌아갔다.

잠시 후 부리엔 양을 제외하고 모두 응접실에 모인 자리에서 바실리 공작이 마리아의 손을 잡고 말했다.

"오, 아가씨! 내 아들의 운명은 아가씨 손에 달려 있습니다. 내 친 딸 같은 소중한 마리아, 어서 결정해주십시오."

그러자 노공작이 마리아에게 말했다.

"얘야, 공작이 아들을 대신해서 네게 청혼하고 있는 거다. 아나톨리 쿠라긴 백작의 아내가 되겠느냐, 아니냐? 어디 말해봐라. 그런 다음에 내 의견을 말하겠다. 하지만 내 의견은 어디까지나 의견일 뿐이다."

"아버님, 제가 바라는 건, 아버님 곁을 결코 떠나지 않는 것입니다. 아버님과 갈라서지 않는 것입니다. 저는 결혼하고 싶지 않아요." 마리아는 본래의 아름다움을 되찾은 눈으로 바실리 공작과 아버지를 바라보며 말했다.

"무슨 쓸데없는 소리를! 무슨 바보 같은 소리를!"이라고 볼콘스키 공작은 외쳤지만 그와 동시에 딸의 손을 잡아 자기 쪽으로 끌어당겼다. 그는 딸의 손을 놓은 후 바실리 공작을 포옹하며 "이것으로 다 끝났네. 자네를 만나서 정말 반가웠어. 어서 잘 돌아가도록 하게"라고 기운차게 말했다.

마리아는 생각했다.

'그래, 내 행복은 다른 곳에 있어. 스스로를 헌신하면서 남을 행복하게 해주는 데 나의 행복이 있는 거야. 그래, 아멜리 부리엔의 행복을 위해 힘쓰겠어. 그녀는 저분을 열렬히 사랑하고 있어. 내가 왜 그 눈치를 못 챘던 거지? 둘이 결혼할 수 있도록 무슨 일이라도 할 거야. 지참금이 부족하면 아버지에게 말씀드려서 도와주도록 해야지. 아멜리가 그렇게 상식에 벗어난 행동을 한 걸 보면 정말 저분을 열렬히 사랑하고 있는 거야.'

제3장

로스토프 가족들은 오랫동안 니콜라이의 소식을 듣지 못하고 있었다. 그런데 한겨울이 되어서야 로스토프 백작은 아들로부터 편지를 한 통 받았다. 백작은 주소의 필적만 보고도 아들의 편지임을 알아보고 손을 부들부들 떨었다. 그는 몰래 서재로 뛰어 들어가 문을 닫고 편지를 읽기 시작했다. 어디선가 편지가 한 통 왔다는 사실을 알고 있던 안나 미하일로브나 공작부인이 조용히 백작의 서재로 들어섰다. 그녀는 신상이 다 정리되었음에도 불구하고 여전히 로스토프가에 눌러앉아 있었다.

"무슨 편지예요?" 안나 공작 부인은 무슨 일이건 함께 나눌 준비가 되어 있다는 투로 백작에게 물었다.

"니콜라이가……, 편지를……, 그 애가 부상을……, 당했다고……, 오, 그 애가 부상을 당했대요……. 고맙게도 소위로 임관이 되었다고……, 아, 집사람에게 어떻게 이 말을 전해야 할지…….” 백작이 더듬더듬 말했다.

안나는 백작 곁에 앉아 손수건으로 눈물을 닦아준 후 편지를 직접 읽었다. 그녀는 백작을 위로하면서, 식사와 차 마시는 시간까지 백작 부인에게 마음의 준비를 시킨 후, 차를 마신 다음에 이야기를 하자고 제안했다.

식사 도중 안나는 줄곧 전쟁과 니콜라이에 대해 이야기했다. 그리고 그에게서 편지를 언제 받은 적이 있느냐고 백작 부인에게 물었다. 백작 부인은 마음이 들뜨고 불안해지기 시작했다. 눈치 빠른 나타샤는 아버지와 안나 사이에 무슨 일인가 있으며, 오빠에 관계되는 일이라는 것을 간파해냈다. 식사가 끝나자 나타샤는 곧장 안나의 뒤를 쫓아갔다.

“이모, 무슨 일이에요?” 나타샤는 언제나 안나를 이모라고 불렀다.

“아무것도 아니야.”

“이모, 시침 떼지 마세요. 오빠에게서 편지가 왔지요? 제가 다 알아요.”

“너, 정말 눈치가 빠르구나. 하지만 조심해야 해. 어머니께서 놀라시면 안 되니까."

"걱정 마세요. 얘기해주세요. 안 그러면 지금 당장 어머니에게 달려가서 이를 거예요."

안나는 할 수 없이 편지 내용을 간단하게 알려주었다. 나타샤는 "아무에게도 말하지 않겠어요"라고 말하고는 곧바로 소냐에게로 달려갔다.

"소냐, 니콜렌카(니콜라이의 애칭)가……, 부상당했대! ……편지가……." 그녀는 마치 기쁜 소식이라도 전하듯 큰 소리로 말했다.

"니콜렌카가!" 소냐는 금세 얼굴이 창백해지며 중얼거렸다. 나타샤는 소냐가 충격받는 모습을 보고 비로소 이 소식에 슬픈 면도 있다는 것을 깨달았다. 그녀는 소냐를 껴안고 울먹이며 말했다.

"괜찮을 거야. 아주 가벼운 부상을 입었을 뿐이라는데……, 다 나아서 괜찮아졌다고 편지를 보낸 건데, 뭐. 게다가 정식 장교로 임명되었대."

잠시 뜸을 들인 후 나타샤가 다시 말했다.

"그런데, 소냐! 오빠에게 편지를 쓸 거야?"

"글쎄, 잘 모르겠어. 하지만 그분이 편지를 주시면 나도 쓸 거야. 너는 보리스에게 편지 안 쓸 거야?"

"안 쓸 거야. 부끄러워."

"아니, 왜 부끄럽다는 거야?"

"모르겠어. 그냥 부끄러워."

나타샤는 소냐가 오빠를 사랑하고 있다고 느꼈지만 자기는 그런 경험은 해본 적이 없다고 생각했다. 그리고 사랑이 뭘까, 잠깐 생각했다. 어쨌든 소냐의 모습을 보니 자기가 보리스를 사랑하는 게 아니라는 사실은 확실한 것 같았다.

그날 안나가 넌지시 백작 부인에게 편지 내용을 미리 알렸고, 백작 부인은 온 식구들이 모인 가운데 편지를 읽었다. 그날 하인을 비롯해 온 집안 식구들은 백작 부인이 되풀이해서 읽는 편지를 몇 번씩이나 반복해서 참으며 들어야만 했다. 이어서 온 집안 식구들이 나서서 1주일이나 걸려 편지 초안이 작성되었으며 백작 부인의 감독하에 니콜라이에게 보낼 물품들이 마련되었다.

그 물품과 돈을 니콜라이에게 전달하는 일은 안나 공작 부인의 몫이었다. 실천적이고 유능한 그녀는 이미 군대에서 자기 아들을 보호하기 위해 여러 가지 조치를 취해놓고 있었으며 아들과 서신 및 물품을 교환하는 수월한 방법도 강구해놓고 있었다. 그녀는 그 물품과 돈을 우선 근위 사단에 근무하고 있는 자기 아들 보리스에게 보내자고 제안했다. 그렇게 되면 보리스가 그것들을 부근에 주둔하고 있는 파블로그라드 연대 소속의 니콜라이에게 전달할 수 있으리라는 것이었다. 그리하여 로스토프 노백작과 백작 부인, 니콜라이의 열 살 먹은 동생 페차, 베라, 나타샤, 소냐 들이 각각 쓴 편지와 6,000루블의 돈, 그 외에 노백작이 아들에게 친히 보내는 각종 물품들이 보리스에게로 진달되었다.

제4장

다시 눈길을 전장으로 돌려보자.

11월 12일, 올뮈츠 부근에 숙영하고 있던 쿠투조프의 전투 부대는 이튿날 행해질 러시아와 오스트리아 양국 황제의 열병식 준비로 분주했다.

이날 니콜라이는 보리스에게서 편지를 받았다. 보리스가 속해 있는 이즈마일로프 연대가 올뮈츠에서 15킬로미터 정도 떨어진 곳에 주둔하고 있으며, 니콜라이에게 돈과 편지와 물품들을 전하기 위해 그곳에서 기다리고 있다는 내용이었다. 전투를 쉬면서 숙영하고 있는 참인 데다, 충분한 물자를 확보한 주보 상인과 오스트리아 유대인들의 온갖 유혹 때문에 니콜라이에게는 돈이 절실히 필요했다. 그는 동료들과 축하연을 베푸는 등, 인심을 썼기에 주보 상인과 동료들에게 상당한 빚을 지고 있었다.

보리스의 편지를 받자마자 니콜라이는 혼자서 근위대의 숙영지를 찾아 떠났다. 근위대는 이곳까지 행군하는 동안, 마치 산책이라도 하듯 청결과 규율을 유지했다. 하루 동안의 행군 거리는 짧았으며 군장은 마차에 실어 옮겼다.

니콜라이가 겨우겨우 보리스를 찾아 만나보니 그는 벌써 중대장으로 진급한 베르크 중위와 함께 있었다. 우리가 미처 소개를 하지 않아 독자 여러분에게는 낯선 인물이지만 니콜라이는 그를 잘 알고 있었다. 그는 로스토프가에서 열리는 만찬과 야회에 자주 나타났던 청년으로서 로스토프 백작의 맏딸인 베라와 은밀히 사랑을 나누고 있던 사이였다. 그는 타고난 성실성과 성품으로 상관의 신임을 얻었고 경제적으로도 아주 꼼꼼한 사내였다.

보리스는 이곳까지 행군해 오는 동안, 기회가 되면 자기에게 도움을 줄 만한 많은 사람들과 친분을 쌓았다. 특히 그는 피에르가 보내준 편지 덕에 안드레이 볼콘스키 대위와도 친분을 맺었다. 그는 안드레이를 통해서 총사령부에 자리를 얻을 수 있기를 내심 바라고 있었다.

보리스와 베르크는 아담한 숙사에서 탁자를 사이에 두고 체스를 두고 있다가 니콜라이를 맞았다. 보리스는 니콜라이를 반갑게 맞으며 세차게 포옹했다.

두 친구는 사회에 첫발을 내디딘 후 거의 반 년간이나 만나지 못했다. 그리고 그들은 서로 상대방이 무척 변했음을 알 수 있었다. 그것은 6개월간 그들이 지내온 환경이 그들에게 가져다준 변화였다.

"뭐야, 마루 걸레질이나 하다가 산책에서 돌아온 사람들 같군! 멋이나 한껏 부리고 있으니! 우리 불쌍한 일선의 죄인들과는 영 딴판이로군!" 니콜라이는 일선 군인다운 몸짓과 목소리로 말했다.

"설마 이렇게 빨리 오리라고는 생각도 못 했어." 보리스가 말했다. "어제야 간신히 안면이 있는 볼콘스키 대위에게 부탁을 했거든. 그 사람이 그렇게 빨리 전해주리라고는 생각조차 못 했어."

이어서 그들은 세상 이야기를 나누었다. 하지만 이야기는 엇나갔다. 니콜라이는 경기병대의 술자리와 야전 생활에 대해 이야기했고, 보리스는 사람들로부터 높은 대접을 받는 근위대 근무의 유리한 점에 대해 주로 이야기했다.

그들이 이야기를 나누는 동안 눈치가 빠른 베르크는 친한 친구끼리 회포를 나누라며 자리를 피해주었다. 베르크가 밖으로 나가자 보리스는 편지와 돈을 니콜라이에게 전해주었다. 니콜라이는 편지를 다 읽었다. 그는 편지를 오랫동안 보내지 않다가 느닷없이 부상당했다는 소식으로 가족들을 놀라게 한 것을 후회했다. 그런데 그가 받은 편지 중에는 바그라티온 공작 앞으로 보내는 소개장이 동봉되어 있었다. 안나 공작 부인의 권유로 백작 부인이 지인을 통해 어렵게 구한 소개장이었다.

니콜라이는 소개장을 탁자 아래로 내팽개치며 말했다.

"뭐야! 이따위 소개장이 무슨 소용이 있다고!"

그러자 보리스가 소개장을 얼른 주워 들고 말했다.

"아니, 이게 왜 소용이 없다고! 이건 자네에게 아주 소중한 거야. 장군의 부관이 될 수도 있어."

"난 부관 따위는 하고 싶지 않아! 그건 하인이나 할 일이지!"

"자넨 여전히 공상가로군. 하지만 나는 무슨 수를 써서라도 부관이 되고 싶어."

"어째서?"

"어째서라니? 일단 군에 발을 들여놓은 이상 빛을 봐야 할 것 아닌가? 자, 술 한잔 어때. 베르크도 다시 불러오고."

"좋지."

보리스는 병사를 불러 돈을 주면서 술을 사오고 베르크를 들여보내라고 지시했다. 베르크가 들어오고 병사가 술을 가져오자 셋은 술을 마시며 이야기꽃을 피웠다. 이야기를 한 것은 주로 니콜라이였다. 니콜라이는 신나게 기병대의 돌격에 대해 이야기했지만 실은 그가 실제로 겪은 이야기라기보다는 전에 남들에게서 들은 무용담이었다. 보리스는 반신반의하며 그의 이야기에 귀를 기울였다.

니콜라이가 한참 신나게 무용담을 떠들고 있을 때 보리스가 기다리고 있던 사람이 안으로 들어왔다. 바로 안드레이 볼콘스키 공작이었다. 남을 도와주기를 좋아하는 안드레이는 누군가가 자신에게 도움을 청하면 기뻐했다. 더욱이 보리스는 그의 환심을 사는 데 이미 성공해 있었기에 안드레이는 보리스에게 호의를 갖고 있었다. 안드레이는 소원이 있다는 보리스의 말을 듣고 그것을 이루어주기 위해 이렇게 찾아온 것이다.

안으로 들어선 안드레이는 전투 이야기에 열중해 있는 경기병 복장의 니콜라이를 보고 얼굴을 찌푸렸다. 그는 그런 종류의 인간을 좋아하지 않았다. 그는 보리스를 향해 부드러운 미소를 보낸 후에 소파에 털썩 주저앉았다. 얼굴에는 불쾌해하는 기색이 역력했다. 니콜라이는 그것을 눈치채고 발끈했지만 뭐라고 한마디하는 것도 쑥스러워 얼굴이 벌겋게 된 채 입을 다물었다.

안드레이가 그의 표정은 아랑곳하지 않고 보리스에게 말했다.

"당신이 말한 용건은 나중에 이야기하지."

이어서 그는 니콜라이에게 말했다.

"열병식이 끝나고 한번 찾아오게. 내가 혹시 도울 수 있는 일이 있다면 도와줄 테니……."

드디어 니콜라이가 폭발했다.

"그런 거 필요 없소! 적의 포화 속을 뚫고 다니던 사람이 당신처럼 한 일도 없이 상이나 받고 있는 사령부 풋내기에게 무슨 부탁을!"

"아, 나도 그런 족속이라고 생각하는군." 안드레이는 빙그레 웃으며 침착하게 말했다. 순간 니콜라이는 분노와 동시에 이토록 침착한 사나이를 향한 묘한 존경심이 이는 것을 어쩔 수 없었다.

"아니, 꼭 당신이 그렇다기보다는, 나는 그냥 일반적으로……."

"좋아요." 안드레이가 그의 말을 가로막고 말했다. 아주 차분한 목소리였다. "당신, 지금 내게 도전하고 있군. 자기 몸을 돌볼 생각을 않는 사람들이 흔히 쉽게 저지르는 짓이지. 하지만 지금은 그럴 때도 그럴 장소도 아닌 것 같소. 우리는 지금 아주 중요한 결전을 앞두고 있으니까. 자, 당신보다 오래 산 사람으로서 충고하는데, 오늘 우리 둘 사이 일은 그냥 흘려보내지. 그럼 금요일에 열병식이 끝나면 기다리고 있겠소."

안드레이는 말을 마치자 두 사람에게 인사를 하고 나가버렸다. 뭔가 대답을 해야만 하겠다고 생각하고 있던 니콜라이는 즉각 그의 말에 대해 반박하지 못한 탓에 더욱 화가 치밀었다. 니콜라이는 보리스와 작별 인사를 하는 둥 마는 둥 밖으로 나와 말을 타고 숙영지로 돌아갔다. 말을 타고 돌아가는 내내 그는 안드레이에게 받은 모욕에 대해 생각했다. 어쨌든 안드레이의 말대로 자기는 그에게 도전한 것과 마찬가지라고 그는 생각했다. 그는 과연 그와 결투를 벌여야 하는지, 아니면 그의 말대로 그대로 흘려보내야 하는지 고민할 수밖에 없었다.

제5장

보리스와 니콜라이가 만난 이튿날 황제의 열병식이 거행되었다. 새로 본국에서 도착한 러시아군대 및 전투에서 돌아온 쿠투조프 휘하의 군대와 함께 오스트리아 군대가 열병식에 참가했다. 동생이자 황태자인 콘스탄틴 대공을 대동한 알렉산드르 러시아 황제와 오스트리아 황제가 8만의 연합군을 사열한 것이다.

모든 부대들은 아침 일찍부터 사열 준비를 서둘렀고 10시에는 모든 것이 준비되었다. 군대는 모두 세 그룹으로 도열해 있었는데, 제일 앞쪽에 기병, 그 뒤에 포병, 맨 뒤에 보병의 순서였다. 그리고 각 부대의 열과 열 사이에는 마치 커다란 도로가 나 있는 듯 간격이 벌어져 있었다. 그들은 병과(兵科)도 달랐고 복장도 달랐지만 모든 병사들은 일제히 동일한 지휘를 받고 있었다.

"도착하셨다! 도착하셨어!" 여기저기서 수군거렸고 도열한 병사들 사이에 긴장감이 감돌았다. 이어서 "전군, 차렷!" 하는 구령이 울려 퍼졌고 주위는 물을 끼얹은 듯 조용해졌다.

죽음과도 같은 정적 속에서 다가오는 말발굽 소리만이 울리고 있었다. 이어서 제1기병대에서 팡파르가 울리기 시작했다. 그 소리는 나팔수가 울리는 것이 아니라 황제가 오는 것을 기쁘게 맞이하는 병사들의 가슴으로부터 울리는 것 같았다.

나팔 소리가 그치자 "반갑다, 제군들!" 하고 젊고 부드러운 목소리가 연병장에 크게 울렸다. 알렉산드르 러시아 황제의 답례 인사였다.

그러자 제1연대 병사들이 천지가 떠나갈 듯 우렁차게 "만세!"라고 외쳤다. 소리를 지른 당사자도 자기가 속한 부대의 크기와 위력에 놀랄 만큼 우렁찬 소리였다. 이어서 "만세!" 소리는 전군으로 울려 퍼졌다.

황제 일행은 도열한 부대 사이를 천천히 이동하기 시작했다. 두 황제가 선두에서 말을 몰았으며 자유롭게 말을 탄 수백 명의 시종들이 뒤를 따르고 있었다. 흥분과 열정을 억지로 억누르고 있는 모든 병사들의 시선이 두 명의 황제에게 온통 집중되어 있었다.

쿠투조프 휘하 경기병대의 맨 앞줄에 있던 니콜라이는 황제가 가까이 다가올수록 흥분을 감출 수 없었다. 이윽고 황제가 스무 걸음 정도 가까이 와서, 그 세세한 용모까지 또렷하게 알아볼 수 있게 되자, 그는 이제까지 한 번도 맛보지 못한 열정과 감동에 사로잡혔다. 황제의 일거수일투족, 황제의 생김새 하나하나, 그 모든 것이 더없이 황홀할 정도로 매력적이었다. 그는 '황제를 위해서라면 이 한목숨 기꺼이 바칠 수 있다'라고 속으로 수없이 다짐했다. 그는 다른 병사들과 함께 젖 먹던 힘을 다해 "만세!"라고 외쳤다.

황제가 멀어져가자 그를 따르던 시종과 막료들 사이에서 안드레이 볼콘스키의 모습이 보였다. 니콜라이는 문득 어제 있었던 그와의 말다툼이 생각났다. 그리고 그와 결투를 할 것인지, 말 것인지 망설였던 자신의 모습이 떠올랐다. 그는 생각했다.

'그런 짓은 할 필요가 없다! 이렇게 사랑과 기쁨과 자기희생에 충만해 있는 모습에 비해, 그따위 논쟁이나 시빗거리가 대체 무슨 의미가 있단 말인가! 나는 지금 모든 사람을 사랑한다. 그리고 모든 사람을 용서한다.'

황제의 시찰이 끝나자 각 연대들은 황제 앞에서 사열 행진을 시작했다. 니콜라이는 황제 앞을 지나며, 지금 당장에라도 말을 몰아 적군을 향해 진격하고 싶은 충동을 참아내야만 했다.

'아아, 지금 당장 불속에라도 뛰어들라고 황제 폐하께서 명령하시면 나는 얼마나 행복할까!'

니콜라이를 비롯해 모든 장병들은, 이제 어떤 전투가 벌어지더라도 승리를 거두리라 확신하고 있었다.

열병식 다음 날, 멋지게 군복을 차려입은 보리스는 베르크의 전송을 받으며 올뮈츠에 있는 안드레이를 만나러 떠났다. 앞서도 말했듯 안드레이의 도움으로 좋은 보직을 얻기 위해서였다. 그는 높은 사람의 부관 자리를 원하고 있었다.

'니콜라이처럼 1만 루블 가까운 돈을 척척 받을 수 있는 처지라면 누구에게나 고개를 숙이지 않고, 하인 노릇 따위는 하고 싶지 않다고 큰소리를 칠 수 있겠지. 하지만 나처럼 머리밖에 가진 게 없는 인간은 스스로 출셋길을 찾는 수밖에 없어. 온갖 기회를 놓치지 말고 이용해야 해'라고 그는 생각했다.

올뮈츠에 도착한 그는 하룻밤을 지낸 뒤 이튿날 아침 쿠투조프가 사령부로 사용하고 있는 숙사로 가서 면회를 신청했다.

면회를 접수한 병사는 보리스의 장교계급장은 거들떠보지도 않은 채 경멸의 눈초리로 보리스를 바라보았다. 마치 '너 같은 장교들은 비로 쓸어낼 만큼 수없이 꾸역꾸역 이곳을 찾아오고 있어'라고 말하는 것 같았다. 보리스는 병사에게 공손한 태도로 사정을 해서 겨우 안으로 들어갈 수 있었다. 안으로 들어가자 부관들이 각자 책상에 앉아 열심히 펜을 놀리고 있었다. 보리스는 그중 한 명에게 다가가서 안드레이 볼콘스키 대위를 만나러 왔다고 말했다. 무언가 열심히 쓰고 있던 부관은 보리스를 못마땅한 눈으로 쳐다보며, 오늘 안드레이 볼콘스키가 당직이니 꼭 만나고 싶다면 응접실로 가보라고 일러주었다.

보리스가 응접실로 들어가자 그곳에는 열 명가량의 영관 장교와 장군 들이 있었다. 안드레이는 훈장을 잔뜩 단 노장군과 면담 중이었다. 그런데 안드레이는 비록 겉으로는 정중했지만 피곤하고 따분하다는 표정을 감추지 않고 있었다. 마치 일 때문에 할 수 없이 당신과 이야기를 나누고 있다는 것 같은 태도였다. 붉은 얼굴의 노장군은 거의 부동자세인 채, 마치 사병처럼 겁먹은 표정으로 안드레이에게 무언가를 보고하고 있었다.

"잘 알았습니다. 잠깐 기다려주실 수 있겠습니까?" 보리스를 본 안드레이는 보리스 쪽으로 몸을 돌린 후, 그에게 다가오며 장군에게 말했다. 장군은 더 이야기를 들어달라고 간청하듯 안드레이의 뒤를 따라왔지만 그는 거들떠보지도 않았다.

순간 보리스는 전부터 예상하고 있던 것을 분명히 깨달았다. 그렇다. 군대에는 법규에 규정되어 있는 계급과는 또 다른 계급이 있으며 그것이 더 본질적이다. 그것은 바로 보직이라는 계급이었다. 바로 그 눈에 보이지 않는 계급 때문에 훈장을 단 노장군은 안드레이라는 일개 대위가 일개 소위와 이야기를 마칠 때까지 공손하게 기다릴 수밖에 없었던 것이다. 그 모습을 보면서 보리스는 자신의 뜻을 반드시 이루고야 말겠다고 더욱더 굳게 결심했다. 지금 안드레이 공작과 당당하게 서 있는 것만으로도 평소라면 자기 같은 소위 따위는 일거에 날려버릴 수 있는 장군보다 자신이 더 높은 자리에 있는 것처럼 그는 느꼈다.

그날 저녁, 안드레이와 보리스는 쿠투조프 총사령관을 만나러 간 것이 아니라 곧바로 황제가 기거하고 있는 임시 궁전으로 갔다. 일이 그렇게 된 전말은 다음과 같다.

그날 사령부에서 만났을 때, 안드레이가 보리스에게 여전히 부관이 되고 싶으냐고 묻자 보리스는 그렇다고 대답했다. 그러자 안드레이가 말했다.

"그렇다면 총사령관을 만나도 소용이 없을 걸세. 각하께서 자네를 친절히 맞고 식사 대접하는 정도로 그칠 거야. 우리 같은 부관들이 2개 대대는 편성할 수 있을 정도로 주위에 득시글거리거든. 게다가 지금 장군이나 우리 참모들에게는 실권이 없어. 모든 실권이 황제에게 집중되어 있단 말일세. 그러니 장군을 만나기보다는 시종무관으로 있는 돌고루코프 공작을 만나는 게 더 효과적일 거야. 나와 아주 가깝게 지내는 사람이야."

안드레이는 자신을 위해서는 남의 도움을 전혀 받으려 하지 않으면서도 남을 돕는 일에는 앞장서는 사람이었다. 더욱이 젊은이의 앞길을 열어주기 위해서라면 열과 성을 다해 일을 성사시키려고 애를 썼다. 그가 유력인사들과 가까이 지내는 것도 남들을 도울 수 있는 힘을 얻어놓기 위해서였다.

두 사람이 두 나라 황제와 측근들이 점거하고 있는 궁전에 들어섰을 때는 이미 상당히 늦은 시각이었다. 이날은 마침 궁전에서 중요한 군사 회의가 열리고 있었다. 두 황제를 비롯해 군사위원회 위원 전원이 참석한 회의였다. 이날 회의에서 노장파에 속하는 러시아의 쿠투조프 원수와 오스트리아의 슈바르텐베르크 사령관은 나폴레옹군과의 즉각적인 전투에 회의적인 의견을 내놓았다. 하지만 그들의 의견은 묵살되고 소장파들의 주장에 의해 즉시 나폴레옹에 대한 공격을 개시하여 일대 결전을 벌이기로 결정이 되었다. 소장파들은 아군이 병력에서도 우세하며 무엇보다 사기가 충천해 있다고 주장했다. 게다가 오스트리아의 바이로터 장군이 이곳 지리에 능숙하다는 점도 적극 내세워졌다.

안드레이와 보리스가 궁전으로 들어갔을 때는 막 회의가 끝났을 때였다. 강경론자인 돌고루코프 장군은 자신의 뜻대로 결정이 되었기에 득의에 찬 표정으로 안드레이와 보리스를 맞았다. 안드레이로부터 보리스를 소개받은 돌고루코프는 보리스의 두 손을 잡으며 힘이 미치는 한 그를 돕겠다고 약속했다. 순간 보리스는 자기가 지금 최고 권력자와 손을 맞잡고 있다는 생각에 가슴이 울렁거렸다. 연대에 있을 때는 자신이 그저 명령에만 복종하는 부속품처럼 여겨졌었는데, 지금 그는 거대한 집단을 좌지우지하고 있는 핵심 동력과 손을 잡고 있는 것이다!

이튿날 전 부대는 행군을 시작했다. 따라서 보리스는 아우스터리츠 전투 때까지, 안드레이도 돌고루코프도 더 이상 만나지 못하고 자신의 연대에 그대로 귀속되어 있을 수밖에 없었다.

제6장

11월 17일 러시아 황제는 비샤우에 머물고 있었다. 전날 치러진 전투에서 러시아군은 승리를 거두고 사기충천해 있었다. 그 전투의 지휘자는 돌고루코프 장군이었다.

17일 해 뜰 무렵, 프랑스 전초 부대 장군 한 명이 러시아 진영에 도착했다. 나폴레옹으로부터 신임을 받고 있는 사바리 후작이었다.

황제가 취침 중이었기에 그는 정오 무렵 황제를 알현할 수 있었다. 한 시간 뒤 그는 돌고루코프 공작과 함께 프랑스군 전초기지로 갔다.

전해지는 말에 따르면 그는 러시아 황제와 나폴레옹의 회견을 제안하러 온 것이었다. 러시아 황제는 그 제안을 거절했다.

그 소문을 듣고 러시아 전군은 커다란 자부심을 느꼈다. 대신 황제는 승리를 거둔 비샤우 전투의 지휘자인 돌고루코프를 나폴레옹에게 보내서 뜻을 전달했다. 나폴레옹이 진정으로 평화를 원한다는 조건하에서만 만날 수 있다는 내용이었으며, 그것은 사실상 회담의 거부를 의미했다.

11월 18일부터 19일까지 아군은 두 차례 진군을 했으며 적의 전초부대는 우군을 향해 몇 차례 사격을 가한 다음 퇴각했다. 19일 오후가 되자 군 수뇌부에 뭔가 심상치 않은 움직임이 시작되더니, 저 유명한 아우스터리츠 전투가 있었던 20일 아침까지 계속되었다. 그 밤사이에 8만의 연합군이 숙영지를 떠나 10킬로미터에 이르는 기나긴 행렬을 이루며 진군하기 시작한 것이다.

안드레이 공작은 이날 당직이었기에 계속 총사령관 곁에 붙어 있었다. 오후 5시쯤 쿠투조프 사령관이 황제를 알현하러 간 사이 안드레이는 잠깐 짬을 내어 돌고루코프 장군을 찾아갔다. 상황을 정확히 파악하기 위해서였다.

안드레이가 보기에 쿠투조프 사령관은 뭔가 불만을 갖고 있는 듯했다. 게다가 황제 본영에 있는 사람들은 사령관이 모르고 있는 그 무언가를 알고 있는 듯한 태도를 보이고 있었다. 그

때문에 안드레이는 돌고루코프를 만나 사정을 들어보려 한 것이었다.

안드레이를 보자 돌고루코프가 반갑게 맞으며 말했다.

"어서 오게. 드디어 내일 축제가 시작된다네. 그래, 영감님 기분은 어떠신가? 심기가 불편하신가?"

"뭐, 불편하실 것까지는 없지만 당신 말씀에 귀를 좀 기울여 주었으면 하시는 것 같습니다."

"아, 그 양반 말이라면 충분히 들었지. 이치에 맞는 말이라면 지금도 기꺼이 들을 용의가 있어. 하지만 보나파르트가 결전을 두려워하는 게 뻔한 마당에 한가롭게 기다리고만 있자니……."

"아 참, 보나파르트를 만나고 오셨지요? 만나보니 인상이 어떻던가요?"

"그래, 보고 왔어. 어쨌든 내가 확신할 수 있는 것은 그가 무엇보다도 이번 결전을 두려워하고 있다는 사실이야." 돌고루코프는 나폴레옹을 만난 뒤 더욱 확신이 굳어진 듯 되풀이했다. "만일 그렇지 않다면 왜 회담을 제안했겠나? 게다가 전진밖에 모르는 평소의 그답지 않게 왜 후퇴를 했겠나? 내 말을 믿어. 그는 결전을 두려워하고 있어. 분명히 말하지만 그의 최후가 온 거야."

"그런데 나폴레옹은 어떤 사람이던가요? 제발 말씀 좀 해주세요."

"내게 '폐하' 소리를 무척 듣고 싶어하는, 잿빛 코트를 입은 사내일 뿐이지. 내가 그런 호칭을 사용하지 않으니까 무척 실망의 눈치를 보이던 그런 사내. 그냥 그뿐, 그 이상은 아니야." 장군은 미소를 지으며 말을 계속했다. "나는 쿠투조프 장군을 존경해. 하지만 이제 나폴레옹을 수중에 넣을 절호의 기회가 왔는데도 알지 못할 그 무언가를 기다리며 유유히 있다가 적을 놓쳐버린다면 참으로 보기 좋은 꼴일 거야. '공격받기보다는 공격하는 게 낫다'는 금언을 기억해야 해. 전쟁에서는 젊은이들의 열정이 노련한 노인네들의 경험보다 훨씬 더 확실한 길잡이가 되는 경우가 많은 법이라네."

"좋습니다. 하지만 어떤 진형으로 적을 공격하시려는 겁니까? 오늘 전초(前哨) 지역을 돌아보았지만 적의 주력 부대가 어디 있는지 파악할 수 없었습니다." 자신의 공격 전략을 돌고루코프에게 들려주고 싶어 안달이 난 안드레이가 물었다.

"그런 건 아무래도 상관없어. 온갖 경우를 다 예상하고 있으니까." 돌고루코프는 일어나서 탁자 위에 지도를 펴더니 설명했다. "만약 적이 브륀에 있다면……."

장군은 바이로터의 측면 공격 계획을 재빨리 설명했다. 안드레이는 기회를 얻어 자신의 공격 계획을 브리핑했다. 그의 공격 계획은 나름 훌륭한 것이었다. 하지만 그의 계획이 가진 치명적 결점이 있었다. 바이로터의 공격 작전이 이미 황제의 동의를 얻었다는 점이었다. 장군은 안드레이의 설명을 건성 들어 넘기면서 지도가 아니라 안드레이의 얼굴을 멍한 표정으로 바라볼 뿐이었다.

안드레이는 돌고루코프 장군과 악수하며 "성공을 빕니다"라고 인사한 후 그곳을 물러나왔다. 숙사로 돌아온 안드레이는 쿠투조프 장군에게 내일 전투가 어떻게 될 것 같으냐고 묻지 않을 수 없었다. 장군은 심각한 표정으로 부관의 얼굴을 잠시 바라보더니 말했다.

"우리는 패배할 거야. 톨스토이 백작에게 황제께 상소 좀 올려달라고 부탁했었지. 그랬더니 폐하께서 뭐라고 답변했는지 아는가? '오, 친애하는 장군, 내가 지금 밥과 커틀릿을 먹으려 하는데, 그대는 전쟁에 관한 일을 입에 넣으려 하는 거요?' 이게 바로 폐하의 답변이라네."

밤 9시, 바이로터 장군은 자신의 전투 계획을 들고 군사 회의장으로 지정된 쿠투조프 장군의 숙사로 찾아갔다. 총사령관의 이름으로 회의를 소집했기에, 사정상 참석하지 못한다고 통보한 바그라티온 공작을 제외하고는 모두들 정해진 시각에 쿠투조프 장군의 숙사로 모였다. 총사령관은 여전히 쿠투조프였지만 그는 군사 회의 의장 겸 명목상의 지도자 역할을 맡고 있을 뿐 임박한 전투의 지휘권은 모두 오스트리아의 바이로터 장군에게 넘어가 있었었다.

회의가 시작되었다. 안드레이는 바그라티온 장군이 참석하지 못하게 되었다는 소식을 총사령관에게 전하려고 회의장에 들어갔다가 쿠투조프로부터 회의에 참석해도 좋다는 허락을 받고 그대로 회의장에 머물렀다.

회의가 시작되었다. 쿠투조프는 안락의자에 몸을 기울이고 앉아 거의 잠든 것 같은 자세를 취하고 있었다. 사람들은 모두 그가 짐짓 자는 체하고 있다고 생각했을 것이다. 하지만 그의 코에서 들리는 소리로 보아 그는 실제로 잠을 자고 있었다. 바이로터는 흘낏 쿠투조프를 바라보더니 작전 계획을 브리핑하기 시작했다.

작전 계획은 난해했다. 한 시간 정도 걸려 브리핑이 끝나자 랑제롱 장군이 이의를 제기했다. 그 작전 계획은 프랑스군의 위치가 확실하다는 것을 근거로 작성되었는데, 실제로 그들이 우리가 알지 못할 다른 곳에 자리 잡고 있다면 어떻게 대처할 것이냐는 질문이었다. 그 질문은 정당한 질문이었다.

랑제롱이 질문을 할 때 쿠투조프가 잠시 눈을 떴다. 그는 잠시 그 장군의 말에 귀를 기울이는 것 같았다. 하지만 그는 곧 눈을 감고 다시 고개를 떨어뜨렸다. 마치 '뭐야, 아직까지 그런 쓸데없는 이야기를 계속하고 있는 거야?'라고 말하는 것 같았다. 혹은 '지금 와서 그런 이야기해보았자 소용없어'라고 말하는 것 같기도 했다.

바이로터는 빙그레 미소 지으며 답했다.

"그들이 어디 있건 아무 상관없습니다. 그들이 공격할 능력이 있다면 오늘 밤이라도 공격하겠지요. 하지만 그들은 고작 4만 병력입니다."

"아니, 그렇다면 적군은 가만히 앉아서 스스로 자멸의 길을 걷고 있단 말씀이오?"

"사실 그렇습니다. 내일의 결전 후에 모든 것을 확인할 수 있을 겁니다."

다른 장군이 다시 일어나서 뭐라고 질문하려 하자 그때까지 눈을 감고 있던 쿠투조프가 눈을 뜨더니 기침을 한 번 한 다음 장군들을 둘러보며 말했다.

"장군들, 내일의 작전 계획, 아니 자정이 넘었으니 오늘이로군. 암튼 그 작전 계획을 이제 와서 바꿀 수는 없소. 장군들도 다 잘 알고 있지 않소? 우리는 우리의 의무를 다할 뿐이오. 전투 전날 무엇보다 중요한 것은……." 그는 잠시 말을 끊었다. "푹 자두는 거요."

그 말과 함께 그가 자리에서 일어났고, 다른 장군들은 모두 가볍게 인사하고 밖으로 물러나왔다. 안드레이도 회의장에서 나왔다.

회의장에서 나온 안드레이는 내심 막연하고 불안했다. 그는 돌고루코프와 바이로터 쪽이 옳은지, 혹은 쿠투조프를 비롯해 이 전투에 회의적인 장군들이 옳은지 판단할 수 없었다. 다만 한 가지 확실한 것이 있었다. 자신이 내일 죽을지도 모른다는 사실이었다. 그러자 그동안 까맣게 잊고 있던 추억들이 그에게 하나씩 떠올랐다.

그는 아버지와 아내, 누이동생과 작별하던 순간을 떠올렸다. 그리고 결혼 초창기, 아내를 사랑하던 때를 회상했다. 이어서 아내가 임신했다는 사실을 떠올리자 어쩐지 아내와 자기 자신이 측은하다는 생각이 들었다. 그는 약간 흥분된 상태에서 머물고 있는 농가를 나와 바깥을 걷기 시작했다.

안개가 자욱했으며 달빛이 안개 속에서 신비로운 빛을 발하고 있었다.

'그래, 내일이야! 바로 내일!' 그는 생각했다. '내일이면 모든 것이 끝나고 이런 추억 따위는 아무 의미도 없게 될 것이다. 내가 무엇을 할 수 있는지 내일이면 다 드러날 것 같은 느낌이 든다.'

그에게는 두 가지 상념이 교차해서 떠올랐다. 내일 이곳은 내게 그토록 기다리던 툴롱이 되리라! 나폴레옹이 최초의 승리를 거둔 그곳이 내게 다가온 것이리라! 위기의 순간 자신이 쿠투조프나 황제에게 자신의 계획을 설명하고 지휘관이 되어 승리를 거두리라!

'하지만 죽거나 고통을 당한다면?' 그에게 다른 목소리가 들려왔다.

하지만 그는 그 상념을 떨쳐버렸다. 그리고 성공만을 꿈꾸었다. 찬란한 공을 세우고 쿠투조프의 후임이 되는 꿈!

'그래, 내게 소중한 것은 한순간의 명예이며, 승리다! 나를 향한 사람들의 존경과 애정이다! 그를 위해서라면 내게 지금 소중한 아버지와 누이와 아내라도 버릴 수 있다! 나는 모든 사람들 위에 우뚝 서리라! 이 안개 속, 내 머리 위로 그 신비스러운 영광이 떠돌고 있음을 나는 지금 느낀다!'

제7장

니콜라이는 이날 밤 소대와 더불어 바그라티온이 지휘하는 부대의 최전선에서 부하 경기병들과 함께 정찰 근무를 하고 있었다. 하지만 니콜라이는 불만에 가득 차 있었다. 데니소프가 지휘하는 경기병 중대는 내일 직접 전투에 참가하지 않는 예비대로 분류되어 뒤에 남게 되어 있었던 것이다.

그는 황제를 향한 자신의 충성심을 다시 한번 다지며 생각했다.

'아니, 우리 부대가 예비대로 돌려지다니 화가 나서 못 견디겠군! 최소한 전투에는 참가할 수 있어야 하는 것 아닌가! 그것이 황제 폐하를 볼 수 있는 유일한 기회가 될지도 모르는데……. 그래, 잠시 후에 임무 교대를 하게 되면 장군께 부탁

해보자. 최소한 나 혼자만이라도 전투에 참가할 수 있게 해달라고.'

후방으로는 아군들이 피워놓은 모닥불이 아련히 보이고, 적들이 있으리라고 짐작되는 전방에서는 아무것도 보이지 않았다. 뭔가 불 같은 것이 아른거리는 것 같기도 했지만, 착각인 것 같기도 했다.

그때였다. 적들이 진을 치고 있으리라 짐작되는 곳에서 갑자기 커다란 외침 소리가 울려 퍼졌다. 몇천 명이 한꺼번에 내는 소리 같았다. 이어서 프랑스군 전(全) 전선에 걸쳐 일제히 불이 밝혀지고 함성이 점점 더 높아져갔다.

"자네도 들리지? 저건 적들이 내는 소리야." 니콜라이는 곁에 있던 병사에게 말했다.

"소위님, 알 수 없습니다. 한밤중이니, 적인지 아닌지."

함성이 점점 더 커지더니 이어서 니콜라이의 귀에 "폐하 만세! 폐하 만세!"라는 함성이 분명히 들렸다.

그때였다. 말발굽 소리가 들리더니 경기병 하사가 나타나 니콜라이에게 황급히 말했다.

"소위님, 각하들께서 오십니다."

니콜라이는 불빛과 외침 소리를 계속 돌아보면서 장군들을 맞이하기 위해 하사와 함께 말을 몰았다. 얼마 가지 않아 말을 타고 오는 일군의 사람들이 보였다. 바그라티온 공작이 돌고루코프 공작과 함께 몇 명의 부관들을 대동하고, 불빛과 외침 소리를 살펴보기 위해 직접 시찰 나온 것이었다.

니콜라이가 바그라티온 공작에게 다가가 보고를 하자 옆에 있던 돌고루코프 공작이 바그라티온 공작에게 말했다.

"걱정할 것 없습니다. 적의 간계일 뿐입니다. 적들은 이미 퇴각했습니다. 우리가 뒤쫓지 못하도록 남은 후위 부대가 불을 피우고 고함을 지른 것입니다."

"과연 그럴까?" 바그라티온 공작이 반박했다. "어제 저녁에도 저 언덕 위에 적군이 있는 것을 보았소. 적들이 만일 퇴각했다면 저 언덕에서도 물러났을 거요." 이어서 그가 니콜라이 쪽으로 고개를 돌리며 말했다. "이보게, 적 척후병들이 아직 저기 있나?"

"어제 저녁까지는 있었습니다, 각하. 하지만 지금은 정확히 알 수 없습니다. 제가 병사들과 한번 살펴보고 올까요?"

바그라티온은 니콜라이의 얼굴을 알아보려 했지만 안개 속이라서 알아볼 수 없었다.

"좋아, 한번 가보게." 잠시 망설이던 장군이 니콜라이에게 말했다.

“넷! 알겠습니다!”

니콜라이는 씩씩하게 대답하고는, 병사 세 명을 불러 뒤를 따라오라고 명령하고 외침 소리가 들리는 곳을 향해 말을 몰았다. 이윽고 일행이 강가에 이르자 바그라티온은 산 위에서 더 이상 가지 말라고 소리쳤다. 하지만 니콜라이는 못 들은 척 계속 앞으로 말을 몰았다. 산을 내려가자 아군의 불도 적군의 불도 보이지 않았지만 외침은 더욱 크게 들렸다. 니콜라이와 병사들은 얕은 곳을 택해 강을 건너 고함이 들리는 언덕을 조심조심 오르기 시작했다.

그때였다. 별안간 앞에서 번쩍 불꽃이 번득이더니 총소리가 들렸다. 이어서 연이어 네 발의 총성이 울렸고 총알은 안개 속을 뚫고 귀밑을 스치며 날아갔다. 니콜라이 로스토프 일행은 말머리를 돌려 빠른 걸음으로 되돌아왔다.

“산 위에 적군 병사들이 있습니다, 각하.”

바그라티온은 니콜라이에게 수고했다고 치하한 뒤 돌고루코프에게 “장군, 적이 완전히 퇴각한 것 같지는 않소. 어쨌든 아침까지 기다려봅시다. 그러면 모든 걸 다 알게 되겠지”라고 말했다. 하지만 돌고루코프는 여전히 적의 간계일 뿐이라고 우겼다.

니콜라이는 틈을 봐서 재빨리 바그라티온 장군에게 말했다.

"각하, 청이 있습니다."

"뭔가?"

"내일 저희 중대는 예비대로 분류가 되었습니다. 저를 최전방의 제1중대로 파견해주십시오."

"자네 이름이 뭔가?"

"니콜라이 로스토프 백작입니다."

"아, 좋아, 좋아! 연락 장교로 내 곁에 있게. 내가 인사 명령을 곧바로 내리겠네."

아군 진지에서 이상하게 생각한 함성은 각 부대에 나폴레옹이 직접 보낸 명령서의 낭독을 듣고 프랑스 병사들이 지른 함성이었다. 바로 그 시각 나폴레옹은 친히 각 진영을 순시하고 있었다. 나폴레옹을 본 병사들은 짚단에 불을 붙이며 일제히 "황제 만세!"라고 소리쳤다. 나폴레옹의 명령서 내용은 다음과 같았다.

병사들이여!

러시아군이 울름에서 패한 오스트리아군의 복수를 하기

위해 우리 앞에 왔다. 그대들이 홀라부륀에서 격퇴한 이래 여기까지 줄곧 우리를 쫓아온 부대다. 지금 우리들이 점령하고 있는 지역은 요충지다. 적들이 우리들 우측을 돌아가려면 우리에게 측면을 노출할 수밖에 없다. 병사들이여! 짐은 친히 전투를 지휘할 것이다. 만일 그대들이 본래의 용기를 발휘하여 적군을 혼란에 빠뜨린다면 짐은 포화로부터 멀리 있을 것이다. 하지만 만일 승리가 불확실해지면 그대들은 적의 포탄에 몸을 던지는 황제의 모습을 보게 될 것이다. 승리에 주저란 있을 수 없기 때문이다. 특히 우리 프랑스의 명예를 짊어지고 있는 그대들 프랑스 보병들의 명예가 걸려 있는 오늘 같은 날에는!

절대로 대오를 어지럽히지 마라. 이 승리에 의해 우리의 원정은 종결되고 우리는 우리의 겨울철 병영으로 돌아갈 수 있으리라! 그곳에서 신규 편성 중인 새로운 프랑스군대를 만나게 되리라! 그리하여 짐의 백성들과 그대들, 그리고 짐은 평화를 누리게 되리라!

나폴레옹 보나파르트

제8장

새벽 5시였고 날은 아직 밝지 않았다. 중앙군과 바그라티온의 우익군은 아직 꼼짝 않고 대기하고 있었다. 하지만 좌익 쪽에서는 서서히 행동을 개시해서 숙영지에서 이동하기 시작했다. 그들이 고지에서 내려가자 이어서 중앙군과 우익군도 이동을 시작했다.

아직 안개가 짙게 깔려 있는 가운데 병사들은 어디로 가는지도 모르는 채 계속 앞을 향해 행군했다. 무척 추운 날씨였다. 날이 새기 시작했음에도 불구하고 짙은 안개 때문에 지척도 분간하기 어려웠다. 러시아군은 길게 종대를 이루어 앞으로, 앞으로 전진했다. 제1, 제2, 제3부대는 이미 저지에 내려서 있었고 쿠투조프가 직접 거느리고 있는 제4부대는 제일 나중에 출발했다.

러시아군 행렬이 강변 가까이 이르렀을 때였다. 어디선가 한 두 발 총성이 울리더니 이어서 일제히 총성이 울리기 시작했다. 그리고 그 총성과 함께 홀드바하강변의 전투가 개시되었다.

강변 저지에서 적을 맞이하리라고 생각지 못한 데다 아직 안개가 짙었기에 러시아군은 우왕좌왕할 수밖에 없었다. 게다가 각 부대 지휘관들조차 자기 부대가 어디 있는지 가늠하기 어려운 상황이었다. 병사들은 무턱대고 총소리가 들리는 곳을 향해 응사를 할 뿐이었다. 게다가 앞쪽에서 무슨 일이 벌어지고 있는지 그곳에 누가 있는지 전혀 알 수 없는 상황이었다. 적의 주력 부대는 과연 아군이 생각했던 대로 10킬로미터 밖까지 후퇴해 있는지 아니면 저 안개 속에 있는지 도무지 짐작할 수조차 없었다.

오전 9시가 되었다. 전투가 개시된 저지대는 아직 안개가 자욱이 깔려 있었지만 고지대는 활짝 개어 있었다. 그리고 그렇게 활짝 갠 슐라파니츠 근처 고지에 나폴레옹이 휘하 장군들에 둘러싸여 있었다. 그는 러시아군이 전투를 벌이게 되리라고 예상하고 있던 강 건너 쪽이 아니라, 그의 육안으로도 러시아군을 식별할 수 있을 만큼 가까운 곳에 있었던 것이다.

나폴레옹은 총소리에 귀를 기울이며 반짝이는 눈으로 한 군데를 응시하고 있었다. 그의 예상은 정확했다. 러시아군 대부분은 늪지대를 향해 아래로 전진하고 있었고, 프라첸 고지에 남아 있던 일부 병력도 이미 그곳을 내려가기 시작하고 있었다. 프라첸 고지야말로 이번 전투의 요충지로서 그가 공략의 핵심으로 삼고 있는 곳이었다.

그는 어제부터 받은 보고와 밤중에 들려왔던 수레와 발소리, 러시아군의 행진 모습을 통해 러시아군의 상황을 정확히 꿰뚫고 있었다. 그는 지금 프라츠 부근을 이동하고 있는 러시아군이 그들의 주력 부대라는 것, 그들은 지금 몹시 지쳐 있기에 당장 공격에 나서더라도 쉽게 승리를 거두리라는 것을 알고 있었다. 그러나 그는 좀 더 기다렸다.

이윽고 태양이 안개 속을 완전히 빠져나와 그 눈부신 햇살을 온 들판에 내리쏟기 시작하자 그는 천천히 장갑을 벗었다. 그리고 장군들에게 신호를 보내 전투 개시를 지시했다. 장군들은 부관들을 거느린 채 사방으로 흩어졌다. 이윽고 몇 분 뒤, 프랑스군 주력 부대는 프라첸 고지를 향해 재빨리 움직이기 시작했다. 반면에 러시아군은 왼쪽의 저지대를 향해 천천히 고지에서 벗어나고 있었다.

제일 늦게 출발한 쿠투조프 휘하의 제4부대가 프라츠 마을 가까이 이르자 쿠투조프는 말을 멈추었다. 안드레이는 수행 참모들과 함께 그의 뒤에 서 있었다. 아직 안개가 짙은 왼쪽 저지대에서 양군의 총격이 계속되고 있었다.

쿠투조프가 안드레이를 불러서 지시했다.

"자네, 앞으로 달려가서 제3사단이 마을을 통과했는지 보고 오게. 그리고 행군을 멈추고 내 지시를 기다리라고 전해주게."

안드레이가 명령을 이행하려 자리를 뜨자 쿠투조프가 그 등 뒤에 대고 황급히 말했다.

"저격병들을 배치했는지 살펴보도록 하게. 지금 뭣들 하는지도 좀 살펴보고……. 제길, 하긴 뭘 하겠어!"

안드레이는 명령을 받자 곧장 앞을 향해 말을 달렸다.

그는 앞서 있는 부대를 모두 앞질러 가서 제3사단의 행진을 중단시켰다. 눈으로 확인해보니 저격병을 배치해놓지 않은 상태였다. 저격병을 배치하라는 총사령관의 명령을 전하자 사단장은 몹시 놀란 눈치였다. 그는 앞에는 우군만 있을 뿐 전방 10킬로미터 내에는 적군이 없으리라 굳게 믿고 있었던 것이다.

안드레이는 총사령관의 명령을 전하고 급히 말을 몰아 되돌아 왔다. 쿠투조프는 뚱뚱한 몸을 안장 위에 얹은 채 눈을 감고 따분하다는 듯 하품을 하고 있었다. 부대는 행군을 멈추었으며 병사들은 총을 세워둔 채 쉬고 있었다.

"좋아, 됐어." 그는 안드레이로부터 한 오스트리아 장군을 향해 고개를 돌렸다. 오스트리아 장군이 연신 시계를 들여다보며 이제 출발할 때가 아니냐고 장군에게 말했던 것이다.

"서두를 것 없소." 그는 하품을 하며 말했다. "아직 시간은 충분해."

그때였다. 뒤쪽에서 갑자기 환호성이 들렸다. 환호성은 길게 뻗은 러시아군 종대를 따라 점점 가까워지고 있었다. 쿠투조프는 눈살을 찌푸리며 뒤돌아보았다. 화려한 복장의 기마대가 질주해 오고 있었다. 바로 황제와 황태자와 시종들이었다.

쿠투조프는 병사들을 향해 "차렷!"하고 구호를 외친 다음 황제에게 다가갔다. 그의 자세와 거동이 조금 전과는 전혀 다르게 일변해 있었다. 스스로 아무 판단도 내리지 않는 신하의 태도를 취한 것이다.

쿠투조프를 보자 황제는 서둘러 물었다.

"왜 전진하지 않고 이렇게 서 있는 거요? 미하일 일라리오노

비치 경."

"폐하, 저는 기다리고 있습니다."

황제는 무슨 소리인지 못 알아들었다는 듯 다시 귀를 기울였다.

"폐하, 저는 부대가 모두 집결하기를 기다리고 있습니다."

황제는 심히 못마땅하다는 표정을 지었다.

"아니, 우리가 무슨 넓은 초원에서 열병식을 하는 것도 아니잖소? 왜 부대가 집결하기를 기다린다는 거요?"

"바로 그 때문입니다, 폐하!" 쿠투조프가 쩌렁쩌렁 울리는 목소리로 말했다. "제가 기다리는 건, 여기가 넓은 초원이 아니기 때문입니다, 폐하!"

순간 황제의 뒤에 있던 시종들이 일제히 눈살을 찌푸렸다. '아무리 노인이라도 무슨 말버릇이……'라고 장군을 힐난하는 것 같았다.

황제는 말없이 장군을 한동안 바라보았고 장군은 가만히 고개를 숙이고 있었다.

이윽고 쿠투조프가 입을 열었다.

"하오나, 폐하, 폐하의 명령이시라면……." 그는 다시 자신에게는 아무런 의견도 없고 판단도 하지 않으며 그저 명령에 복종할 뿐이라는 태도로 돌아가 있었다. 이어서 그는 사단장을 불러 진격 명령을 내렸다. 황제는 얼굴에 미소를 띠었다.

부대는 행군을 시작했고 쿠투조프는 오스트리아 장군과 함께 이야기를 나누며 부대 뒤를 따랐다. 안드레이는 그들보다 조금 뒤처져서 따르고 있었다. 그때 갑자기 요란한 총격이 일기 시작했다. 앞쪽에서 갑자기 프랑스군이 나타난 것이다. 아직도 2~3킬로미터 전방에 적이 있으리라고 생각했던 러시아군은 일제히 혼란에 빠졌다. 쿠투조프는 한자리에 가만히 선 채 손에 손수건을 들고 있었다. 그의 뺨에 피가 흐르고 있었다. 안드레이는 총사령관 곁으로 달려가며 "각하! 부상을 당하셨습니까?"라고 물었다.

"상처는 여기 있지 않아! 저기!" 쿠투조프는 허둥지둥 도망가느라 정신이 없는 병사들을 가리키며 외쳤다. "어서, 저들을 멈추게 해!"

하지만 아무 소용없었다. 일단 도주를 시작하자 병사들은 그저 도망가겠다는 생각뿐, 아무런 말도 귀에 들어오지 않는 듯 보였으며, 마치 사고 능력을 상실한 것처럼 보였다. 순간 쿠투조프와 참모들을 향해 총알이 윙윙 소리를 내며 날아왔다. 쿠투조프의 모습을 발견한 프랑스 병사들이 일제 사격을 해온 것이었다. 군기(軍旗)를 들고 있던 병사가 쓰러졌고 군기는 바닥에 떨어졌다.

쿠투조프는 절망적인 신음을 내며 주위를 둘러보며 안드레이에게 말했다.

"오, 볼콘스키. 어떻게 이런 일이!"

수치와 분노에 사로잡힌 안드레이는 말에서 뛰어내려 군기 쪽으로 뛰어갔다. 군기를 집어든 그는 "전진!"이라고 외치며 적군 쪽을 향해 뛰어갔다. 부대원 모두 자신의 뒤를 따를 것만 같았다. 아닌 게 아니라 일군의 병사들이 함성을 지르며 그의 뒤를 따라 전진했다. 안드레이에게 우군 포대가 눈에 들어왔다. 어떤 병사는 전투를 계속하고 있었지만 포를 내버린 채 도망가는 병사도 있었다. 프랑스 보병들이 포를 돌려 방향을 바꾸는 모습도 보였다. 안드레이는 포대를 향해 달려갔다. 머리 위로 쉴 새 없이 총알이 날아갔고, 옆의 병사들이 픽픽 쓰러졌다. 하지만 안드레이의 눈에는 그들이 들어오지 않았다. 그는 오로지 전방의 포병중대만 주시하며 달려갔다.

그때였다. 갑자기 누군가가 자신의 머리를 막대기로 후려친 것 같은 느낌이 들었다. 그는 그 자리에 그대로 쓰러졌다.

잠시 후 그는 그 자리에 누운 채 눈을 떴다. 전투 장면은 하나도 눈에 들어오지 않았다. 오로지 저 드높은 하늘과 유유히 흐르는 구름만 눈에 들어올 뿐이었다.

'어쩌면 이다지도 조용하고 평화로운가!' 그는 생각했다. '소리 지르며 달리던 조금 전과는 너무 다르지 않은가. 아, 구름이 흘러가는 저 하늘이 너무 생소하구나. 어찌하여 나는 이제까지 저 하늘을 보지 않았던가! 오, 이제라도 저 하늘을 볼 수 있으니 행복하다. 아, 그렇다! 저 끝없는 하늘을 제외하고는 모든 것이 허무하다. 모든 것이 기만이다! 저 하늘 외에는 아무것도, 아무것도 없다. 오로지 정적과 평화뿐이로구나. 오, 하느님, 감사합니다.'

제9장

우익의 바그라티온 부대는 9시가 될 때까지 전투를 개시하지 않았다. 바그라티온 장군은 전투를 개시하라는 돌고루코프의 요구에 응하고 싶지 않았다. 그는 총사령관 쿠투조프에게 전령을 보내 지시를 들은 후 행동하겠다고 돌고루코프에게 말했다.

하지만 우익과 좌익 간의 거리가 10킬로미터 이상 떨어져 있었기에 전령이 무사히 돌아오더라도 저녁 이전에는 돌아올 수 없음을 바그라티온 장군은 잘 알고 있었다.

바그라티온은 잠이 덜 깬 듯한 눈으로 참모들을 둘러보았다. 그러자 그의 연락 장교 일을 새롭게 맡게 된 니콜라이가 용기를 내서 말했다.

"총사령관님보다 폐하를 먼저 만나 뵙고 명령을 들으면 어떨까요?"

그러자 바그라티온이 입을 열기도 전에 돌고루코프가 말했다.

"폐하께 여쭤보는 게 더 나을 것이다."

임무를 부여받은 니콜라이는 부대를 떠나 황제를 찾아 프라츠 마을을 향해 나섰다. 그곳에서 황제를 만나지 못하더라도 쿠투조프는 만날 수 있다는 생각에서였다. 하지만 그곳에 도착하고 보니 두 사람은 고사하고 부대 지휘자 비슷한 사람도 만날 수 없었다. 눈에 보이는 것이라고는 황망히 도망가는 패잔병들뿐이었다. 니콜라이는 만나는 사람마다 붙잡고 황제 폐하와 총사령관이 계신 곳을 물었지만 아무도 아는 병사가 없었다. 그 와중에 다행히 한 병사를 통해 황제가 한 시간 전쯤에 부상을 입고 전속력으로 이곳을 달려갔다는 소식을 들을 수 있었다. 그는 다시 다른 병사에게 물어 호스티에라제크 마을에 사령관과 높은 사람들이 모여 있다는 소식을 들었다.

그는 절망에 빠졌다. '아아, 황제는 부상당하고 전투는 패하고 말았다!'

이제는 서둘러야 할 필요도 없어진 것 같았다. 황제와 총사령관을 만나더라도 대체 무슨 명령을 들을 수 있단 말인가! 하지만 그는 호스티에라제크 마을을 향해 말을 몰았다.

마을에 도착한 그는 만나는 사람마다 황제와 총사령관의 소재를 물었다. 하지만 아무도 대답을 해줄 수 없었다. 그런데 어느 장교가 마을 왼쪽 끝에 있는 오두막에서 누군지 높은 사람들로 보이는 사람들이 있는 것을 보았다고 말하자 니콜라이는 그곳으로 향했다. 그에게 더 이상 누군가를 찾을 수 있으리라는 희망은 없었다. 다만 양심 상 임무를 수행해야 한다는 생각뿐이었다.

그가 3킬로미터 정도 말을 달렸을 때였다. 도랑이 가로지르고 있는 채소밭 옆에 두 명의 기사(騎士)가 서 있는 것이 보였다. 그들은 도랑을 뛰어넘으려 하고 있었다. 그중 한 명이 멀리서 보기에도 낯이 익었다. 바로 그가 찾아 헤매던 황제였다.

하지만 그 모습은 열병식에서 보던 모습이 아니었다. 얼굴은 파리했으며 볼은 움푹 꺼져 있었고 눈은 쑥 들어가 있었다. 니콜라이는 황제가 부상당했다는 소문이 사실이 아니라는 것을 알고 안심했다. 그리고 이렇게 직접 황제를 만날 수 있다는 사실에 더없이 행복했다.

하지만 그는 황제에게 가까이 가지 못했다. 그때 그의 심정을 어떻게 설명해야 할까? 마치 사랑에 빠진 젊은이가 오랜 세월 사모하던 소녀와 처음 만났을 때 당황하는 모습과 같다고 해야 할까? 밤마다 마음에 그리고 있던 것을 감히 입 밖에 내지 못하고 누구 도와줄 사람이나 없는지, 대신 말을 전해줄 사람이나 없는지 주위를 두리번거리는 순진한 총각! 니콜라이가 바로 그 모습이었다.

니콜라이는 폐하를 만나면 해드리겠다고 준비해온 말이 하나도 머리에 떠오르지 않은 채 그저 멍한 상태였다. 게다가, 아군이 이렇게 궤멸된 마당에 우익 군대가 출동해야 하는지 아닌지 어떻게 여쭤본단 말인가?

니콜라이는 쓸쓸히 말머리를 돌렸다.

안드레이 볼콘스키는 군기 깃대 자락을 움켜쥔 채 프라첸 고지 한 군데 쓰러져 있었다. 피를 흘리고 있었으며 입에서는 마치 어린아이가 내는 것 같은 신음이 새어 나왔다.

저녁이 되자 신음이 그쳤다. 시간이 얼마나 흘렀는지도 알 수 없었다. 다만 자신이 아직 살아 있다는 느낌과 함께, 어딘가 찢겨 나가는 것과 같은 격렬한 통증을 머리 부분에서 느꼈다.

'내가 아침에 보았던 그 하늘, 전에는 내가 알지 못했던 그 가없는 하늘은 어디에 있는가?' 그에게 처음으로 떠오른 생각은 바로 그것이었다. '그리고 나는 이런 고통도 모르고 살았다. 그래, 나는 이제까지 아무것도 모르고 산 것이다. 그런데 나는 지금 어디에 있는 것일까?'

그는 조용히 귀를 기울여보았다. 말굽 소리와 사람들 말소리가 점점 가까워지고 있음을 알 수 있었다. 그는 눈을 떴다. 머리 위로는 구름이 한층 높게 떠 있을 뿐, 변함없는 하늘이 의연히 펼쳐져 있었다.

말을 타고 다가온 사람은 바로 나폴레옹과 부관이었다. 나폴레옹은 싸움터에 유기된 부상자와 전사자를 둘러보는 길이었다.

"오, 아주 훌륭한 죽음이로군!" 나폴레옹이 말했다. 안드레이는 그가 바로 나폴레옹이라는 것을 알 수 있었다. 그리고 군기 깃대를 손에 든 채 쓰러져 있는 자신의 모습을 보고 그가 한 말이라는 것도 알 수 있었다. 하지만 그에게는 그저 파리가 윙윙거리는 소리처럼 여겨졌을 뿐이었다. 머리는 불타는 것 같았고 온몸에 피가 빠져나가는 것 같았다.

그에게는 저 위에 드높이 펼쳐져 있는 하늘만이 보였다. 그는 나폴레옹이 영웅이라는 것을 알고 있었지만, 지금의 나폴레옹은 저 드높은 하늘과 자기 마음속에서 일어나고 있는 일에 비하면 참으로 하찮은 인간, 자그마한 인간으로 여겨졌다. 그리고 그가 위대한 영웅 나폴레옹이라기보다는 자신을 구해줄 수 있는 한 명의 인간으로 보였기에 반가웠을 뿐이었다.

그렇다! 그는 생각이 완전히 달라졌다. 그에게 전과는 달리 삶이 무한히 아름답다는 생각이 들었다. 그는 몸을 움직이려고 온 힘을 다했으며 무슨 소리라도 내보려고 애썼다. 그는 겨우 한쪽 다리를 움찔할 수 있었고, 가냘픈 신음을 내뱉을 수 있었다.

"아, 아직 살아 있군!" 나폴레옹이 말했다. "자, 이 젊은이를 일으켜 의무실로 데려가게."

그 말을 듣자마자 안드레이는 의식을 잃었다. 그가 다시 정신을 차린 것은 다른 러시아 부상병들과 함께 병원으로 옮겨간 뒤였다.

얼마 뒤 나폴레옹이 병원으로 왔다. 그는 병동을 돌아보며 부상당한 러시아 장교들과 한두 마디 이야기를 나누었다.

"아, 자네로군, 용감한 젊은이! 그래 좀 어떤가?" 안드레이 곁으로 온 나폴레옹이 그에게 말을 걸었다. 하지만 안드레이는 대답할 기분이 나지 않았다. 나폴레옹을 혐오해서가 아니었다. 두 번째 기절하기 전에 느꼈듯, 저 공평하고 선량한 높은 하늘에 비하면 나폴레옹을 사로잡고 있을 모든 것들, 그의 명예욕, 승리의 기쁨, 심지어 영웅이라고 할 수 있는 나폴레옹 자신까지도 하찮게 여겨진 때문이었다. 그 모든 것이 이렇게 기력이 쇠잔해 있을 때, 죽음을 기다리면서 자신에게 떠오른 이 장엄한 생각에 비하면 하찮고 의미 없게 여겨졌다.

나폴레옹이 떠나자 그는 누이 마리아가 목에 걸어준 성상을 만지며 생각했다.

'아, 모든 것이 마리아가 생각하듯 단순명료하면 얼마나 좋을까? 이승에서는 어디서 구원을 얻을 수 있으며, 저승에서는 무엇을 기대할 수 있는지 알 수만 있다면 얼마나 좋을까? 지금 내가 '하느님이시여, 저를 불쌍히 여기소서!'라고 기도할 수 있다면 얼마나 좋을까? 아아, 확실한 것은 아무것도 없다. 다만 내가 내 지성(知性)으로 이해할 수 있는 것들은 하찮을 뿐이라는 사실, 이 헤아릴 수 없는 미지의 그 무엇, 그것만이 위대하다는 것, 그것이 아마 유일한 현실이며 유일하게 위대한 것이라는 것만은 확실하다.'

안드레이는 다시 인사불성의 상태에 빠졌다. 그를 진찰한 의사는 그가 회복 불가능이라는 판정을 내렸고, 역시 회복될 가능성이 희박한 다른 환자들과 함께 그 지역 주민들의 손에 맡겨졌다.

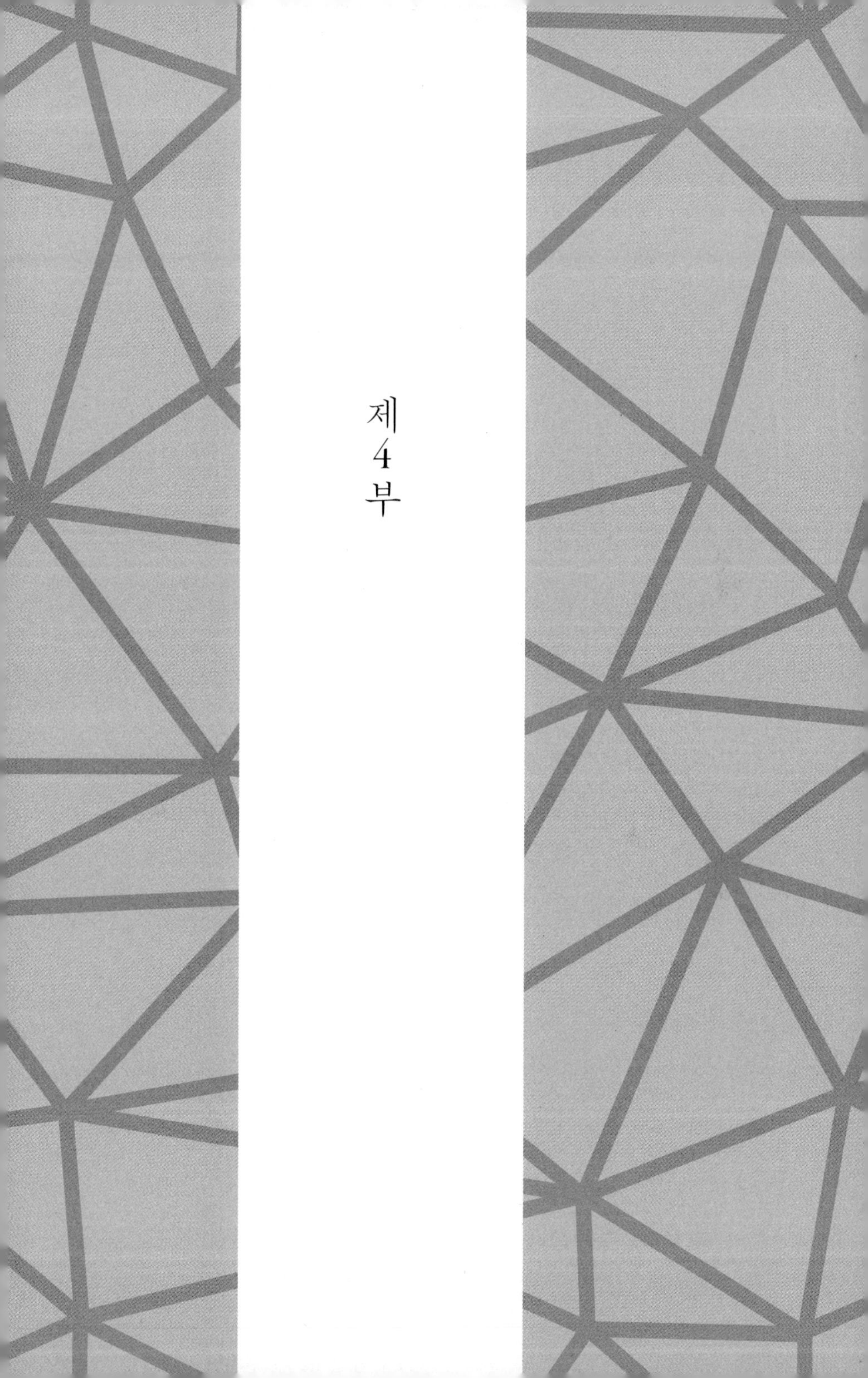

제4부

제1장

1806년 초 니콜라이 로스토프는 휴가를 얻어 모스크바의 집으로 돌아왔다. 중대장 데니소프도 휴가를 얻어 고향 보로네쥐로 가는 길에 그의 집에 와서 며칠 묵게 되었다.

미리 아무런 통보도 하지 않고 그가 갑자기 돌아왔기에 식구들은 모두 깜짝 놀라 그를 반갑게 맞았다. 소냐, 나타샤, 안나 미하일로브나, 베라, 노백작 부부, 막내 동생 페차 등, 온 식구가 야단법석이었다. 사방 어디를 둘러보아도 기쁨과 애정의 눈물로 반짝이는 눈들이 니콜라이를 바라보고 있었고, 어디를 보나 키스를 기다리는 입술들이 있었다.

모두들 니콜라이를 반기는 데 정신이 없어서 데니소프가 방으로 들어서는 것을 아무도 눈치채지 못했다. 그는 방 한구석에 멍한 눈으로 서 있을 수밖에 없었다.

"저는 바실리 데니소프입니다. 백작님 아드님 친구입니다." 데니소프는 의아한 눈길로 그를 바라보는 백작에게 자기소개를 했다.

"아, 그렇군요. 당신을 알아요. 잘 오셨소." 백작이 그를 포옹하며 말했다. "우리 애 편지에 쓰여 있었지……. 나타샤, 베라, 이분이 데니소프 중대장님이다."

모두들 반가운 표정으로 그를 둘러싸고 인사를 나누었다.

다음 날 두 사람은 여독이 풀리지 않아, 오전 10시 가까이까지 늦잠을 잤다. 둘은 서둘러 옷을 입고 차를 마시러 응접실로 갔다. 응접실에서 소냐의 모습을 보고 니콜라이는 새삼 놀랐다. 열여섯 살의 그녀는 놀랄 만큼 아름다웠다. 어제는 재회의 기쁨에 아무 생각 없이 입을 맞추었지만 지금은 그럴 수 없음을 둘은 느끼고 있었다. 니콜라이는 소냐가 자신을 사랑하고 있음을 분명히 느낄 수 있었다.

'지금 내가 그녀를 사랑하지 않을 이유는 없다. 설령 결혼까지 이르지 못한다 하더라도'라고 니콜라이는 생각했다. 그는 모든 사람들이 자신을 궁금한 눈길로 바라보며 소냐를 어떻게 부르는지 지켜보고 있음을 눈치챘다. 특히 소냐와 친자매 이상으로 친하게 지내고 있는, 발랄한 성격의 나타샤는 그 궁금증을 노골적으로 드러내고 있었다. 니콜라이는 소냐의 손에 입을 맞추면서 그녀에게 경칭을 사용했다. 베라가 눈치 없이 "뭐야, 마치 남인 것처럼 새삼스럽게 존댓말을 쓰고 있어? 너무 이상하다"라고 말했고, 전부터 아들의 장래에 소냐가 걸림돌이 될 것으로 생각하고 있던 백작 부인은 얼굴을 붉혔다.

니콜라이는 짧은 휴가를 마음껏 즐겼다. 로스토프 집안사람들에게 그는 훌륭한 아들이었으며, 영웅이었고, 사랑스럽고 쾌활한 젊은이였다. 친지들로부터는 훤칠한 경기병 중위였고, 사교계에서는 춤의 능수이자, 훌륭한 신랑감이었다.

그런데 그사이 그는 이상하게 소냐와 더 가까워지기는커녕 더 멀어져버렸다. 소냐는 분명 아름다웠고 매력이 있었으며, 그를 열렬히 사랑하고 있었다. 하지만 니콜라이는 매순간이 충만해 있어서, 사랑 따위는 하찮게 여겨지는 그런 젊음의 순간을 맞이하고 있었다. 그는 여자에게 속박되고 싶지 않았다. 그는 그가 원하는 바를 모두 실현하고 싶었으며 그러기 위해 그 무엇보다 자유와 독립을 원했다. 모스크바에 머무는 동안 소냐 생각이 날 때마다 그는 이렇게 중얼거리곤 했다.

'그녀만 한 여자는 얼마든지 있다. 내가 아직 알지 못하는 그런 여자들이! 사랑할 시간은 얼마든지 있을 것이며, 그때까지 기다려도 늦지 않을 것이다.'

그는 한창 야망에 불타는 젊은 나이에 여자들 틈에서 지내는 것은 품위를 떨어뜨리는 일로 여겼다. 그는 무도회나 젊은 여인들의 야회에 갈 때면 마음이 내키지 않았으며 대신 경마, 영국 클럽에 드나들었고 데니소프와 유흥을 즐겼다.

제2장

3월 초, 노백작 일리야 안드레이치 로스토프는 만찬회 준비로 바빴다. 영국 클럽에서 바그라티온 공작을 환영하기 위한 만찬을 계획하고 있었고 백작이 환영연 준비를 떠맡게 되었던 것이다. 로스토프 백작이 이 클럽의 창립 회원이자 간부이기 때문이기도 했지만, 그에게 사재를 털어 파티를 빛낼만한 재력이 있던 때문이었다.

백작은 요리장과 함께 직접 그날 내놓을 음식을 준비했다. 그는 딸기와 파인애플을 만찬에 내놓고 싶어, 아들 니콜라이를 불러 말했다.

"아들아, 지금 곧 피에르 베주호프 백작 집에 다녀올 수 있겠니? 거기가 아니면 딸기와 파인애플을 구할 데가 없어서 그런다."

그때 마침 안나 미하일로브나가 홀 안으로 들어서다가 백작의 말을 들었다.

"백작님, 베주호프 백작 댁에 제가 갔다 오겠어요. 젊은 백작이 얼마 전에 페테르부르크에서 돌아왔어요. 우리에게 필요한 건 그 집 온실에서 다 구할 수 있을 거예요. 저도 그분을 꼭 뵐 일이 있던 참이에요. 그분께서 보리스의 편지를 전해주셨거든요. 정말 고맙게도 보리스가 참모부에서 근무하게 되었어요."

"아, 그래주시면 정말 고맙겠습니다. 그 친구도 오시라고 전해주십시오. 자리를 마련해놓겠습니다. 참, 그 친구, 부인과는 잘 지내나요?"

"아, 백작님, 그분은 정말 불행하답니다. 사람들 말이 사실이라면 끔찍해요. 도대체 그렇게 될 줄 누가 알았겠어요? 정말 고상하고 천사 같은 마음씨를 가진 젊은이인데! 정말 진심으로 그분이 가엾어서 힘닿는 대로 위로해드리려고 생각하고 있어요."

"대체 무슨 일인데요?" 부자(父子)가 동시에 물었다.

"돌로호프라고 두 분 다 아시지요? 그 곰 사건으로 사병으로 강등되어 근무하던 젊은 친구 말이에요. 최근에 다시 장교가 되었다지요." 안나 공작 부인은 남이 들으면 큰일이라는 듯,

목소리를 한껏 낮추어 말했다. "사람들 말로는 베주호프 백작 부인의 평판에 오점을 남길 짓을……, 피에르가 그를 페테르부르크의 집으로 초대했을 때……, 엘렌이 이곳 모스크바로 오자 그 '정신 나간 사람'이 이곳까지 뒤따라 왔답니다. 가엾은 피에르는 비탄에 잠겨 있다고들 하고……."

안나 공작 부인은 말로는 피에르를 동정한다고 하면서, 실제로는 그 말투나 입가에 떠오른 미소로 보아 오히려 그녀가 '정신 나간 사람'이라고 부른 돌로호프 편을 들고 있는 꼴이 되고 말았다.

"그거야 어떻든 간에 백작을 클럽에 오라고 전해주세요. 기분 전환이 될 겁니다. 정말 굉장한 연회거든요."

이튿날인 3월 3일 오후 2시, 250명의 영국 클럽 회원과 50명의 내빈은 오늘 만찬의 주빈이자 오스트리아 전쟁의 영웅인 바그라티온 공작을 기다리고 있었다. 아우스터리츠 전투에서의 충격적인 패배 소식이 전해진 후, 사람들은 그 전대미문의 불상사의 원인을 찾으려고 애썼다. 그러나 그들이 내린 결론은 정확한 사실에 입각한 것이라기보다는 그저 풍문에 의한 것이었다. 그 풍문에 의해 가장 큰 피해를 입은 사람은 쿠투조프였다. 그에게는 무능한 총사령관이라는 낙인이 찍혔으며 그런 한심한 사람을 황제가 신뢰했기에 전쟁에서 패했다는 것이 일반적인 의견이었다.

하지만 사람들은 러시아 장병들을 칭송했다. 그들에게 러시아 장교들, 병사들은 어려운 상황에서도 용기를 잃지 않고 적에게 용감히 맞선 영웅이었다. 그리고 그 영웅 중의 영웅이 바로 바그라티온 공작이었다. 그만이 아우스터리츠에서 홀로 질서 정연하게 군대를 지휘했으며, 후퇴하는 와중에도 수가 두 배나 많은 적군을 격퇴했다는 것이었다. 바그라티온이 그런 공을 세운 것은 어느 정도 사실이었지만 실은 그가 아무런 배경도 없고 야망도 없는 소박한 출신의 군인이라는 점이 그의 평판에 큰 몫을 했다. 말하자면 사교계에 특별히 그를 깎아내려야만 하는 적(敵)이 없었던 것이다. 게다가 쿠투조프를 향한 사람들의 반감과 모멸 덕분에 그는 역으로 더욱 존경을 받게 되었다.

파티 참석자의 대부분은 세상에서 존경을 받고 있는 노인들이었다. 그리고 소수의 젊은이들도 자리를 차지하고 있었다. 그 중에는 데니소프와 니콜라이, 다시 장교가 된 돌로호프도 있었다. 또한 쿠투조프 휘하에서 안드레이와 함께 부관직을 맡고 있던 네스비츠키도 참석했다. 그는 영국 클럽의 옛 회원이었다. 피에르 베주호프도 참석한 것은 물론이다.

피에르의 표정은 침울했다. 그는 젊은 축에 속했지만 다른 곳에서와 마찬가지로 이 모임에서도 그가 지닌 재력 덕분에 고위급 명사 대접을 받았다. 그는 이미 버릇이 되어버린 건방진 눈길로 굽실거리는 사람들을 내려다보며 옹기종기 모여 이야기를 나누고 있는 이 그룹, 저 그룹 사이를 돌아다녔다.

그때였다. 하인이 뛰어 들어오더니 긴장된 표정으로 말했다.

"도착하셨습니다."

여기저기 모여 있던 사람들은 응접실 입구에 도열해서 장군이 들어오기를 기다렸다. 얼마 후 현관 입구에 바그라티온 공작의 모습이 나타났다. 모자도 쓰지 않고 있었으며 검도 차고 있지 않은 채 새로 맞춘 군복에 훈장을 주렁주렁 달고 있었다. 그는 모스크바 군관구 사령관과 기병 연대장을 대동하고 있었다. 사람들은 마치 호위하듯 그를 둘러싸고 응접실로 모셔 갔다.

그가 자리를 잡고 앉자 급사장이 큰 목소리로 "식사가 준비되었습니다!"라고 외쳤고, 사람들은 자리에서 일어나 식당으로 몰려갔다. 바그라티온이 미리 지정된 상석에 앉자 300명의 사람들이 각자 관등과 지위에 따라 자리를 정해 앉았다. 지위가 높은 사람일수록 주빈 가까이 앉을 수 있었음은 물론이다.

니콜라이는 데니소프 외에 오늘 처음 인사를 나눈 돌로호프와 함께 테이블 중간쯤에 자리를 잡았다. 그들 정면에는 피에르와 네스비츠키가 나란히 앉아 있었다. 영국 클럽 원로 회원들과 함께 바그라티온 공작 맞은편 가까이 앉은 일리야 안드레이치 백작은 마치 자신이 모스크바 시민 전체를 대표해서 공작을 환영하듯, 공작을 환대했다.

이 만찬회를 위해 백작이 들인 공은 대성공을 거두었다. 나오는 음식마다 호평을 받았으며, 사람들의 입을 즐겁게 했다. 철갑상어가 나온 뒤에 로스토프 백작이 간부들에게 눈짓을 했고, 이어서 축배가 시작되면서 만찬은 절정에 이르렀다. 동원된 악사의 연주에 이어 합창단들이 칸타타를 노래했고, 모두들 황제 폐하를 위하여, 국가의 동량들을 위하여, 여기 모인 모든 사람들을 위하여, 무엇보다 바그라티온 공작을 위하여 우렁차게 건배했으며 마지막으로 이 만찬의 주최 당사자인 일리야 로스토프 백작의 건강을 위해 건배했다. 백작은 급기야 눈물을 흘리더니 커다란 손수건을 꺼내어 눈물을 닦았다.

니콜라이와 돌로호프 맞은편에 앉아 있던 피에르는 여느 때처럼 많이 먹고 많이 마셨다. 하지만 사람들은 그의 모습이 평소와는 뭔가 다르다는 것을 눈치챘다. 식사 도중 내내 말이 없었으며 약간은 넋이 나간 것 같은 표정이었다.

그는 돌로호프가 자기 아내와 수상한 관계라는 이야기를 오늘 이복 누이 카차에게서 들었다. 게다가 그는 익명의 편지를 한 통 받기도 했다. 익명의 편지가 대개 그렇듯, 아주 무례한 말투로, 너 혼자 눈이 멀어 있다, 네 아내와 돌로호프가 그렇고 그런 사이라는 것을 너만 모르고 있다고 적혀 있었다. 그는 누이의 말도, 익명의 편지도 완전히 믿을 수 없었지만 막상 당사자와 이렇게 마주 앉아 있자니 그의 얼굴을 바라보기가 왠지 겁이 났다.

그는 전부터 돌로호프를 잘 알고 있었지만, 새삼 그가 미남이라는 사실을 확인할 수 있었다. 게다가 피에르는 그의 성품을 잘 알고 있었다.

'저 친구는 내 이름을 더럽히고 나를 데리고 노는 것에서 즐거움을 만끽하고 있어. 내가 저 친구를 도와주었기 때문이야. 나를 배신하면서 통쾌해하는 거야. 만일 그 편지 내용이 사실이라면? 아, 믿을 수 없다. 믿을 권리조차 내게는 없다.'

피에르가 우울한 표정으로 앉아 있는 데 반해 앞에 앉은 세 젊은이, 니콜라이와 데니소프, 돌로호프는 사뭇 즐거운 표정이었다.

피에르에게 돌로호프의 잔인했을 때의 표정과 그가 했던 짓이 떠올랐다. 경관을 곰의 등에 묶어 물에 빠뜨린 것도 그가 한 짓이었다. 그는 아무 이유 없이 사람들에게 결투를 청하기도 했으며, 말을 권총으로 쏘아 죽이기도 했다. 그는 쾌활하게 웃으며 즐기고 있는 그의 모습이 자신을 한껏 조롱하는 것으로 여겨졌다. 그는 자신이 마치 그의 놀림감이 된 경관처럼 여겨졌으며 이유 없이 죽음을 당한 말처럼 여겨졌다. 그리고 갑자기 그의 앞에서 주눅 들어 있는 자신을 향한 분노에 휩싸였다.

그때였다. 돌로호프가 "우리 이제 미녀를 위해 건배할까?"라고 말하며 입가에 미소를 띤 채 피에르를 바라보았다. "자, 아름다운 부인들의 건강을 축복하는 거야. 그리고 그 애인들의 건강도!"

피에르는 그의 모습을 바라보지 않은 채 술을 단숨에 들이켜더니 자리에서 벌떡 일어났다.

"무례한 짓은 삼가시오!"

니콜라이와 데니소프는 느닷없는 피에르의 말에 깜짝 놀랐다. 하지만 당사자인 돌로호프는 비웃는 웃음을 흘리며 잔인한 눈초리로 피에르를 바라볼 뿐이었다.

"당신은, 당신은……, 악당이야! 돌로호프, 당신에게 결투를 신청하겠어!"

그 말을 하면서 그는 자신을 내내 의혹에 시달리게 했던 아내의 정조 문제가 이제 돌이킬 수 없게 되었음을 느끼고 있었다. 이제 그것은 의심의 여지 없는 사실이 되어버렸다. 그리고 이제 아내를 미워하게 되었고, 영원히 그녀와 결별하게 되었음을 알았다.

결투는 다음 날 소콜니키의 숲에서 벌이기로 정해졌고 니콜라이는 돌로호프 측 증인이, 네스비츠키는 피에르 측 증인이 되어 결투 방법에 대해 합의를 보았다.

이튿날 피에르는 네스비츠키와 함께 소콜니키의 숲으로 마차를 몰고 갔다. 이제까지 한 번도 총을 쏴본 적이 없는 피에르는 네스비츠키에게 방아쇠 당기는 법에 대해 자세히 물어보았다.

엉겁결에 피에르의 청을 받아들여 증인이 된 네스비츠키는 피에르의 마음을 돌려보려 했으나 소용이 없었다.

숲에 도착하니 돌로호프와 니콜라이 그리고 데니소프는 이미 그곳에 있었다. 피에르는 당사자이면서도 마치 자신은 이 결투와 아무 상관없는 사람인 듯한 표정을 짓고 있었다. 증인들은 소나무 숲속에 있는 작은 풀밭을 결투 장소로 정했다. 두 결투자는 서른 발자국 거리를 두고 마주 섰다. 두 명의 증인은 경계선에 각자 네스비츠키의 칼과 데니소프의 칼을 꽂아 표시를 했다. 두 경계선 사이의 간격은 열 발자국 정도 되었다. 경계선 밖에서는 언제고 총을 발사할 수 있다는 조건이었다. 숲에는 눈이 쌓여 있었다.

이윽고 데니소프가 하나! 둘! 센 다음, 이윽고 셋! 하고 외치자 두 결투자는 권총을 들고 한 발자국씩 경계선 쪽을 향해 다가갔다. 앞을 향해 여섯 걸음 정도 걸었을 때였다. 피에르는 아래를 내려다보았다가 다시 돌로호프를 바라보며 네스비츠키가 가르쳐준 대로 살짝 손가락으로 방아쇠를 당겼다. 그토록 큰 소리가 나리라고는 예상하지 못하고 있던 피에르는 깜짝 놀랐다. 안개가 끼어 있었던 데다 짙게 피어오른 연기 때문에 앞이 보이지 않았다. 피에르는 상대방이 곧 총을 발사하리라 생각하고 총소리가 나길 기다렸다. 하지만 총소리는 들리지 않았다.

이윽고 연기가 가시자 흐릿하게 돌로호프의 모습이 나타났다. 그는 한 손으로 왼쪽 옆구리를 누르고 있었으며 다른 한 손에 권총을 쥐고 있었다. 얼굴이 창백했다.

그는 금방이라도 쓰러질 것 같은 걸음걸이로 군도를 꽂아놓은 경계선까지 오더니 그대로 그 자리에 쓰러지고 말았다.

피에르는 금세라도 울음이 터질 것 같은 표정으로 돌로호프를 향해 달려갔다. 그가 경계선을 막 넘으려는 순간 돌로호프가 "경계선!"이라고 힘들여 외쳤다. 두 사람 사이의 거리는 이제 겨우 열 걸음밖에 되지 않았다. 돌로호프는 허겁지겁 차가운 눈을 입에 처넣었다. 정신을 차리기 위해서였다. 간신히 정신을 차린 그는 두 다리를 포개고 앉았다. 그의 눈은 증오로 빛나고 있었다. 그는 필사적인 노력으로 피에르를 향해 권총을 겨누었다.

"옆으로 서요! 권총으로 몸을 가려요!" 네스비츠키가 소리쳤다. 데니소프까지도 참지 못하고 "몸을 가려요!"라고 소리쳤다. 하지만 피에르는 넓은 가슴을 돌로호프를 향한 채 슬픈 얼굴로 상대방을 바라보고 있을 뿐이었다. 동정과 후회가 뒤섞인 표정이었다. 순간 총소리가 울렸다.

"제길 빗나갔어!" 돌로호프는 외치더니 얼굴을 눈에 파묻으며 쓰러졌다.

피에르는 두 손으로 머리를 움켜쥐고 뒤로 돌아서더니 "어리석은 짓! 어리석은 짓이야!"라고 중얼거리며 비틀비틀 걸어갔다. 네스비츠키가 그를 부축해서 집으로 데리고 갔다.

집으로 돌아간 피에르는 소파에 누워 잠을 청하려 했다. 하지만 잠이 오지 않았다.

'대체 무슨 일이 일어난 거지? 맞아. 나는 아내의 정부를 죽인 거야. 어쩌다 이런 일이 벌어진 거지? 그래, 내가 사랑하지도 않는 여자와 결혼했기 때문에 벌어진 일이야. 나는 오로지 그녀의 겉모습을 남들에게 자랑하려고 그녀와 결혼한 거야.'

그는 이 모든 것이 그녀가 음탕한 여자라는 그 무서운 한 마디에 있다고 생각했다. 아, 그 무서운 말!

'그렇다! 나는 그녀를 단 한 번도 사랑한 적이 없다. 그녀가 음탕한 여자라는 것을 알고 있었기 때문이다'라고 그는 결론 맺었다.

그날 저녁, 피에르와 엘렌은 대판 싸웠고, 피에르는 그녀에게 헤어지자고 말했다.

"흥, 그렇게 말한다고 겁먹을 줄 알아요! 좋아요! 재산을 준다면 헤어져주지요." 엘렌이 대들며 말하자 피에르는 "널 죽여버리겠다!"라고 외치며 탁자의 대리석 판을 들어 그녀에게 던졌다. 대리석 판이 산산조각 났다. 그는 그녀에게 다가가며 "나가!"라고 외쳤다. 만일 엘렌이 당장 방에서 나가지 않았다면 피에르가 무슨 일을 저질렀을지 모를 상황이었다.

1주일 후 피에르는 자기 재산의 절반 정도에 대한 관리권을 아내 엘렌에게 넘겨주고 혼자서 페테르부르크로 떠났다.

제3장

안드레이 공작의 전사 통지서가 루이스이에 고르이(민둥산)에 전달된 지도 어느 덧 두 달이 지났다. 신문에 아우스터리츠 전투 패배 소식이 전해진 지 1주일 뒤 노공작은 러시아군 총사령관이었던 쿠투조프로부터 편지를 받았다. 쿠투조프는 안드레이가 그 누구보다 용감히 선두에서 싸웠다는 소식과 함께, 그의 시체를 찾지 못했고 포로 명단에도 없다는 사실을 편지에서 알렸다. 그로 인해 가족들은 그가 살아 있을 수도 있다는 일말의 희망을 품었다. 하지만 그것은 희망이면서 동시에 견디기 어려운 고통이기도 했다. 그 사실은 그가 싸움터에서 주민들에게 구조되어 전혀 낯선 사람들 사이에서 사경을 헤매고 있기에 자신의 소식을 전할 길이 없다는 뜻일 가능성이 큰 때문이었다.

볼콘스키 공작은 아들의 소식을 며느리에게 전하라고 마리아에게 말했다. 하지만 곧 해산을 앞둔 올케가 걱정된 그녀는 아버지를 설득하여 그 소식을 리자에게 전하지 않았다.

3월 19일 아침, 리자는 시누이 마리아에게 배가 아프다고 호소했다. 마리아는 하인을 보내 조산원을 불렀다. 불려온 조산원은 해산이 시작된 것 같다고 말했다.

"아, 그런데 왜 모스크바에서 아직 의사가 오지 않는 거지?"

마리아가 초조하게 말했다. 안드레이가 출정을 앞두고 아버지에게 부탁한 대로, 공작은 며느리의 출산 예정일에 맞추어 도착하도록 모스크바의 저명한 산부인과 의사를 부르러 보냈던 것이다.

이윽고 산모의 진통이 시작되었다. 하지만 밤이 될 때까지 의사는 아직 도착하지 않았다. 마치 겨울이 이제 막 잃어가기 시작한 자신의 권위를 되찾으려는 듯 사납게 눈보라가 몰아치고 있었다. 몇몇 사람이 혹시 도착할지 모를 의사를 맞으러 호롱불을 들고 큰길과 샛길의 갈림길까지 나가 있었다.

마리아는 유모와 함께 객실에 앉아 있었다. 그때 갑자기 거센 바람이 불어와 창문이 휙 열리더니 촛불이 꺼져버렸다. 유모는 창문을 닫으려 창가로 갔다. 찬바람에 그녀의 머릿수건

자락과 백발이 휘날렸다.

"아가씨, 저 길에 불빛이 보여요. 누군가 왔나봐요." 유모가 창문을 닫으며 말했다. "의사 선생님이 오셨나봐요."

"정말! 오오, 고마워라!" 마리아가 말했다. "내가 맞으러 나가야지. 독일인 의사라서 러시아어를 모를 거야."

마리아는 얼른 숄을 걸치고 손님을 맞으러 뛰어나갔다. 그녀가 계단에 이르렀을 때 마차는 이미 현관에 도착해 있었다. 이어서 누군가가 마차에서 내렸다. 하인은 깜짝 놀란 듯 그대로 얼어붙어 서 있었다. 곧이어 무언가 묻는 목소리가 들렸다. 마리아는 어쩐지 귀에 익은 목소리라고 생각했다. 이어서 목소리가 또렷이 들렸다.

"그런데, 아버지는?"

"주무시고 계십니다."

마리아는 자신의 두 귀를 의심할 수밖에 없었다.

"저건, 저건 바로 오빠의 목소리……?"

그렇다! 안드레이가 살아서 돌아온 것이다.

리자는 하얀 실내모를 쓰고 베개에 얼굴을 파묻고 있었다. 진통은 방금 전에 그쳤다. 안드레이는 아내 곁에 섰다. 아내는 어린애처럼 놀란 눈을 하고 그를 바라보았다. 마치 "나는 당신들 모두를 사랑해요. 나는 그 누구에게도 나쁜 짓을 한 적이 없어요. 그런데 왜 나만 이렇게 고통을 받고 있는 거지요? 저를 제발 도와주세요"라고 그 눈으로 말하고 있는 것 같았다. 그녀는 분명 남편의 모습을 눈앞에 두고 있었지만 그게 무엇을 의미하는지 이해할 수 없었다. 안드레이는 아내의 이마에 입을 맞추었다.

"사랑하는 여보!" 그는 이제까지 단 한 번도 아내를 향해 해보지 않던 말을 입에 올렸다. "하느님께서 자비를!"

또다시 진통이 시작되었고 조산원은 안드레이에게 밖으로 나가 있으라고 했다. 이어서 기다리던 산부인과 의사가 왔다.

모두들 초조하게 밖에서 기다리고 있을 때 무서운 외침 소리에 이어서 갓난아이의 울음소리가 들렸다.

"아기? 무슨 아기? 왜 아기가 저기 있는 거지?" 순간 안드레이에게 처음 떠오른 생각은 그런 것이었다.

"오, 아기가 태어난 것이란 말인가!" 그는 비로소 그 울음의 의미를 깨달았다. 그는 창턱에 두 팔꿈치를 짚고 어린애처럼 흐느꼈다.

갑자기 문이 열리더니 의사가 사색이 되어 방에서 나왔다.

안드레이는 황급히 안으로 들어갔다. 리자는 조금 전처럼 침대에 누워 있었다. 하지만 그녀는 이미 이 세상 사람이 아니었다.

닷새가 지난 뒤, 어린 공작 니콜라이 안드레이치 볼콘스키의 세례식이 거행되었다. 할아버지는 대부가 되었고, 고모 마리아는 대모가 되었다.

제4장

니콜라이 로스토프는 모스크바 총독의 부관으로 임명되었다. 니콜라이는 자신이 피에르와 돌로호프의 결투에 연루되었기에 내심 강등을 각오하고 있었다. 하지만 아버지가 힘을 쓴 결과 오히려 영전하게 된 것이다. 그 때문에 그는 가족들과 시골 여름 휴가지에서 지내지 못하고 내내 모스크바에서 근무해야만 했다. 한편 돌로호프는 건강을 완전히 회복했고, 그가 병상에 누워 있는 동안 니콜라이와 아주 가까운 사이가 되었다. 보다 정확히 말한다면 니콜라이가 돌로호프에게 아예 푹 빠져버렸다고 하는 것이 옳다. 난폭한 성격의 소유자가 때로는 단호한 결단력을 보여주는 법이며, 니콜라이는 그의 그런 모습에 반한 것이다.

가을이 되자 로스토프 일가는 모스크바로 돌아왔다. 돌로호프와 데니소프는 자주 로스토프가에 드나들었다. 그리고 그사이에 두 가지, 어찌 보면 세 가지 사건이 벌어졌다.

그중 하나는 돌로호프가 소냐에게 청혼을 한 사건이다. 그 소식을 나타샤의 입을 통해 전해들은 니콜라이는 비록 소냐를 진정한 결혼 상대로 생각하지 않고 있었지만 처음에는 분노했다. 그는 '좋아! 청혼에 응하라지. 어렸을 때의 약속 같은 것은 아무 의미도 없으니까!'라고 나타샤에게 말하려고 했다. 하지만 그가 입을 열기 전에 나타샤가 재빨리 말했다.

"오빠, 소냐가 어떻게 했는지 알아요? 거절해버렸어요! 사랑하는 사람이 따로 있다면서요. 어머니가 아무리 권해도 소냐는 응낙하지 않았어요."

"어머니가 권하셨다고?" 니콜라이는 불쾌한 어조로 말했다.

"그래요. 하지만 어머니가 공연히 걱정하신다는 걸 나는 잘 알아요. 오빠는 소냐하고 결혼하지 않을 거니까요."

니콜라이는 얼굴을 붉히며 말했다.

"네가 뭘 안다고!"

이후 돌로호프는 로스토프가의 출입을 끊었다. 그러던 어느 날 그가 니콜라이에게 편지를 한 통 보내왔다.

자네도 잘 알고 있을 이유로 인해, 앞으로는 자네 집에 출입하지 않을 작정이네. 나는 부대로 돌아가기로 작정했네. 오늘 밤 친구들을 초대해서 송별연을 열기로 했네. 영국 호텔로 와줄 수 있겠나.

편지를 받은 날 밤 10시 니콜라이는 영국 호텔로 찾아갔다.

결론부터 말하자. 니콜라이는 돌로호프의 꾐에 넘어가 노름을 했다. 그리고 돌로호프에게 무려 4만 3,000루블이라는 거금을 빚지게 되었다.

돌로호프가 능글맞게 웃으며 니콜라이에게 말했다.

"백작님, 언제 제가 그 돈을 받을 수 있겠습니까?"

니콜라이는 얼굴을 붉히며 돌로호프를 따로 다른 방으로 불러냈다.

"지금 당장은 한꺼번에 전액을 지불할 수 없어. 어음을 끊어주면 안 될까?"

"이보게, 니콜라이." 돌로호프가 차가운 웃음을 흘리며 말했다. "자네 '사랑에 행복한 자는 노름에 불행한 법이다'라는 속담을 알고 있겠지? 자네 사촌 누이가 자네를 사랑하고 있더군."

'오, 내가 정말 무서운 놈의 손아귀에 놓인 거로구나!'라고 니콜라이는 생각했다. 이 일이 부모님께 얼마나 큰 타격을 입힐 것인지 그는 잘 알고 있었다. 오, 부모님께 이따위 고백을 하지 않고 넘어갈 수만 있다면! 니콜라이는 돌로호프가 그런 모든 사실을 잘 알고, 마치 고양이가 쥐를 희롱하듯 자신을 데리고 놀고 있다는 것을 확실히 느낄 수 있었다.

"자네 사촌 누이 말이야……." 돌로호프가 입을 열었다.

그러자 니콜라이가 그의 말을 도중에 자르고 화를 내며 말했다.

"내 사촌 누이는 이 일과 아무 상관 없어! 그녀 이름은 입에 담지도 마!"

"그러면 언제? 언제 빚을 갚을 거지?"

"내일!" 그 말 한 마디를 던지고 니콜라이는 호텔 방에서 나와버렸다.

니콜라이가 집으로 돌아오니 식구들은 아직 잠자리에 들지 않고 있었다. 그는 말없이 자기 방으로 갔다. 15분 정도 지났을 무렵 클럽에 갔던 노백작이 돌아왔다. 니콜라이는 아버지가 돌아온 것을 알고 아버지의 방으로 갔다. 아버지는 기분이 상당히 유쾌한 것 같았다.

'그래, 어차피 빠져나갈 길은 없어!' 니콜라이는 생각했다. 그는 마치 읍내로 나갈 마차를 부탁하듯, 평온한 어조로 아버지에게 말했다.

"아버지, 아버지께 볼일이 있어 왔는데, 깜빡 잊을 뻔했습니다. 실은 제게 돈이 필요합니다."

"그것 봐라. 그 돈으로는 부족할 거라고 말하지 않았니? 그래, 많이 필요하니?"

"네, 아주 많이 필요합니다. 저, 트럼프 놀이를 해서 졌습니다. 굉장히 많이 잃었습니다. 4만 3,000루블입니다."

"뭐라고? 도대체 누구에게? 너 지금 농담하는 거냐?" 노백작은 목과 목덜미가 시뻘겋게 되면서 말했다.

"내일 갚겠다고 약속했습니다."

"아, 내일? 하지만 그런 큰돈을! 오, 그건 어려워……. 정말 어려워……."

일리야 안드레이치 로스토프 백작은 고개를 떨어뜨리고 안절부절못하는 태도를 취하더니 힐끔 아들의 얼굴을 쳐다보고 방에서 그대로 나가려 했다. 한바탕 야단을 맞으리라 각오하고 있던 니콜라이는 아버지에게 달려가 두 손을 잡고 "아버지, 제발……, 제발……, 용서해주세요"라고 말하며 흐느꼈다.

또 다른 한 가지 사건은 좀 더 간략하게 소개하기로 하자. 데니소프가 나타샤에게 청혼을 했던 것이다. 나타샤는 데니소프에게 당신은 정말 좋은 분이지만 결혼은 안 된다고 말했고, 그녀의 어머니도 나서서, 나타샤는 아직 어리다고 말했다. 그녀는 아직 열다섯 살이었다.

다음 날 데니소프는 친구들과 환송연을 가진 뒤 부대로 돌아갔다.

데니소프가 떠난 뒤 니콜라이는 2주일을 더 모스크바에 머물렀다. 아버지가 당장에 돈을 구하는 것은 불가능했기에 돈이 마련될 때까지 기다려야 했기 때문이다. 소냐는 그 사건에 대해 소상히 알게 되었지만 오히려 그 때문에 사촌 오빠를 더 사랑하게 되었다는 듯 그에게 상냥하게 대했다. 하지만 니콜라이는 이제 자기 같은 놈은 그녀의 사랑을 받을 자격조차 없다고 생각하고 있었다.

그는 아버지가 겨우 마련한 4만 3,000루블을 돌로호프에게 건네주고 영수증을 받은 뒤, 친구들 그 누구에게도 작별 인사를 하지 않은 채, 이미 폴란드에 주둔하고 있는 자신의 부대를 향해 출발했다.

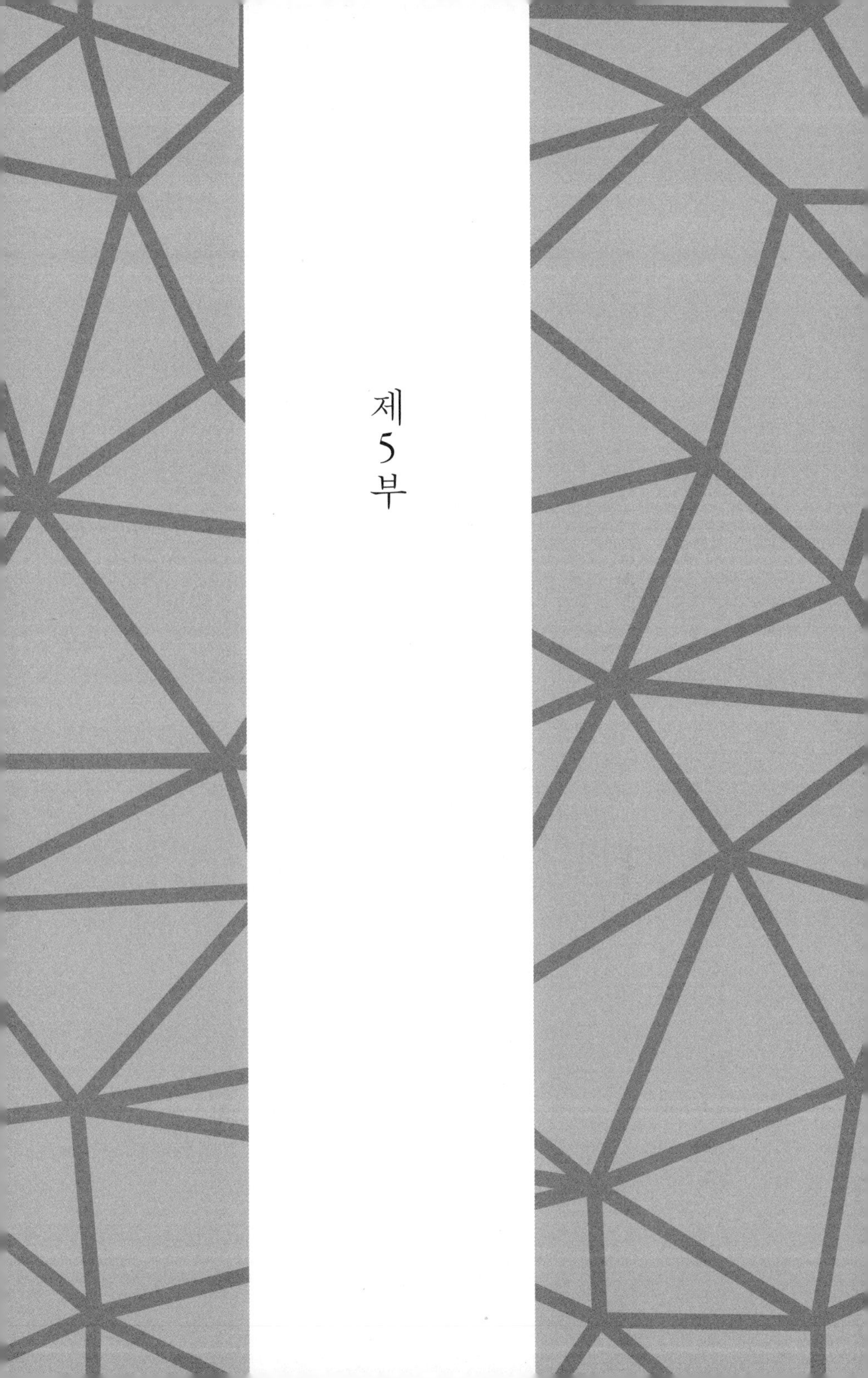

제 5 부

제1장

아내와의 일을 마무리한 후 피에르는 페테르부르크로 떠났다. 토르즈호크 역참에서 말이 오기를 기다리는 동안 피에르는 오로지 한 가지 생각에 몰두해 있었다.

'내가 돌로호프를 쏜 일은 잘한 일인가. 잘못한 일인가? 나는 내가 모욕을 당했다고 생각해서 그와 결투를 한 것이다. 루이 16세는 죄인으로 간주되었기에 죽임을 당했다. 하지만 그를 처형한 사람들 중 많은 사람들이 1년도 지나지 않아 그 어떤 이유로든 처형당했다. 그렇다면 누가 죄인이며 악인인가? 대체 악이란 무엇이며 선이란 무엇인가? 대체 무엇을 사랑해야 하는가? 무엇을 증오해야 하는가? 오, 나는 대체 왜 살아야 하는가? 대체 나는 무엇인가? 삶이란 무엇이며 죽음이란 무엇인가?'

무수히 질문을 해보았지만 하나도 대답을 얻을 수 없었다. 단 한 가지 답을 얻을 수 있었지만 그것은 그 질문들에 대한 답은 아니었다.

'죽음! 죽으면 모든 것을 알 수 있으리! 최소한 더 이상 질문을 하지 않게 되거나!' 하지만 죽는 것은 두려운 일이었다.

그는 주변을 둘러보았다. 여자 행상인이 큰 소리로 잡화를 팔고 있었다. 아, 저 여자는 한 푼이라도 더 벌기 위해서 기를 쓰고 있다. 과연 그 돈이 저 여자를 행복하게 해줄 수 있을까? 내 수중에는 많은 돈이 있다. 하지만 그것이 과연 내 행복을 보장해주는 걸까? 과연 이 세상에 저 여자나 나를 악과 죽음에서 벗어나게 해줄 수 있는 것이 존재하는 걸까? 죽음! 오늘이건 내일이건 영원에 비하면 한순간에 지나지 않는다! 언젠간 닥쳐올 죽음! 그는 계속 사고의 나사를 죄고 또 죄었지만 여전히 같은 곳을 헛돌고 있을 뿐이었다. 그저 아무것도 모른다는 사실만 확신할 수 있을 뿐이었다.

그때 주름이 잔뜩 잡힌 작은 키의 노인 한 명이 하인의 도움으로 외투를 벗고 옆 의자에 앉았다. 노인은 한동안 책을 보는 것 같더니 금세 눈을 감고 무언가 명상에 잠겼다. 피에르는 그의 모습을 바라보았다. 그런데 갑자기 노인이 눈을 번쩍 뜨더니 똑바로 피에르의 얼굴을 바라보았다. 피에르는 겸연쩍어서 그 시선을 피하려 했다. 그러나 번쩍이는 노인의 두 눈은 뭔가 알지 못할 힘으로 피에르를 끌어당겼다.

"실례지만 혹시 베주호프 백작이 아니신가요?" 노인이 큰 목소리로 침착하게 피에르에게 물었다. 피에르는 의아한 눈길로 나그네를 바라보았다.

그러자 노인이 계속 말했다.

"나는 당신에 대한 말을 들어서 알고 있습니다. 당신에게 불행이 닥쳤다는 이야기도……."

피에르는 당황해서 어색한 미소를 지으며 노인 쪽으로 약간 허리를 굽혔다.

"단순히 호기심에서가 아니라, 좀 더 중대한 이유가 있어서 이런 말을 드리는 겁니다."

이어서 노인은 옆에 와서 앉으라는 뜻으로 몸을 옆으로 약간 비켜주었다. 피에르는 뭔가 알지 못할 힘에 이끌리듯 노인 곁으로 갔다.

"백작, 당신은 불행한 분입니다. 내 비록 젊지는 않지만 백작을 돕고 싶습니다. 나와 이야기를 나누는 게 불쾌하시다면 서슴없이 말씀하십시오." 노인의 얼굴에는 마치 자애로운 아버지

같은 미소가 떠올라 있었다.

"아닙니다. 기꺼이 해주시는 말씀에 귀를 기울이겠습니다."

그 말을 하면서 피에르는 노인의 손을 흘낏 보았다. 노인은 손가락에 비밀결사 단체인 '프리메이슨'의 표지가 찍힌 반지를 끼고 있었다. 그는 노인이 주는 신뢰감과, 프리메이슨에 대하여 자신이 평소에 지니고 있던 경멸감 사이에서 망설이고 있었다. 피에르가 계속 말했다.

"다만 제가 평소 갖고 있는 생각이 노인장의 생각과는 달라서 서로 이해가 될 수 있을까 걱정이 될 뿐입니다."

"당신의 생각이 어떤 것인지 나는 잘 알고 있습니다. 당신은 당신만의 지성의 힘으로 그런 생각을 하게 되었다고 믿겠지요. 하지만 당신의 생각은 그저 거의 모든 사람들의 생각과 비슷한 것일 뿐입니다. 실은 오만과 나태와 무지에서 생긴 결과일 뿐이지요. 백작, 내가 과감하게 백작에게 말을 건 것은 당신의 생각과 마음을 알고 있기 때문입니다."

피에르는 이 노인에게 자신의 마음을 털어놓고 싶은 강한 충동을 느끼고 단도직입적으로 말했다.

"좋습니다. 나는 불행합니다. 게다가 나는 신을 믿지 않습니다."

"그래요. 당신은 하느님을 모릅니다. 그래서 불행한 것입니다. 하지만 당신이 하느님을 믿지 않는다고 말하고, 하느님을 모른다고 말하더라도 하느님은 여기에 계십니다. 바로 여기 내 안에, 나의 말 속에 계십니다. 하느님은 당신 안에도, 하느님을 믿지 않는다는 당신의 말 속에도 계십니다."

피에르는 뭔가에 이끌리듯 잠자코 귀를 기울였다. 이윽고 노인이 이야기를 시작했다.

"하느님은 존재합니다. 당신 좀 전에 누구에 대해 말한 거지요? 당신이 누구를 부정한 거지요? 만일 하느님이 존재하지 않는다면 우리는 하느님에 대해 그런 이야기를 하지도 않을 것입니다. 만약 하느님이 존재하지 않는다면 누가 하느님을 창조했단 말입니까? 어떻게 당신을 비롯해 모든 사람들이 전지전능하고 불가사의한 그런 존재를 상상할 수 있었겠습니까?

신은 존재하고 있습니다. 다만 이해하기가 어려울 뿐입니다. 어린아이가 정교한 시계의 작은 부품을 가지고 논다고 칩시다. 그 아이는 시계의 전체 용도를 모르니까 시계를 만든 사람이 있다는 사실을 믿지 않을 것입니다. 그냥 이런 게 왜 있지?라고 생각하거나, 부품이 전부라고 생각할 것입니다. 당신이 신을 믿지 않는다고 말하는 것은 그 어린아이보다 더 어리석고 무지 한 짓입니다. 물론 하느님을 진정으로 알고 만나는 것은 어렵습니다. 아담 이래 오늘날까지 하느님을 알기 위해 인류가 많은 노력을 했지만 아직 요원합니다. 그것은 우리가 한없이 나약한 존재이며 하느님이 한없이 위대한 존재라는 것을 우리에게 증명해줍니다."

피에르는 점점 노인의 이야기에 빨려 들어가며 점점 더 그의 말을 믿는 심정이 되었다. 노인이 이야기를 계속했다.

"하느님은 정신으로 이해하는 것이 아닙니다. 삶이 하느님을 이해할 수 있게 해줍니다. 하느님을 이해하기 위해서는 우선 우리의 삶을 정화하고 새롭게 태어나야 합니다. 인식하기 전에 믿어야 하고 그를 통해 자기 자신을 완성해야 합니다. 우리들의 영혼 속에 양심이라는 것이 존재하는 것은 하느님이 우리들 안에 하느님의 빛을 뿌려놓으셨기 때문입니다.

자, 마음의 눈을 뜨십시오. 자신의 내부를 들여다보십시오. 스스로가 자기 자신에게 만족하고 있는지 물어보십시오. 당신은 젊고 부자입니다. 게다가 당신은 똑똑합니다. 당신은 당신이 한껏 지닌 그 선물들을 갖고 대체 뭘 하셨습니까? 당신은 당신 자신과 당신의 삶에 대해 만족하십니까?"

"아닙니다. 나는 나 자신과 내 삶을 증오합니다."

"그렇다면 당신과 당신의 삶을 바꾸고 정화하십시오. 백작, 자신의 생활을 한번 뒤돌아보십시오. 지금까지 어떤 생활을 해 왔지요? 사회의 은혜를 받기만 했을 뿐 아무것도 되돌려주지 않고 주연과 방탕에 빠져 지내지 않았던가요? 막대한 재산은 어떻게 썼지요? 자기 동포를 위해서 해준 게 있나요? 몇만 명이나 되는 농노에 대해 조금이라도 생각해본 적이 있나요? 그들의 노력을 방탕한 생활을 누리는 데 이용했을 뿐이지요. 이게 당신이 한 일의 전부입니다. 아무 하는 일 없이 세월만 보냈습니다.

결혼 후 어떠했습니까? 아내가 바른길로 접어들도록 신경이나 써봤습니까? 오히려 아내를 허황된 삶과 불행의 구렁텅이에 빠지도록 내버려두지 않았나요? 아니, 어찌 보면 당신이 그렇게 되도록 도와준 거지요. 당신은 모욕을 좀 받은 걸 갖고 남에게 총을 쏘고 나서도 태연하게 나는 하느님을 모른다, 나는 내 삶을 증오한다고 말하고 있습니다. 이 모든 일이 어찌 보면 아주 당연한 귀결이지요."

긴 말을 마친 뒤 프리메이슨 노인은 피곤한 듯 소파에 등을 기대고 눈을 감았다. 그는 노인을 바라보았다.

'그렇습니다. 정말 더럽고 게으르고 음탕한 생활을 해왔습니다. 가만 생각해보니 저는 그런 생활을 좋아하지도 않았고 즐기지도 않았습니다'라고 인정하고 싶은 마음이 굴뚝같았다. 하지만 왠지 침묵을 깨고 싶지 않았다.

이윽고 노인이 눈을 뜨더니 하인에게 말이 준비되었느냐고 물었다. 피에르는 '아니, 이렇게 일장 훈계를 늘어놓은 다음 자신을 어떻게 돕겠다는 말도 하지 않고 가버릴 것인가?' 의아했다.

피에르의 그런 속마음을 읽은 듯 노인이 피에르를 보고 말했다.

"백작, 이제 어디로 갈 예정입니까?"

"페테르부르크로 갈 겁니다." 피에르는 약간 망설이며 대답했다. "정말 좋은 말씀 감사합니다. 하지만 제가 정말 못된 인간이라고는 생각하지 말아주셨으면……, 저도 노인장이 말한 그런 사람이 되고 싶지만……, 다만 이끌어주는 분이 없어서……."

피에르는 더 이상 말을 잇지 못했다. 눈물이 핑 돌면서 울음이 터져 나왔던 것이다.

프리메이슨 노인은 꽤 오랫동안 잠자코 있었다. 뭔가 궁리하는 듯 했다.

"당신을 이끌어주실 분은 오로지 하느님뿐입니다. 하지만 우리 조합에서 어느 정도 도움을 줄 수도 있을 것입니다. 페테르부르크에 가시면 빌라르스키 백작을 찾아가십시오. 내가 소개장을 써드리지요. 다만 페테르부르크에 도착하면 그를 찾아가기 전에 처음 며칠 동안 고독과 성찰의 시간을 갖고 이전의 생활 태도로 돌아가지 마십시오. 그럼 좋은 여행이 되기를……."

노인이 떠나자 피에르는 뭔가 아쉬워 역참지기의 명부에서 노인의 이름을 확인해보았다. 노인의 이름은 이오시프 알렉세예비치 바즈데예프로서, 지난 시대부터 널리 이름이 알려진 프리메이슨 단원이었다.

그가 떠난 뒤에도 피에르는 한참 동안 역참 안을 거닐며 과거를 반성하고 미래에 대한 희망에 부풀었다.

제2장

페테르부르크에 도착한 후 피에르는 노인의 말대로 아무에게도 자신의 도착 사실을 알리지 않고 방에서 책을 읽으며 지냈다. 그리고 정확히 1주일 뒤 젊은 폴란드인 백작, 빌라르스키가 그를 찾아왔다. 피에르가 그를 찾아가기 전에 먼저 찾아온 것이다. 피에르와는 사교계에서 이미 안면을 익힌 사이였다. 하지만 사교계에서 화려한 부인들에게 둘러싸여 상냥한 미소를 머금고 있던 익숙한 모습과는 달리 냉정하고 엄숙한 표정이었다.

"나는 오늘 당신께 한 가지 제안을 하려고 찾아왔습니다. 우리 조합에서 상당히 높은 자리에 있는 분이 당신의 우리 조합 가입절차를 시작했고 내게 당신의 보증인이 되어달라고 했습니다. 나는 그분의 뜻을 신성한 의무로 생각하고 당신을 찾아 온 것입니다. 어떻습니까? 당신은 나의 보증하에 프리메이슨에 가입하기를 원하십니까?"

"네, 원하고 있습니다." 피에르는 조금도 망설이지 않고 대답했다.

빌라르스키는 고개를 끄덕이더니 말했다.

"하나만 더 묻겠습니다. 미래의 회원으로서가 아니라, 한 사람의 신사로서 성실하게 대답해주시기 바랍니다. 당신은 이전의 자신의 생각을 부정하십니까? 당신은 신을 믿습니까?"

피에르는 잠시 생각에 잠겼다가 대답했다.

"네, 나는 하느님을 믿습니다."

"그렇다면 나와 함께 가시지요."

잠시 후 그들은 조합 사무실이 있는 대저택에 도착했다. 방으로 들어가자 빌라르스키는 수건으로 피에르의 눈을 가린 후 그의 손을 잡고 어딘가 다른 방으로 데려갔다. 그 방에 들어가자 빌라르스키가 피에르에게 말했다.

"일단 우리 회에 가입하기로 한 이상, 무슨 일이 일어나건 용기를 갖고 이겨내기 바랍니다. 문을 두드리는 소리가 들리면 그 눈가리개를 풀어도 됩니다. 자, 용기와 희망을!"

그 말을 마치고 그는 밖으로 나갔다.

피에르가 온갖 생각에 잠겨 5분 정도 기다렸을 때였다. 문득 문을 힘껏 두드리는 소리가 들렸다. 피에르는 눈가리개를 풀고 주변을 둘러보았다. 저쪽 탁자 위에 등불이 하나 켜져 있을 뿐 칠흑같이 깜깜했다. 피에르는 그 곁으로 다가갔다. 탁자 위에는 복음서가 놓여 있었다. 그런데 놀랍게도 등불은 하얀 해골 속에 밝혀져 있었다. 피에르는 탁자를 돌아보았다. 그러자 사람 뼈가 들어 있는 관이 보였다.

하지만 피에르는 놀라지 않았다. 그는 이전과 완전히 다른 삶 속으로 들어가기를 원하고 있었으며, 그렇기에 무언가 범상치 않은 것들이 자신을 기다리고 있으리라 예상하고 있었다. 해골, 관, 복음서 같은 것들 이상의 것들을 그는 기대하고 있었던 것이다. 그는 입으로 "신, 죽음, 사랑" 같은 모호한 말들, 그에게 새로운 삶을 상징하는 그 말들을 되뇌며 주변을 둘러보았다. 그때 문이 열리며 누군가가 들어왔다.

키가 별로 크지 않은 그 사내는 탁자 앞으로 다가가더니 하얀 장갑을 낀 손을 탁자 위에 올려놓았다. 그는 가죽으로 된 앞치마를 두르고 있었으며 목에는 목걸이를 걸고 있었다. 그가 들어서는 순간 피에르는 어린 시절 고해소에서 경험했던 공포와 경건함을 느꼈다.

피에르가 그의 곁으로 다가가 보니 아는 사람이었다. 그는 소몰리니야프라는 사람이었다. 하지만 피에르는 이곳에서 그를 아는 척하는 것은 무례한 짓이라고 생각하고는 잠자코 있었다. 잠시 후 그가 물었다.

"당신은 왜 이곳에 오셨습니까? 진리를 믿지 않고 빛을 향한 눈이 멀어 있던 당신이 왜 이곳에 온 것입니까? 당신은 우리에게서 무엇을 바라고 있습니까? 당신이 찾고자 하는 것은 지혜입니까, 미덕입니까, 광명입니까?"

"나는…… 나는…… 갱생을 바라고 있습니다."

이어서 몇 가지 질문이 이어졌다. 피에르의 마음가짐을 확인하는 질문이었다. 이어서 키 작은 인도자는 프리메이슨의 목적에 대해 설명했다. 한 마디로 저 아득한 선조로부터 전해져오는 삶의 신비를 지키고 그것을 후손에게 전하는 것이었다. 그리고 그 과업을 이루기 위해 무엇보다 회원들이 직접 그 신비를 체험하고 그 체험을 통해 정화된 인간으로 새롭게 태어나는 것 그리고 그 신비의 힘으로 이 세상을 지배하고 있는 악과 싸우는 것, 그것이 목적이었다.

이어서 인도자는 피에르에게 솔로몬 신전의 일곱 계단이 상징하는 일곱 가지 덕목에 대해 이야기해주었다. 프리메이슨 회원들이 갈고닦아 체화하고 지켜야 할 덕목들이었다. 그 일곱 가지 덕목은 다음과 같았다.

1. 겸손할 것. 아울러 조합의 비밀을 드러내지 말 것.
2. 조합의 상급자에게 절대 복종할 것.
3. 도덕적인 인간이 될 것.
4. 인류를 사랑할 것.
5. 용기 있는 인간이 될 것.
6. 관용을 베풀 것.
7. 죽음을 사랑할 것.

거기까지 말한 후 인도자는 피에르를 홀로 남겨두고 밖으로 나갔다. 피에르에게 홀로 심사숙고하면서 결심할 시간을 주기 위해서였다.

얼마 후 인도자가 들어와서 피에르에게 의지가 확고한지, 이 모든 요구를 따를 마음의 준비가 되어 있는지 물었다. 피에르는 설레는 마음으로, 준비가 되어 있다고 말했다. 그러자 인도

자는 피에르에게 지금 몸에 지니고 있는 것, 특히 금속으로 된 것은 모두 내놓고, 겉옷도 벗으라고 요구했다. 새롭게 태어나기 위해서는 지금까지 걸치고 있던 형식적인 껍질을 벗을 필요가 있기 때문이었다. 피에르는 그가 시키는 대로 지갑과 시계를 내놓고, 반지들, 혁대를 풀었다.

이어서 피에르의 정식 입회 절차가 진행되었다. 그 절차의 안내자는 바로 그를 이곳에 데려온, 보증인 빌라르스키였다. 빌라르스키는 다시 피에르의 눈을 가렸고 피에르는 전후좌우를 빙빙 돌면서 복도를 이리저리 끌려다녔다.

이어서 피에르는 고대로부터 이어져온 프리메이슨 입단을 위한 시련의 과정을 겪었다. 한 마디로 말한다면 죽음의 체험이었다. 죽음을 간접적으로 체험함으로써 새롭게 태어나는 과정이었다. 그 과정을 마치자 다시 빌라르스키가 그를 어느 방으론가 데려갔다. 방 안에서는 여러 사람의 목소리가 들렸다. 이어서 그의 눈가리개가 벗겨졌다. 방 안에는 열 명 이상의 사람이 모여 있었다. 그가 눈가리개를 벗자 사람들이 한목소리로 "이리하여 지상의 영광은 사라지도다! Sic transit gloria mundi"라고 외쳤다.

피에르는 방 안을 둘러보았다. 검은 천으로 덮인 긴 탁자 주변에 검은 옷을 입은 사람들이 열두 명 모여 있었다. 그들은 모두 하얀 장갑을 끼고 있었다. 그중에는 피에르가 사교계에서 몇 번인가 본 낯익은 사람들이 몇 명 있었다. 회장 자리에는 십자가를 목에 건 낯선 젊은이가 앉아 있었다.

사람들이 피에르에게 하얀 가죽 앞치마와 한 자루의 삽과 망치, 세 켤레의 하얀 장갑을 주었다. 장갑 한 켤레는 자신이 지켜야 할 순결의 표시로 소중히 간직해야 하는 것이었고, 다른 한 켤레는 집회에 출석할 때 껴야 하는 것, 다른 한 켤레는 부인에게 마음의 순결의 표시로 주어야 하는 것이라고 회장이 설명해 주었다.

이윽고 회장은 긴 회칙을 낭송하기 시작했다. 피에르는 희열과 흥분에 휩싸여 있었기에 회장이 낭송해주는 회칙이 머리에 들어오지 않았다. 하지만 마지막 구절만은 귀담아들었고 마음에 새겨두었다.

"우리의 사원에서 우리는 선과 악을 가르고 있는 단계 외에는 그 어떤 단계도 인정하지 않는다. 그 외에는 모두 평등하다. 이 평등 원칙에 위배되는 그 어떤 차별도 두려 하지 마라. 그가 누구이건 형제를 구하러 달려가라. 방황하는 자는 이끌 것이며 넘어진 자는 안아 일으켜라. 어떤 경우건 형제를 향해 증오와 적의를 품지 마라. 언제든 너그럽고 상냥하라. 모두의 마음에 미덕의 불을 불러일으키고 그대의 행복을 이웃과 나눌 것이며, 시기심 때문에 이 모든 기쁨이 흔들리는 일이 없게 하라. 너의 원수를 용서하고 그에게 선을 베풀기 위해서가 아니라면 결코 복수하지 마라. 이 지상(至上)의 법칙을 준수한다면 너는 잃어버린 저 옛날의 위대함의 흔적을 발견하게 되리라."

낭송이 끝나자 회장은 피에르를 끌어안고 입을 맞추었다. 이로써 피에르는 프리메이슨 회원이 되었다.

집회가 끝나고 집으로 돌아온 피에르는 마치 몇십 년간의 긴 여행을 마치고 돌아온 기분이었다. 그리고 지난날의 자신의 삶과 습관이 너무나 낯설게 여겨졌다.

제3장

전쟁이 점점 치열해지면서 그 무대는 차차 러시아 국경 인근으로 옮아갔다. 가는 곳마다 인류 공동의 적 나폴레옹을 향한 저주의 목소리가 드높아졌다. 각 지방마다 전쟁에 관한 온갖 허황되고 모순된 소식들이 쏟아져 들어왔으며, 러시아 각지에서 신병과 병사 모집이 활발하게 이루어졌다. 그리고 볼콘스키 공작과 안드레이, 마리아의 삶에도 큰 변화가 올 수밖에 없었다.

1806년 러시아 전역에서 8개 민병대가 조직되었고, 노공작은 그중 한 민병대 모집 위원장으로 임명되었다. 아들이 전사했다고 생각했을 때부터 공작의 몸은 많이 쇠약해졌지만 공작은 황제가 친히 임명한 직무를 거절할 권리가 없다고 생각하고 받아들였다. 그는 관할 세 현을 끊임없이 순시하며 고지식할 정도로 충실히 직무에 임했다. 덕분에 쇠약해졌던 건강도 많이 회복되었다.

그의 딸 마리아는 이제 수학 공부를 하지 않아도 되었다. 대신 그녀는 거의 매일 안드레이의 아들 니콜렌카(니콜라이의 애칭. 할아버지는 아이를 늘 소공작이라고 불렀다)의 방에서, 어머니 대신 어린 조카를 돌보았다. 부리엔 양도 아이를 무척 귀여워해서, 마리아는 어린 천사(마리아는 늘 아이를 그렇게 불렀다)를 돌보는 기쁨을 그녀에게도 어느 정도 양보해주었다.

안드레이는 아버지가 살고 있는'민둥산'에서 40킬로미터 정도 떨어진 보구차로보라는 곳에서 지내고 있었다. 그가 살아서 돌아오자마자 노공작은 아들에게 그 넓은 소유지를 아들에게 떼어내 주었다. 안드레이는 홀로 지내고 싶어서 그곳에 커다란 저택을 짓고 대부분의 시간을 그곳에서 보냈다.

안드레이는 아우스터리츠 전투 이후 다시는 절대로 군 복무를 하지 않겠다고 결심하고 있었다. 그는 군 복무 의무를 피하기 위해 아버지 밑에서 민병대 모집 일을 맡아 했다. 그리고 가끔'민둥산'으로 와서 아들의 모습을 보며, 자신에게 남은 것은 아들뿐이라고 생각했다.

그런 가운데 해가 넘어가 1807년이 되었다.

이제 우리의 눈길을 다시 피에르에게로 옮겨보기로 하자.

프리메이슨에 가입한 지 얼마 되지 않아 그는 그의 영지 대부분이 위치해 있는 키예프(지금의 우크라이나의 수도)를 향해 떠났다. 그가 들고 있는 가방 속에는 두툼한 서류가 들어 있었다. 그는 자기 영지를 어떤 방식으로 관리해야 하는지 새로운 '형제들'에게 자문을 구한 다음, 손수 지침서를 작성해 들고 온 것이다.

키예프에 도착하자마자 피에르는 각 영지 관리인들을 모두 불러 모은 후 자신의 의도와 바라는 바를 설명했다.

그가 설명한 대강의 내용은 첫째, 궁극적으로는 농노들을 노예 상태에서 해방시키기 위한 모든 조치를 취한다, 둘째, 그사이 농노들에게 과중한 노동을 시키지 말 것, 셋째, 아이를 키우는 여자는 일을 시키지 말 것, 처벌은 훈계에 그치고 절대 체벌은 하지 말 것, 각 지역마다 병원, 탁아소, 학교 등을 세울 것 등이었다.

이어서 피에르는 총관리인으로부터 영지의 재정 상황에 대해 보고를 받았다. 총관리인의 설명을 들으니 피에르는 돌아가신 아버지로부터 연 1만 루블의 연금을 받고 있었을 때가 연수입이 50만 루블에 이르는 지금보다 더 풍요로웠던 것처럼 보였다. 세금, 누이들의 생활비, 그녀들에게 주는 연금, 기부금, 엘렌 부인의 15만 루블에 이르는 막대한 생활비, 부채 이자, 신축을 시작한 교회 건축비 등, 연간 지출이 어마어마했다.

피에르는 총관리인과 함께 매일 재정 개선 방안을 논의했다. 하지만 그는 곧 두 손을 들었다. 자신이 아무리 열심히 낑낑거려봤자, 상황은 조금도 좋아지지 않으리라는 것을 절감했을 뿐이었다. 총관리인은 농노 해방도 좋지만 그러려면 여러 숲과 영지를 매각해야 하며, 그 또한 처리해야 할 복잡한 일들이 가로막고 있어 쉽지 않다고 말했다. 피에르는 총관리인의 말에, "그렇지, 그렇지" 하며 맞장구를 칠 수밖에 없었다.

결국 총관리인은 학교와 병원, 탁아소를 세우겠다는 피에르의 뜻을 받아들이고, 영지 내 농노들의 생활을 개선하려고 애쓰겠다는 정도로 타협을 보았다.

키예프에서 몇 달 머문 뒤 피에르는 페테르부르크를 향해 출발했다. 1807년 봄이었다. 돌아가는 도중 그는 자기가 지시한 바가 어느 정도 실현되고 있는지 궁금해서 방대한 영지를 둘러보았다. 그의 지시대로 여기저기서 학교와 병원, 탁아소들을 짓고 있었으며 가는 곳마다 농부들이 그를 반겼다. 농부들은 척 보기에도 부족함 없이 지내고 있는 것 같았다.

'별다른 노력 없이도 이렇게 선행을 베풀 수 있건만, 사람들은 왜 이런 일에는 마음을 쓰지 않는 것일까?'라고 그는 생각했다.

하지만 그가 모르고 있던 사실이 하나 있었다. 가는 곳마다 농민들이 그를 반기고 환영한 것은 진심에서 우러나온 것이 아니라, 모두 총관리인의 농간이었다. 그는 미리 농민들에게 피에르를 열렬히 환영하라고 지시하고 다녔다. 그리고 굳이 농노해방을 하지 않아도 그들을 행복하게 만드는 방법은 얼마든지 있다고 피에르에게 역설했다. 그는 백작님의 뜻을 실현하기 위해 온갖 노력을 다하겠다고 피에르에게 말했지만, 그가 실제로 어떤 노력을 했는지 피에르가 절대로 조사할 일이 없으며 조사할 수도 없다는 것을 알고 한 소리일 뿐이었다. 뿐만 아니라 새로 지은 건물들이 그저 텅 빈 채 방치될 것이며 농민들은 여전히 다른 영지에서와 마찬가지로 착취와 부역에 시달리고 있음을 영주는 전혀 알 수도 없고 묻지도 않으리라는 것을 총관리인은 잘 알고 있었다.

제4장

지극히 흡족한 기분으로 남쪽 여행에서 돌아오는 길에 피에르는 전부터 마음먹고 있던 계획을 실행에 옮겼다. 벌써 두 해 동안 만나지 못했던 안드레이 볼콘스키를 찾아간 것이다.

보구차로보 마을은 들판과 전나무, 자작나무 숲으로 이루어진 평범한 곳이었다. 마을은 큰길을 따라 쭉 뻗어 있었으며 새로 지은 지주의 저택은 마을 끝에 있었다. 저택 가까이 이르자 제일 먼저 연못이 보였다. 새로 판 연못이어서 가장자리의 풀들은 아직 미처 자라지 못한 채였다. 저택은 그 연못 너머 자그마한 숲에 둘러싸여 있었다. 저택은 광과 두서너 채의 부속건물, 마구간, 목욕탕, 별채, 아직 건축 중인 큼직한 석조 건물 등으로 이루어져 있었다. 보이는 모든 것들이 질서정연하고 번듯

해서 지주가 빈틈없이 영지를 관리하고 있음을 잘 보여주고 있었다.

피에르는 마침 지나가는 하인에게 주인이 어디 있느냐고 물었다. 하인은 연못 바로 옆에 있는 아담한 별채를 가리켰다. 하인은 마차에서 내리는 피에르를 부축한 후 그를 별채까지 안내했다. 피에르는 안드레이의 페테르부르크에서의 화려했던 삶에 비해 너무 조촐하고 검소한, 자그마한 집을 보고 놀랐다.

하인이 먼저 집으로 다가가 문을 두드렸다. 그러자 안에서 "누구야?"라고 퉁명스럽게 묻는 소리가 들렸다.

"손님이 오셨습니다." 하인이 대답했다.

이어서 의자를 끄는 소리가 들리더니 잔뜩 눈살을 찌푸린 안드레이가 문을 열었다. 피에르는 와락 그를 끌어안았다.

"아니, 이게 누군가! 뜻밖이로군! 정말 반가워!"

반가움에 보자마자 안드레이를 포옹하긴 했지만, 한동안 피에르는 아무 말 없이 놀란 눈으로 안드레이를 바라보고 있을 수밖에 없었다. 그가 너무 변한 때문이었다. 안드레이는 미소를 짓고 있었지만 눈에는 생기가 없었고 무언가 한 가지 생각에 오랫동안 몰두해 있던 듯 눈가와 이마에 작은 주름이 잡혀 있었다.

오랜만에 만난 사람끼리 으레 그렇듯, 둘은 사소한 이야기들을 간단히 주고받았다. 이야기를 나누면서도 피에르는 자신이 정말로 달라졌다는 것을, 자신이 이제 더 이상 페테르부르크 시절의 피에르가 아니라는 것을 안드레이에게 빨리 알려주고 싶어 안달이 났다.

"그때 이후로 제가 어떻게 지냈는지 이루 말로 다 할 수 없을 지경입니다. 스스로도 이전의 자신의 모습을 알아보기 힘들 정도입니다."

"그래, 자네, 정말 많이 변한 것 같군." 안드레이가 말했다.

"그렇다면 당신은?"

"나? 내 이야기는 해서 뭐 하나……. 그보다는…… 자네, 자네 영지에 들러 오는 길이겠지? 그곳 이야기나 해보게."

피에르는 자기가 영지에서 한 일을 안드레이에게 간단히 이야기해주었다. 하지만 안드레이는 별 새삼스러운 이야기도 아니라는 듯 그다지 흥미를 보이는 것 같지 않았고, 피에르는 왠지 어색해서 금세 입을 다물었다.

이윽고 안드레이가 식사를 하러 가자고 피에르에게 말했다. 둘은 잠시 산책을 한 후 식탁에 마주 앉았다. 식사를 하면서 피에르는 자신의 결혼 이야기를 시작했고, 이어서 돌로호프와의 결투 이야기도 하게 되었다. 이야기 끝에 피에르가 덧붙였다.

"그를 죽이지 않은 건, 정말 하느님께 감사할 일입니다."

"어째서? 미친개를 죽이는 건 좋은 일 아닌가?"

"아니죠. 사람을 죽이는 건 좋은 일이 아니에요. 옳지 않아요."

"왜 옳지 않은 거지? 우리는 어느 게 옳고 그른 건지 알 수 없어. 인간은 지금까지 줄곧 잘못을 범해왔고 앞으로도 계속 그럴 거야."

"옳지 않다는 것은 이웃에게 악을 행하는 걸 말하는 거지요."

"그래? 그렇다면 어떤 게 이웃에게 악을 행하는 건지 누가 자네에게 설명해주었나?"

"하지만 우리는 어떤 것이 우리에게 악행인지 잘 알고 있잖아요."

"그래, 우리는 그건 알고 있지. 하지만 우리에게 악행인 게 남에게도 그러라는 법은 없어." 안드레이는 피에르에게 자신의 새로운 인생관을 피력할 기회가 왔다는 듯 활기를 띠며 말했다. "내가 알고 있는 악은 단 두 가지뿐이야. '양심의 가책'과 '질병'! 그 두 악을 피하는 것만이 상책이야. 그 두 악을 피하면서 자신을 위해 산다, 그게 지금의 내 철칙이야."

"그렇다면 이웃에 대한 사랑은? 자기희생은?" 피에르는 큰 소리로 외쳤다. "나는 절대로 당신 생각에 동의할 수 없어요. 단지 악을 행하지 않기 위해 산다는 것, 단지 후회하지 않기 위해 산다는 것, 그것만으로는 턱없이 부족합니다. 나는 이제까지 그렇게 살아왔습니다. 그래서 나는 삶을 낭비했습니다. 나는 겨우 지금에야 남을 위해 살기 시작했습니다. 아니, 최소한 그러려고 노력하고 있습니다. 그리고 이제야 행복이 무언지 깨달았습니다. 나는 절대로, 그래요, 절대로 당신 생각에 동의할 수 없습니다. 아마 당신 자신도 당신이 한 말과는 다르게 생각하고 있을 겁니다."

안드레이는 피에르를 뚫어져라 바라보며 비웃는 듯 웃음을 흘리고 있었다.

"자네, 곧 내 누이 마리아와 인사를 나누게 되겠지. 여긴 잠시 둘러보러 왔을 뿐 나는 곧 '민둥산'으로 돌아갈 거야. 자네도 함께 가야지? 자네와 마리아는 아주 잘 통할 것 같아. 그래, 틀림없어." 그는 잠시 말을 끊었다가 다시 계속했다. "자네는 자신만 생각하고 살다가 삶을 낭비했다는 것을 깨달았다고 했지. 그래서 남을 위해 살기로 결심했다고 했지? 하지만 나는 그 반대야. 나는 명예를 위해 살아왔어. 명예란 게 뭐지? 그것도 일종의 남에 대한 사랑이 아닌가? 남에게 유익한 일을 하고 칭송을 받는 것, 그게 바로 명예 아닌가? 말하자면 나는 남을 위해 살아온 셈이야. 그리고 그게 쓸모없는 삶이라는 걸 깨달았지. 나 자신을 위해서 살자, 이렇게 결심하면서 나는 마음의 평온을 찾을 수 있었다네."

"아니, 어떻게 자기만 위해서 살 수 있단 말입니까?" 피에르는 발끈해서 물었다. "당신의 아들, 당신의 누이, 당신의 아버지는 어떻게 하고요!"

"그들은 나의 일부분이지 남이 아니야. 남이란, 자네나 마리아가 말하는 이웃을 뜻하는 거야. 바로 그 이웃이 불안과 악의 근원이야. 자네가 행복을 베풀고자 하는 키예프의 농민들, 그게 바로 이웃이야."

"지금 농담하시는 거지요?" 피에르는 점점 흥분해서 큰 소리로 말했다. "아니, 그들의 행복을 위해 뭔가 하겠다는 희망을 품는 것, 비록 조금밖에 실현을 못 하긴 했지만, 그런 희망을 품는 게 왜 잘못이고 옳지 않다는 겁니까? 병에 걸려 아무 도움도 받지 못하고 죽어가는 사람들을 위해 병원을 지어주는 게 왜 잘못이라는 겁니까? 그들에게 휴식과 여가를 주고, 그 무언가를 가르쳐주는 게 왜 악이란 말입니까? 당신은 선을 베풀 때 느끼는 행복을 부정하는 겁니까?"

"뭐, 그런 식으로 말한다면야, 문제가 조금은 달라지겠지. 아무튼 나는 집을 짓고 정원을 가꾸고 있어. 자네는 병원을 짓고 있고……. 둘 다 시간을 보내고 있는 건 마찬가지야. 하지만 무엇이 선이고 무엇이 악인가 하는 판단은 모든 것을 알고 있는 '다른 이'에게 넘겨야 해. 자네, 뭔가 더 이야기를 해보고 싶은 눈치로군. 어디 자리를 옮겨서 계속해볼까?"

그들은 식탁을 떠나 테라스로 갔다.

안드레이는 모자를 벗어들고 옆을 지나가는 농부를 바라보며 말했다.

"자네 농부들을 위해 학교를 세운다고 했지? 동물적인 상태에서 끌어올려 정신적인 욕구를 가르쳐주겠다 이거지? 하지만 그가 느낄 수 있는 유일한 행복은 동물적 행복이야. 그런데 자네는 그것을 빼앗으려 하고 있는 거야. 나는 저 농부가 한없이 부러워. 그런데 자네는 저 농부를 나처럼 한심한 놈으로 만들려 하고 있는 거야. 더구나 나만큼의 재력을 줄 수도 없으면서 말이야. 그를 노동에서 해방시킨다고? 그건 나를 생각에서 벗어나게 하는 것과 똑같은 짓이야. 그가 노동을 하는 건, 내가 생각하는 것과 같아. 그가 노동을 하지 않게 된다면 그는 술집에 가든지 병에 걸리든지 둘 중 하나일 거야. 그는 논을 갈고 풀을 베야만 해. 그건 내가 생각을 하지 않을 수 없는 것과 같아. 그가 노동을 하지 않고 산다? 아마 육체적으로 너무 한가한 삶을 견디지 못하고 1주일 만에 죽어버릴걸."

"오, 정말 무서운 일입니다. 어떻게 그런 생각을 갖고 살아갈 수 있지요? 나도 그런 생각에 빠져 있던 때가 있었습니다. 모스크바에 있을 때……. 하지만 그때는 도저히 자신이 살아있다는 생각이 들지 않았고…… 자신이 혐오스럽기만 했고…… 어떻게 아무것도 하지 않으면서 살아갈 수 있다는 건지……."

"아무것도 하지 않는다고? 인생이란 건 사람을 그렇게 아무것도 하지 않게 내버려두지 않아. 나도 끊임없이 뭔가 하고 있어. 우선, 나는 지금 편안한 보금자리를 마련하려고 집을 짓고 있지 않은가? 또 아버지의 모병 일에도 관여하고 있고……."

"왜 군 복무를 다시 하지 않는 거지요?"

"아우스터리츠를 겪었는데, 어떻게!" 안드레이가 어두운 낯빛으로 말했다. "나는 절대로 현역으로 복무하지 않기로 맹세했어. 설사 보나파르트가 이곳 스몰렌스크 부근까지 몰려와서 '민둥산'을 위협하더라도 그 맹세를 지킬 거야. 아버지가 민병대 제3 관구 사령관이니까, 아버지 휘하에 속해 있는 게 군무를 피하는 유일한 방법이야."

피에르는 안드레이의 말에 절대로 동의할 수 없었다. 안드레이의 모든 사고는 인간에 대한 차별을 전제로 한 것이었다. 농부는 오로지 육체적 노동만 하도록 태어났으며, 아니, 그렇게 태어난 것까지는 아니더라도 최소한 그런 식으로 길들어 있으며 사유(思惟)는 오로지 자신 같은 사람의 전유물이라는 생각에 동의할 수 없었다. 더욱이 하느님을 향한 믿음에 관한 한, 밭갈이 하는 농부가 안드레이보다 훨씬 높은 단계일 수도 있었다.

저녁이 되어 '민둥산'으로 향하는 마차 안에서 피에르는 더 이상 참지 못하고 자신이 프리메이슨 회원이 되었다는 사실을 고백하고 프리메이슨의 평등과 사해동포주의와 형제에 대한 사랑에 대해 자신이 느끼고 아는 바를 열심히 이야기했다.

안드레이는 말없이 앞을 바라보며 피에르의 말을 듣고 있었다. 그가 아무 말이 없자 피에르가 물었다.

"당신 생각은 어때요? 당신도 프리메이슨에 들어오실 의향이 없는지요?"

"내 생각? 나, 자네 이야기에 열심히 귀를 기울이고 있지 않은가? 그걸로 된 거 아닌가? 자네 나보고 '우리에게 와라. 그러면 삶의 목표를 가르쳐주겠다. 인간이 나아갈 바와, 이 세상을 지배하고 있는 지상(至上)의 법칙을 가르쳐주겠다'라고 말하고 있는 거 아닌가? 그런데 그걸 가르쳐준다는 '우리'가 대체 누구지? 그 역시 인간이 아닌가? 그렇다면 어떻게 해서 자네들은 모든 것을 다 알게 된 거지? 왜 자네들이 볼 수 있는 것을 나는 보지 못하는 거지? 자네들에게는 이 세상이 선과 진리가 지배하는 왕국으로 보이는데, 나는 왜 그것을 알아차리지 못하는 거지?"

피에르는 그의 말을 가로막고 물었다.

"당신은 내세를 믿습니까?"

"내세?" 안드레이가 중얼거리듯 내뱉었다. 하지만 피에르는 안드레이가 대답할 틈을 주지 않았다. 그의 중얼거림이 부정의 뜻으로 들리기도 했지만, 안드레이가 무신론자임을 전부터 알고 있던 때문이었다. "당신은 지상에서는 선과 진리의 왕국을 볼 수 없다고 말했습니다. 나도 본 적은 없고, 아무도 볼 수 없습니다. 지상의 삶을 모든 것의 끝이라고 보는 한, 아무도 그 왕국을 볼 수 없습니다. 맞습니다. 이 지상에는 진리도 없고, 선도 없습니다. 온통 거짓뿐입니다. 그러나 우주 전체는 진리가 지배하고 있습니다. 우리는 지금 일시적으로 땅의 아들일 뿐이지만 궁극적으로는 우주의 아들입니다. 우리는 이 위대한 조화의 일부분입니다. 우리는 이 위대함 안에 속해 있는 것입니다. 이 우주적 위대함 속에는 소멸이 있을 수 없으며 나 자신도 결코 소멸할 수 없습니다. 나와는 별도로, 내 위에 무수한 정령들이 살고 있음을 나는 알고 있으며, 바로 그 세상에 진리가 존재함을 나는 알고 있습니다."

"그런 것을 열심히 가르친 철학자들도 있었지. 하지만 이보게, 그런 것으로는 절대로 나를 설득할 수 없네. 삶과 죽음, 바로 그것만이 설득력이 있을 뿐이지. 자신에게 소중했던 사람, 자신의 삶과 굳게 맺어졌던 사람, 너무 잘못한 게 많아서 그 앞에서 잘못을 뉘우치며 바로잡으려던 사람……." 안드레이의 목소리가 떨렸다. 그는 고개를 돌렸다. "그런데 그 사람이 고통 속에서 신음하다가, 갑자기 눈앞에서 사라져버린다. 도대체 왜? 대답이 있을 리 없네. 그건 불가능해! 하지만 나는 답이 있다고 믿네! 바로 그런 것만이 나를 설득할 수 있을 뿐이야."

"맞아요! 제가 말하고 있는 것도 바로 그거예요!" 피에르가 외쳤다.

"아니야, 내가 말하고자 하는 것은 자네가 내세의 존재를 믿게 하려고 내게 내세운 이론 같은 것과는 달라. 둘이 함께 손을 잡고 살다가 갑자기 그 동반자가 저기, 저 공허 속으로 사라져버릴 때, 그리고 그 심연 앞에 멈춰 서서 그곳을 응시할 때……
그때 비로소 확신이……. 나는 그 심연을 들여다보았어."

"그래요, 바로 그겁니다! 당신은 저곳이 있다는 것, 거기 누군가 있다는 것을 알고 있어요! 바로 내세와 하느님이! 만약 내세와 하느님이 존재한다면 선과 진리도 존재하는 것입니다. 우리는 영원히 저기에서, 만물과 함께 살고 있었던 것이며 영원히 그렇게 살아갈 것입니다." 피에르는 그 말을 하면서 하늘을 가리켰다.

안드레이는 상기된 피에르의 얼굴을 부드러운 눈길로 바라보았다. 피에르의 얼굴은 기쁨으로 발갛게 상기되어 있었다.

안드레이는 마차에서 내리면서 피에르가 손가락으로 가리킨 하늘을 바라보았다. 전에 아우스터리츠의 싸움터에서 땅바닥에 누워 바라본 이래 처음 바라보는 하늘이었다. 그러자 오랫동안 잠들어 있던 감정이, 그때 그를 고양시켰던 그 감정이 그의 영혼 저 깊은 곳에서 되살아났다. 일상의 삶을 살면서 조금씩 잊히고 지워졌던 감정이었다. 하지만 피에르와 이야기를 나눈 후 그는 여전히 이전과 같은 생활을 하면서도 자신이 전과 달라졌음을 느끼게 되었으니, 자신의 내부에서 이전과는 전혀 다른 정신적 삶이 싹을 틔우고 있었던 것이다.

피에르는 '민둥산'에서 하루를 머문 후 안드레이의 아버지인 니콜라이 볼콘스키 공작에 대해서, 특히 마리아에 대해서 마치 오랫동안 사귀어온 벗 같다는 느낌을 간직한 채 페테르부르크를 향해 떠났다.

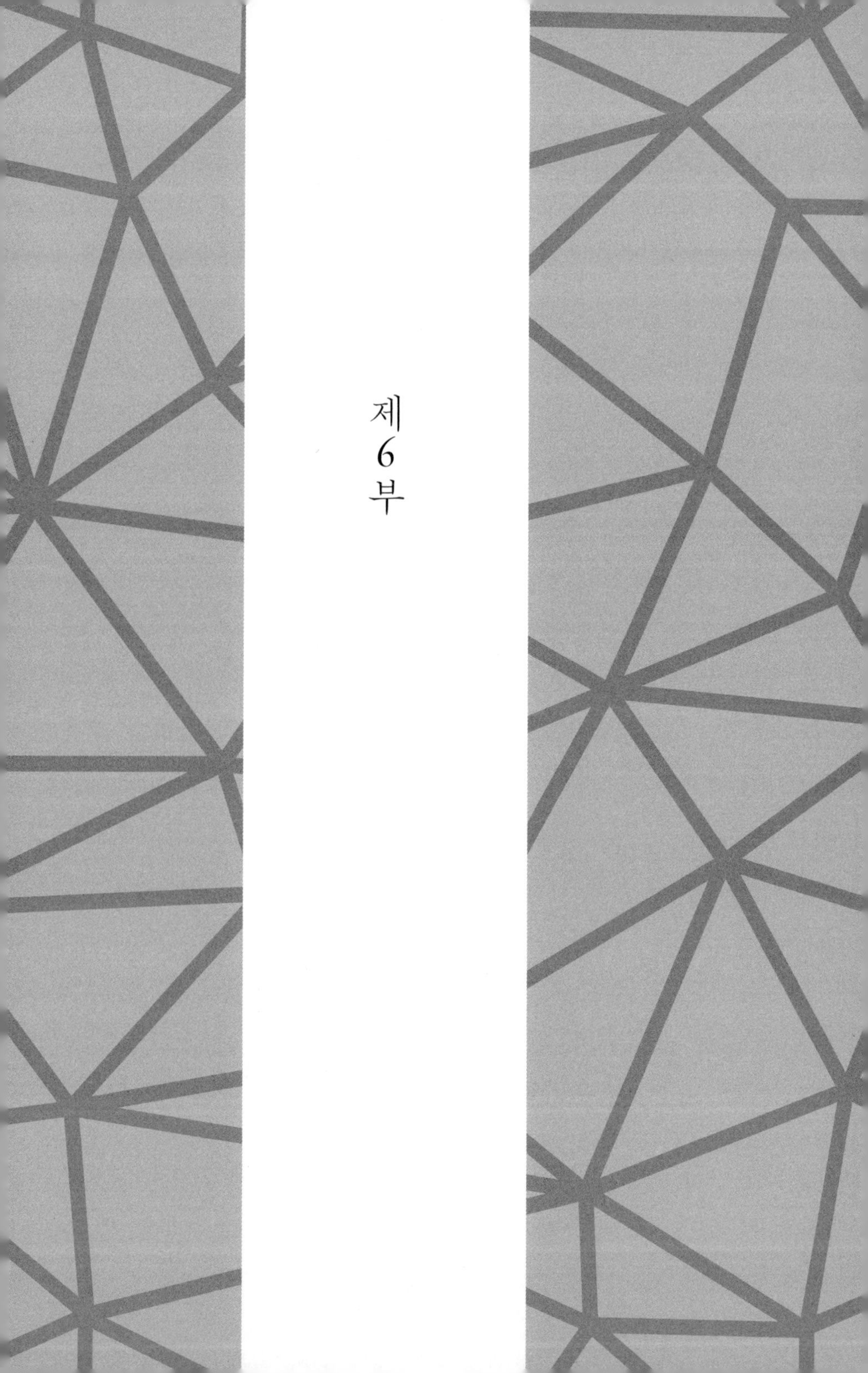

제 6 부

제1장

1808년 알렉산드르 황제는 나폴레옹 황제와 독일의 에르푸르트에서 회견을 가졌다. 두 황제 간의 친교는 이듬해인 1809년 절정에 달했다. 심지어 나폴레옹이 오스트리아에 대해 선전포고를 하자, 황제는 나폴레옹을 도와 어제의 동맹자인 오스트리아를 공격하기 위해 1개 군단을 파견하기까지 했다. 하지만 그런 외교적 소용돌이 속에서도 러시아 내부는 여느 때와 다름없는 모습으로 흘러가고 있었다.

안드레이가 시골에 처박혀 한 발자국도 밖으로 나오지 않은 지 어느덧 2년이 지났다. 그사이 그는 피에르에게 했던 말과는 달리 농부들을 위하여 많은 일을 했다. 그의 영지에서 300명의 농노가 자유농이 되었으니, 러시아에서 최초로 벌어진 일이었다. 그리고 그 밖의 소유지에서 농노가 지고 있던 부역의 의무를 소작 형식으로 바꾸었다. 말하자면 농노가 일정한 소작료를 내고 영주 소유의 농지를 자유롭게 경작할 수 있게 한 것이다. 또한 그는 자신의 부담으로 조산원을 여럿 만들었으며 교회 사제에게 봉급을 주어, 농부와 하인의 아이들에게 글을 가르치게 했다.

농노들에게 사랑을 베풀겠다는 피에르의 온갖 계획이 지지부진한 데 비해 안드레이가 그런 일을 소리 소문 없이 손쉽게 실행할 수 있었던 것은, 피에르가 지니지 못한 능력을 그가 지니고 있기 때문이었다. 그 능력이란 바로 끈기 있는 실천력이었다.

또한 그는 오로지 자기 자신 생각만 하고 있다고 피에르에게 말한 것과는 달리 세상사에 끊임없이 관심을 쏟고 있었고, 독서도 열심히 했다. 그 결과 보구차로보 마을에 처박혀 있으면서도 그는 국내외 정세에 훤했다. 그리고 그는 러시아가 패배한 최근의 두 번의 전투에 대한 비판적 검토의 글을 쓰는 한편, 군대 규정 개정안을 새롭게 작성하는 데 몰두해 있었다.

하지만 그렇다고 그의 기본 생각이 변한 것은 아니었다. 그는 젊은 날에 자신이 가졌던 야망과 의욕을 여전히 비웃고 있었다. 그 모든 것이 헛된 환상에 불과하다는 생각에서 그는 조금도 벗어나지 않았다. 그는 영지 내에 무심한 듯 서 있는 거대한 떡갈나무처럼, 자신은 인생을 달관하고 체념한 사람이라고 생각했다.

'다시 시작할 것은 아무것도 없어. 그저 목적도 없고 욕망도 없이 근근이 목숨을 유지하면서, 잘못을 저지르지 않으려 애쓰면서, 쓸데없이 고통스러워하지 않으면서 살아갈 뿐이지.'

절망적인 결론이었지만 동시에 마음을 달래주는 결론이기도 했다.

1809년 5월, 안드레이는 아들 명의로 되어 있는 소유지에 처리할 일이 생겨서 그 소유지가 속해 있는 랴잔에 가게 되었다. 그리고 바로 그 일 때문에 그곳에서 군(郡)의 귀족 회장을 만나야만 했다. 그런데 그 회장이 바로 일리야 로스토프 백작이었다.

안드레이는 랴잔 내 오트라드노 마을에 있는 로스토프가를 찾아갔다. 로스토프 가족들은 몇 년 전부터 어려워진 집안 재정문제로 모스크바를 떠나 그곳에서 지내고 있었다. 안드레이가 도착한 날은 마침 로스토프 백작의 영명 축일이 다가오고 있었기에 집에는 손님들이 많았다. 로스토프 백작은 안드레이에게 하루 묵고 가라고 간청했고 안드레이는 백작의 청을 거절하기 힘들었다. 안드레이는 할 수 없이 많은 사람들과 인사를 나누며 그곳에 머물러야만 했다.

안드레이는 그렇게 낯선 곳에서 낯선 사람들 틈에 섞여 어색한 기분으로 주위를 둘러보며 응접실에 서 있었다. 그런데 그의 눈길을 끄는 한 여자가 있었다. 바로 로스토프 백작의 둘째 딸 나타샤였다. 그녀는 또래의 젊은이들과 어울려 웃고 떠들며 즐거워하고 있었다. 그는 저도 모르게 그녀를 향해 여러 번 눈길을 향했다. 그리고 그때마다 '대체 무슨 생각을 하고 있는 것일까? 어쩌면 저렇게 즐거울 수 있을까?'라고 의아해했다.

지루하기만 했던 저녁이 지나고 밤이 되었다. 로스토프 백작 부부가 마련해준 방에서 안드레이는 좀처럼 잠을 이루지 못하고 있었다. 낯선 곳에서의 예기치 않은 잠자리인 때문이었다. 그는 잠시 책을 뒤적이다가 창가로 가서 창문을 열었다. 마치 창문이 열리기만 기다리고 있었다는 듯 달빛이 방 안으로 쏟아져 들어왔다. 그는 창문을 아예 활짝 열어젖혔다.

창문 바로 앞에는, 달빛을 받은 쪽은 은빛으로 반짝이고 다른 쪽은 거무스름한 나무들이 줄지어 서 있었다. 그리고 그 위로는 별빛을 모두 가려버릴 정도로 휘황찬란한 보름달이 떠 있었다. 안드레이는 창문에 팔꿈치를 짚은 채 눈길을 하늘에 못 박고 있었다.

안드레이의 방은 2층이었다. 그런데 위층 창가에서 여자들 목소리가 들렸다. 아직 잠들지 않은 사람들이 있다니! 이 늦은 시각에!

"제발 한 번만 더!" 두 여자 중 한 명이 말했다. 안드레이는 누구 목소리인지 금세 알 수 있었다.

"아니, 잠은 언제 자려고?" 다른 목소리가 말했다.

"잠이 안 오는 게 내 탓이 아니잖아. 자, 한 번만 더."

이어서 두 여자가 나지막하게 가곡의 마지막 구절을 함께 노래하기 시작했다.

"자, 이제 됐지? 가서 자자." 소냐가 말했다.

"소냐, 너 먼저 가서 자. 나는 잘 수가 없어. 자, 저걸 봐! 얼마나 아름다워! 저걸 두고 어떻게 잘 수 있어!" 흠뻑 감동에 젖은 목소리였다. "정말, 이렇게 아름다운 밤은 다시는 없을 거야!"

소냐가 마지못해 뭐라고 몇 마디 했다. 그러자 나타샤가 말했다.

"아냐, 어서 이리 와봐. 저 달을 좀 봐. 어머, 정말, 어쩜 저렇게……. 어서 이리 오라니까! 자, 이렇게 발끝으로 서서, 두 무릎을 굽혀 봐……. 그리고 두 팔로 무릎을 감싸 안아봐. 그리고 훨훨 날아가는 거야! 이렇게!"

"조심해! 떨어지겠다!"

실랑이를 하는 기색이었고, 소냐가 짜증난 목소리로 말했다.

"지금 몇 시인데 이러는 거야? 2시가 넘었어!"

"어쩜, 너는 내 기분을 망치려고만 드니! 됐어! 어서 너 혼자 가!"

잠시 정적이 흘렀다. 하지만 안드레이는 그녀가 여전히 그곳에 있음을 알 수 있었다. 가볍게 바스락거리는 소리와 한숨 소리가 들려왔던 것이다.

"아, 어쩜! 정말 너무 황홀해!" 갑자기 그녀의 목소리가 들렸다. "그래, 자러 가자. 어쩔 수 없지." 그녀는 창문을 쾅 소리 나게 닫았다.

그녀 입에서 행여 자신에 대한 이야기나 나오지 않을까 두려움 반, 기대 반으로 귀를 기울이고 있던 안드레이에게 느닷없이 '그래, 나 같은 존재는 그녀에게 아무것도 아니지'라는 생각이 들었다. 그와 동시에. '마치 일부러 그런 것처럼, 그녀가 내 앞에!'라는 생각도 떠올랐다. 그리고 그의 마음속에 그의 평소

생활과는 어울리지 않는 감정이 소용돌이치기 시작했다. 바로 젊디젊은 청춘의 희망과 젊음의 감각이었다. 그는 그것이 무엇을 의미하는지 따져볼 여력도 없이, 침대에 몸을 눕히고 곧 잠에 빠져들었다.

다음 날 마차를 타고 돌아오면서 안드레이는 체념한 자신의 삶을 연상시켰던 거대한 떡갈나무를 다시 보았다. 그런데 이번에 그의 눈에 들어온 것은 그 해묵은 떡갈나무가 무심한 듯 서 있는 모습이 아니었다. 그 거대한 떡갈나무는 물기를 머금은 싱싱한 잎을 천막처럼 펼친 채, 저녁 햇살을 받으며 그 무성한 자태를 자랑하고 있었다. 그렇다. 떡갈나무는 그 거친 껍질, 회의와 슬픔에 잠긴 노인의 모습은 전혀 보여주고 있지 않았다. 다만 그 단단한 껍질을 뚫고 돋아난, 수액을 잔뜩 머금은 어린 잎들만 보일 뿐이었다. 오, 저 어린 잎들에게 생명을 준 것이 진정 이 노목이란 말인가!

"그렇다! 바로 이 노목이다!" 그는 자신도 모르게 소리쳤다.

그러자 까닭 모를 봄기운이, 그 재생의 기운이 그의 마음속에 감도는 것 같았다. 그리고 그의 삶에서 가장 은밀했던 것들, 가장 소중했던 것들이 그의 눈앞에 펼쳐졌다. 그는 아우스터리츠의 높은 하늘, 죽어가는 아내의 얼굴에서 본 원망의 표정, 피에르와 나누었던 이야기들 그리고 달빛이 흐르는 밤의 아름다움에 취했던 소녀, 그 밤과 그 달, 이 모든 것들을 그의 상상 속에서 다시 보았다.

'그렇다! 내 인생이 서른하나에서 끝날 수는 없다! 내가 내 안에 간직하고 있는 것들을 나 혼자 느끼는 것만으로는 충분하지 않다. 남들도 그것을 알아야 한다! 피에르도, 하늘을 향해 날아가고 싶어하던 그 소녀도 나를 알아야 한다! 내 삶이 그들에게 반영되고 그들의 삶이 내 삶과 섞여야 한다!'

여행에서 돌아온 뒤 안드레이에게 이상한 변화가 일어났다. 그에게 그렇게 자족적으로 여겨졌던 시골생활이 지루하게 여겨졌던 것이다. 이제까지 이곳에서 해오던 모든 일들이 더 이상 흥미롭지 않았다. 그는 종종 방 안을 거닐며 상념에 젖었다. 그 상념 속에는 피에르와 창가의 소녀, 떡갈나무, 명예, 여인의 아름다움이 함께하고 있었으며, 이제까지의 그의 삶에서 결여되어 있던 사랑이 깃들어 있었다. 그는 페테르부르크로 떠나기로 작정했다.

안드레이는 1809년 8월, 페테르부르크에 도착했다. 젊은 스파렌스키 백작의 명성이 절정에 달해 있을 때였고, 그가 온갖 개혁에 에너지를 쏟아붓고 있을 때였다.

그는 스파렌스키를 만나 군 개혁에 대한 자신의 의견을 피력했고 '군사규정 제정위원회' 위원이 될 수 있었다. 그리고 전혀 예상하지 않고 있던 입법위원회 분과 위원장에도 임명되었다. 스파렌스키의 요청에 따라 그는 나폴레옹 법전과 로마의 유스티니아누스 법전을 참조하여 '인권법' 편찬에 착수했다.

제2장

이야기를 피에르가 키예프 영지 여행에서 돌아온 그때로부터 2년 전으로 되돌리자.

페테르부르크로 돌아온 피에르는 얼마 지나지 않아 프리메이슨 페테르부르크 지회 회장이 되었다. 그는 빈민식당과 장례회관을 건립하고 새로운 회원을 모집했으며 기금을 모집했다. 하지만 모자라는 기금의 대부분은 자신의 기부금으로 충당했다.

하지만 정작 회장이 되고 보니 조합의 실상은 그의 이상과 달랐다. 입회 시 행한 엄숙한 선서는 형식적 선서에 불과할 뿐, 실제로 그것을 지키는 회원은 드물었다. 그리고 일을 하면 할수록 도처에서 문제점이 드러났다. 러시아의 프리메이슨은 본래의 정신에서 이탈해버린 것만 같았다. 피에르는 그 문제점을 해결하기 위해 외국 여행을 했다. 그는 외국의 프리메이슨 지부들을 방문하고, 책임자들과 접촉했으며, 프리메이슨 중앙회로부터 더 많은 권한과 책임을 부여받고 돌아왔다.

그는 회의를 소집하고 자신의 개혁안을 길게 설명했다. 한마디로 본래의 프리메이슨 정신에 투철해야 한다는 개혁안이었다. 하지만 그의 발표는 격렬한 논쟁만 불러일으켰을 뿐, 그의 본래의 의도는 받아들여지지 않았다. 피에르는 그냥 그대로 집으로 돌아와버렸다. 그리고 사흘 동안 그는 아무도 만나지도 않고 외출도 않은 채 집에만 머물러 있었다.

그러던 어느 날이었다. 독일 에르푸르트에서 지내고 있던 아내 엘렌에게서 편지가 날아왔다. 편지에서 엘렌은 꼭 한 번 자신을 만나달라고, 자신은 남편을 생각하며 슬픔에 잠겨 지내고 있다고, 한 번만 자기를 받아주면 평생 남편에게 헌신하며 살겠다고 애원하고 있었다.

우울에 빠져 있던 피에르는 '누구도 절대적으로 올바른 사람은 없다. 즉 그 누구도 죄가 없는 사람은 없는 것이다. 그렇다면 그녀도 죄인이라고 할 수 없다'고 생각했다. 게다가 애원하는 자를 받아들이지 않는 것이 오히려 죄를 짓는 일이라고 생각하고 그녀를 받아들였다. 그리고 그녀와 새롭게 영위하는 삶이 자기에게 갱신의 삶이 될 것이라 생각하고 그녀를 받아들였다.

하지만 그것은 오산이었다. 페테르부르크로 돌아온 엘렌은 끊임없이 야회와 만찬과 무도회를 열었고, 모두의 선망의 대상이 되었다. 본래 아름다웠던 그녀는 더욱 놀라울 정도로 아름다워졌던 것이다. 하지만 피에르에게는 그 모든 일이 시들했다. 그는 아내가 주최하는 야회에 얼굴을 별로 내밀지 않았으며 할 수 없어 어쩌다 얼굴을 내민 경우에도 만사에 무관심하고 대범한 태도만 보였다. 결국 피에르는 페테르부르크에서 가장 아름답고 매력적인 부인의 가장 이상한 남편이 되어버렸다.

매일 엘렌을 찾아오는 젊은이들 중에는 안나 공작 부인의 아들 보리스 드루베츠코이도 있었다. 보리스는 그 젊은이들 중에서도 가장 출세한 젊은이로 인정받고 있었다. 엘렌은 그를'나의 시동(侍童)'이라 부르며 그를 어린애 다루듯 했다. 엘렌은 다른 모든 사람에게 보내는 것과 같은 미소를 그에게 보냈지만 그 미소는 피에르에게 상처를 입혔다. 3년 전에 아내의 행실 때문에 그토록 괴로움을 겪은 피에르는 다시는 그런 모욕을 당하지 않으려고 애를 썼다. 하지만 아내를 감시하거나 질투한 것이 아니었다. 그는 다른 방법을 썼다. 그는 자기가 아내의 실질적 남편이 아니라고 생각하려 애썼으며, 아내가 그런 짓을 저

지르리라는 의혹 자체를 품지 않으려 애썼다. 한번 그런 형벌을 받은 엘렌이 다시는 그런 짓을 하지 않으리라고 속으로 계속 다짐했다. 하지만 보리스가 응접실에 있다는 사실만으로도 그는 알 수 없는 혐오감을 느꼈다. 그는 전에 자신이 꽤나 좋아하던 보리스에게 왜 그토록 혐오감이 생기는지 자신도 알 수 없었다.

결국 세상 사람들 눈에 피에르는 대귀족이자 부자, 매혹적인 부인의 약간 눈이 먼, 우스꽝스러운 남편, 본래 머리는 좋지만 아무것도 안 하고 아무도 귀찮게 하지 않는 사람, 말 그대로 그저 그냥 '착한 아이'로 통하고 있었다. 하지만 바로 그 시기에 피에르의 영혼 속에서는 복잡하고도 어려운 내적인 발전과정이 진행되고 있었으며 그 과정에서 그는 많은 영적인 기쁨과 고통을 겪었다.

당시 그는 일기를 꾸준히 쓰고 있었다. 그의 일기에 의하면 그는 매일 성서를 읽었으며 하느님의 뒤를 따를 수 있도록 자신을 구원해 달라고 끊임없이 기도했다. 그는 그를 프리메이슨으로 이끈 이오시프 알렉세예비치와는 계속 서신을 주고받으며 자신의 내면을 털어놓았다. 피에르는 그를 은인으로 여겼다. 또한 피에르는 믿을 만한 프리메이슨 회원들과도 자주 만나서

영적인 문제와 프리메이슨의 공적인 활동에 대해서 이야기를 나누곤 했다.

그가 일기에 적은 가장 주목할 만한 사실 중 하나는 보리스가 프리메이슨에 가입한 사실이었다. 인도자는 바로 피에르였다. 보리스의 입회식에서 그의 얼굴을 마주하자 증오심이 이는 것을 막을 수 없었다고 피에르는 일기에 썼다. 그리고 그런 자기에게 구원의 길은 멀었다고 자책하는 내용을 적어놓았다. 그의 심경을 보여주는 일기의 한 구절을 옮기면 다음과 같다.

12월 7일

꿈에 은인 이오시프가 나타났다. 한결 젊어진 얼굴이 환하게 빛나고 있었다. 오늘 나는 그에게서 부부생활의 의무에 대한 편지를 한 통 받았었다. 오, 주여! 제게 오셔서 저를 구원해주소서! 주께서 저를 버리시면 저는 제 욕정으로 파멸할 것입니다.

제3장

로스토프 일가는 2년을 시골에서 지냈음에도 불구하고 살림 형편이 조금도 나아지지 않았다. 아니, 오히려 빚은 해마다 눈덩이처럼 늘어가기만 했다. 로스토프 백작은 탈출구는 딱 하나뿐이라고 생각했다.

'그래, 정부에서 일자리를 찾는 거야.'

그는 일자리를 찾아보려고 가족들과 함께 페테르부르크로 돌아갔다. 내심, 딸들을 마지막으로 즐겁게 해주겠다는 목적도 있었다.

그의 가족이 페테르부르크에 도착한 지 얼마 되지 않아, 베르크가 로스토프 백작의 맏딸 베라에게 청혼했다. 전에 근위부대에서 보리스와 함께 중대장으로 근무하던 청년임을 독자들은 기억할 수 있을 것이다. 그 청혼은 바로 받아들여졌다. 하지만 그 청혼을 받아들이면서 로스토프 백작의 심정은 착잡했다. 바로 재정 문제 때문이었다. 로스토프 백작은 호인이었지만 재산 관리는 엉망이었다. 그는 자기에게 재산이 얼마나 있는지, 빚은 얼마나 되는지, 베라의 결혼 지참금으로 얼마를 줄 수 있는지 가늠할 수조차 없었다. 딸들이 태어났을 때는 각각 300명의 농노가 딸린 마을이 지참금으로 준비되어 있었다. 하지만 그중 하나는 팔아버렸고 하나는 저당 잡혀 있었으며 그나마 만기가 넘었기에 그대로 넘겨줄 수밖에 없는 처지였다. 게다가 현금도 없었다.

베라가 베르크와 약혼한 지 한 달 가까이 되어 결혼식이 불과 1주일 앞으로 다가왔다. 하지만 백작은 지참금을 어떻게 해결한 것인지 혼자 속으로 끙끙 앓고 있었다. 베라에게 라쟌의 소유지를 나누어줄 것인지, 아니면 숲을 팔 것인지, 아니면 어음을 끊어줄 것인지 백작은 이런저런 궁리에 몰두해 있었다.

그는 결국 어음 8만 루블을 주는 것으로 지참금 문제를 마무리 지으려 결심했다. 하지만 로스토프를 만난 베르크는 부드러운 미소를 지으며, 죄송하지만 현금 2만 내지 3만 루블은 있어야 신혼살림을 꾸려나갈 수 있을 것이라고 미래의 장인에게 말했다. 처갓집의 재정상황을 모르고 있는 그로서는 아주 소박한 요구였다. 결국 로스토프는 지참금으로 어음 8만 루블 외에 현금 2만 루블을 별도로 주겠다고 미래의 사위에게 약속했다.

그해(1809년) 나타샤는 열여섯 살이 되었다. 나타샤는 어릴 때부터 보리스를 막연히 미래의 남편감으로 생각하고 있었다. 하지만 철모르던 어린 시절을 함께 보내면서 자연스럽게 생긴 생각일 뿐, 남녀 간의 애정과는 거리가 멀었다.

한편 보리스는 나타샤가 아름답고 매력 있는 여성이기는 하지만 그녀와 맺어질 수는 없다고 내심 생각하고 있었다. 그는 철저한 출세 지향주의자였다. 그리고 어머니를 통해 로스토프 집안의 재정 상태를 훤히 알고 있었다. 그는 나타샤처럼 거의 재산이 없는 여자와 결혼한다는 것은 자신의 앞길을 망치는 일이라고 생각하고 있었다. 그는 얼마 가지 않아 로스토프가에 발길을 끊었고 자연스럽게 두 남녀 간의 관계도 없었던 일이 되었다.

그해 12월 31일, 예카테리나 여제 시대에 위세를 떨치던 어느 귀족의 집에서 성대한 '제야 야회'가 열렸다. 그 무도회에는 외교사절단이 참석하기로 되어 있었으며 황제까지도 참석하기로 약속이 되어 있었다.

로스토프 일가도 그 무도회에 초대를 받았다. 백작 부인의 친구이며 황태후를 모시고 있는 마리아 페론스카야 노부인이 다리를 놓은 것이다.

나타샤는 이런 무도회는 처음이었다. 말하자면 나타샤가 사교계에 공식 등장하는 날이라고 할 수 있었다. 나타샤를 비롯해 온 가족들은 아침 일찍부터 무도회에 입고 갈 의상 준비로 정신이 없었다. 로스토프 가족들은 밤 10시까지 페론스카야의 집으로 가기로 약속이 되어 있었지만 나타샤의 의상 준비로 시간이 걸리는 바람에 10시 15분이 되어서야 그녀의 집에 도착할 수 있었다.

무도회에 도착한 나타샤는 그 무엇 하나 눈에 제대로 들어오지 않을 만큼 흥분해 있었다. 맥이 1분에 100번 이상 뛰는 것 같았고 심장 근처의 피가 용솟음치는 것 같았다. 그녀는 걸음을 옮기면서 자신이 흥분해 있다는 것을 감추려 애썼다.

로스토프 가족들 앞뒤로 사람들이 나지막한 목소리로 이야기를 주고받으며 줄지어 홀 안으로 들어서고 있었다. 그들이 홀로 들어서자 주인 내외가 그들을 맞았다. 손님들 대부분은 입구 근처에 서서 황제가 도착하기를 기다리고 있었다.

로스토프 가족들이 홀 한구석에 자리를 잡자 페론스카야가 로스토프 백작 부인에게 주목할 만한 사람들을 눈짓으로 알려 주었다.

"저기 곱슬머리 백발을 한 신사가 보이지요? 네덜란드 공사예요." 페론스카야는 부인들에게 둘러싸여 있는 한 노신사를 가리켰다. 신사가 무슨 재미있는 농담을 했는지 부인들이 까르르 웃음을 터뜨렸다.

"아, 저기 페테르부르크의 여왕이 오네. 베주호프 백작 부인 말이에요." 페론스카야가 막 홀로 들어서는 엘렌을 가리키며 말했다. "정말 아름답지 않아요? 저것 보세요. 그 뒤를 늙은이고 젊은이고 줄줄이 따라오고 있잖아요. 아, 저기 그녀의 오빠인 아나톨리 쿠라긴도 있네요." 그녀는 오만하게 고개를 쳐들고 지나가는 잘생긴 근위사관을 가리키며 말했다.

"아, 저기 뚱뚱하고 안경 낀 남자 보여요? 사해동포주의에 넘치는 프리메이슨이라지요? 바로 베주호프 백작이에요. 부인 곁에 놓고 보면 얼마나 허수아비 같은지!" 그녀는 마침 눈에 들어온 피에르를 가리키며 말했다.

피에르는 비대한 몸을 뒤뚱거리며 군중들을 헤치고 앞으로 걸어가고 있었다. 예의 친근한 표정으로 사람들에게 건성 인사를 하고 있었지만 분명 누군가를 찾고 있는 것 같았다. 나타샤는 페론스카야 부인이 허수아비 같다고 말한 그 낯익은 남자를 두근거리는 심정으로 바라보았다. 그녀는 그가 자신을 찾고 있다는 것을 알고 있었다. 피에르는 나타샤에게 자기도 무도회에 오겠으며, 그녀에게 춤출 상대를 소개해주겠다고 미리 약속했던 것이다.

그가 거의 그녀 곁까지 왔을 때였다. 그는 걸음을 멈추더니 흰 제복을 입은 어느 군인과 이야기를 나누었다. 중키에 호감이 가는 얼굴이었다. 나타샤는 그가 누구인지 바로 알아볼 수 있었다. 시골에서 잠깐 본 적이 있는 안드레이 볼콘스키 공작이었다. 나타샤는 그가 전보다 훨씬 젊어졌고 쾌활해졌다고 생각했다.

나타샤가 백작 부인에게 말했다.

"엄마, 저 사람 아시지요? 오트라드노예의 우리 집에서 하룻밤 묵은 적이 있잖아요."

"아, 저 사람을 이미 알고 있어요?" 페론스카야 부인이 나타샤의 말을 받았다. "나는 저 사람은 아주 질색이에요. 너무 건방져요. 꼭 자기 아버지처럼! 스페란스키(스파렌스키와 동일인일 것.

이름 통일 요!)와 가까이 지내면서 무슨 법안을 만들고 있다지요? 저, 보세요! 부인들에게 어떻게 대하는지! 누가 말을 거는 데도 저렇게 외면을 하다니! 나한테도 저런 식으로 행동한다면 코를 납작하게 해줄 텐데!"

갑자기 홀 전체가 술렁거리기 시작했다. 사람들이 우왕좌왕하면서 좌우로 갈라서더니 악대가 팡파르를 울렸고 드디어 황제가 도착했다. 그 뒤를 주인 내외가 따르고 있었다.

이윽고 악대가 폴로네즈 춤곡을 연주하기 시작했고 무도회가 시작되었다. 모두들 짝을 찾아 춤을 추기 시작했지만, 나타샤에게 춤을 청하는 사람은 아무도 없었다. 상당히 오랫동안 춤곡이 이어졌지만 시간이 흐를수록 나타샤는 마치 황량한 들판에 홀로 쓸쓸히 버려진 것 같은 느낌에 사로잡혀 있었다.

안드레이 공작이 어느 귀부인과 짝을 지어 그들 곁을 지나갔지만 알아보지 못한 것 같았다. 미남 아나톨리도 미소를 띤 채 춤 상대와 이야기를 나누면서 슬쩍 나타샤를 바라보았다. 하지만 마치 그녀가 벽의 한 부분이라도 되는 듯 무심한 표정이었다. 보리스도 그녀 곁을 두 번이나 지나쳤지만 그때마다 외면을 했다.

마침내 황제가 세 번째 상대와의 춤을 멈추자 음악도 멎었다. 이어서 좀 더 경쾌한 왈츠가 연주되기 시작했다. 황제는 미소를 머금고 빙 둘러싼 사람들이 만들어 놓은, 홀 한가운데 둥그런 무대를 바라보고 있었다. 아무도 선뜻 제일 먼저 춤을 추려 하지 않았다. 그때 한 부관이 앞으로 나서더니 엘렌에게 다가가 춤을 청했다. 엘렌은 생긋 웃으며 한 손을 부관의 어깨에 얹었다. 이윽고 경쾌한 음악에 맞추어 둘은 왈츠를 추기 시작했다.

안드레이는 로스토프 일가 사람들과 별로 떨어지지 않은 곳에 있었다. 그는 황제 앞에서 망설이고 있는 남자들과, 춤 신청을 받고 싶어 잔뜩 마음을 졸이고 있는 부인들을 즐거운 듯 바라보고 있었다.

그때 피에르가 그에게 다가왔다.

"당신 춤 잘 추시잖아요. 내가 후견인 노릇 하고 있는 여자와 한번 추어보세요. 로스토프 백작의 둘째 딸입니다."

"어디 있어?"

안드레이는 피에르가 가리키는 곳으로 걸어갔다. 그는 그녀를 알아보았다. 그리고 그녀가 더없이 안타깝고 절망한 표정을 짓고 있는 것을 보고 마음이 아팠다. 그는 이런 곳에 처음 온 그녀의 마음이 어떤지 짐작할 수 있었다. 그는 창가에서 달빛을 보고 그녀가 했던 말을 되새기며 즐거운 마음으로 그녀에게 다가가 말했다.

"혹시 저를 알아보실지 모르겠습니다. 하지만 저는 아가씨를 잘 알고 있습니다." 페론스카야 부인의 혹평과는 달리 정중하기 이를 데 없는 태도였다. 그는 입으로 춤을 신청하기도 전에 이미 그녀의 가느다란 허리를 껴안으려고 한쪽 손을 앞으로 내밀었다. 그런 후 그는 왈츠를 청했다. 나타샤의 얼굴에 행복에 찬 미소가 금세 떠올랐다. 마치 큰 선물을 받고 고마워하는 어린애 같았으며 눈에서는 금세 감격의 눈물이라도 흘러내릴 것 같았다. 그녀는 안드레이 공작의 어깨에 손을 얹었다.

그들은 원 안으로 들어간 두 번째 짝이었다. 안드레이는 한때 사교계에서 가장 춤을 잘 추는 남자였고, 나타샤의 솜씨도 그에 못지않았다. 그녀의 귀여운 발은 조금도 망설임 없이 사뿐사뿐 스텝을 밟았고 얼굴은 기쁨으로 빛나고 있었다. 그녀의 드러난 목덜미는 엘렌의 풍성한 목덜미에 비해 아름답지는 않았다. 어깨는 가냘팠고 팔은 아직 아름다움의 절정에 달해 있지 않았다. 하지만 엘렌의 어깨 위에는 마치 그 아름다움에 반한 뭇 사내들의 무수한 시선이 덧칠해져 있는 것만 같았다. 하지만 나타샤는 생전 처음으로 사람들 앞에서 가슴과 어깨를 드러낸, 어쩔 수 없이 그런 복장을 한 것을 부끄러워하는 듯한 어린 소녀일 뿐이었다.

하지만 그녀의 매혹적인 아름다움에 취한 사람이 한 명 있었다. 바로 그와 춤을 추고 있는 안드레이였다. 그는 잠시 나타샤의 허리에서 손을 떼고 열광적으로 춤을 추고 있는 한 무리의 남녀들을 바라보았다. 그리고 활기에 찬 젊음이 자신에게 되살아나는 것을 느꼈다.

그날, 그녀는 밤이 새도록 춤을 추었다. 너무 흥겹게 춤에 취한 나머지 심지어 황제가 돌아간 것도 의식하지 못했다. 야식을 들기 전에 코티용 춤이 시작되자 안드레이는 다시 나타샤와 춤을 추었다. 춤을 추면서 그는 그녀가 달밤에 잠을 이루지 못하고 소냐와 나누었던 이야기를 뜻하지 않게 들었던 사실을 이야기했다. 나타샤는 얼굴을 붉혔다. 그녀는 그런 모습을 들킨 게 부끄럽기라도 한 듯 열심히 변명을 했다. 그런 나타샤의 모습을 보면서 안드레이는 그녀가 이런 사교계에서는 정말 보기 드문 여자라고 생각했다.

'어떻게 이렇게 티끌 한 점 없이 순수하고 맑을 수 있지?'

제4장

다음 날 안드레이는 전날의 무도회에 대해 생각할 겨를이 없었다. 업무가 너무 많아 사람들을 만나며 바쁜 하루를 보낸 것이다. 아주 잠깐 동안 어제 함께 춤을 춘 나타샤가 정말 귀여웠으며 뭔가 신선한 것, 페테르부르크답지 않은 독특한 그 무엇이 그녀에게 있다고 생각했을 뿐이었다.

그 이튿날 안드레이는 로스토프가를 방문했다. 겉으로는 순전히 예의상의 방문이었지만 내심 그에게 좋은 인상을 남긴 나타샤를 한 번 더 보고 싶다는 욕망이 감추어져 있었다. 나타샤를 비롯해 전 가족이 친근하게 그를 맞았다. 한때 그는 로스토프 백작을 게으른 사람으로 은근히 경멸한 적이 있었다. 하지만 자신을 환대하는 그와 가족들을 보고 정말 선량한 사람들이라고 생각하게 되었다. 게다가 나타샤라는 보물을 감싸고 있는 사람들이 아닌가!

로스토프 백작은 안드레이에게 저녁을 함께 하자고 권했으며 안드레이는 차마 거절할 수 없었다. 식사 후 안드레이는 나타샤에게 노래를 한 곡 불러달라고 청했다. 그날 밤, 아주 짧게 들었던 그녀와 소냐의 노래가 생각났던 것이다. 나타샤는 피아노 옆으로 가서 노래를 불렀고 안드레이는 백작 부인과 창가에서서 담소를 나누며 노래를 듣고 있었다.

그는 노래를 부르고 있는 나타샤의 모습을 바라보았다. 그러자 이전에 한 번도 느끼지 못했던 기쁨과 행복이 용솟음치는 것을 느꼈다. 행복하면서 동시에 슬펐다. 금세 울음이라도 터질 것 같았다. 도대체 무엇이 자신을 울게 만드는 것일까, 그는 자문해보았다. 아내의 죽음, 그의 잃어버린 환상 등 과거로부터 오는 것일까? 그렇기도 하고 그렇지 않기도 했다. 주된 원인은 따로 있었던 것이다. 그는 지금 자기 내부에서 용솟음치고 있는 한없이 위대하고 무한한 그 무엇이, 그가 처해 있는, 아니 동시에 그녀도 처해 있는 제한적이고도 물리적인 그 무엇과 그 얼마나 큰 대조를 이루는가를 갑자기 확연하게 느꼈던 것이다. 가혹하기 그지없는 이 대조가 그녀가 노래를 부르는 동안 그를 괴롭히는 동시에 그에게 기쁨을 안겨주었다.

나타샤는 노래를 끝내자마자 그의 곁으로 와서 노래가 마음에 들었는지 그에게 물었다. 하지만 곧, 자신이 결코 해서는 안 될 질문을 했음을 깨닫고 당황해했다. 안드레이는 빙그레 웃으며 그녀가 하는 모든 행동처럼 노래도 마음에 들었다고 대답했다.

그날 안드레이는 그 집에 늦게까지 있다가 집으로 돌아왔다. 잠자리에 들었지만 좀체 잠이 오지 않았다. 하지만 잠을 못 이루는 것이 조금도 고통스럽지 않았다. 마치 숨 막히듯 답답한 방에서 자유로운 곳으로 뛰쳐나와 한껏 숨을 들이켜는 것 같았다. 그는 나타샤를 조금도 생각하고 있지 않았다. 자신이 사랑에 빠졌다는 생각도 전혀 하지 않았다. 다만 그녀의 모습이 끊임없이 눈앞에 떠오를 뿐이었고 바로 그 이미지가 그의 삶 전체에 새로운 활력을 주었다.

'내가 도대체 여기서 뭘 하고 있는 거지? 무엇 때문에 쓸데없는 짓을 하며 살고 있는 거지? 왜 이렇게 꽉 막힌 비좁은 틀 안에서 발버둥 치고 있는 거지? 삶이, 기쁨으로 충만한 삶이 내게 열렸는데!'라고 그는 혼잣말을 했다. 그는 이어서 생각했다.

'그래, 내 젊음과 자유를 누려야 해! 피에르의 말이 맞아. 행복하려면 행복을 믿어야 해. 나는 지금 그것을 믿어! 죽은 자는

죽은 자가 묻어라! 살아 있는 한 우리는 살아야 하고 행복해야 한다!'

이튿날 안드레이는 일리야 로스토프 백작의 저녁 초대에 응해 늦게까지 그곳에서 지냈다. 집안 식구들은 그가 왜 자기 집으로 찾아오는지 그 이유를 훤히 알 수 있었고, 안드레이도 굳이 감추려 하지 않았다. 나타샤는 놀란 가운데 황홀한 행복감에 젖어 무언가 엄청난 일이 벌어질 것 같은 예감에 젖어 있었고, 온 집안사람들도 비슷하게 느끼고 있었다.

그날 밤 안드레이 공작이 돌아간 후 백작 부인이 나타샤의 방으로 와서 곁에 누우며 낮은 목소리로 속삭였다.

"그래, 어땠니?"

"엄마, 제발 아무것도 묻지 말아요. 지금 아무 말도 할 게 없어요. 다만 이런 일은…… 이런 일은…… 내게 한 번도 없던 일이에요. 엄마, 왜 그런지 두려워요."

"얘야, 나도 두렵단다."

"아, 정말 이런 일이 있으리라고는 상상도 못 했어요."

나타샤는 시골에서 그를 처음 보았을 때 이미 자기가 그에게 반한 것처럼 생각되었다. 그리고 자신이 선택한 바로 그 사람을(그녀는 그것이 사실이라고 굳게 믿고 있었다) 다시 만난다는 그 이상한 행운이, 기대치도 않던 행운이 자기에게 찾아올까봐 두려워하고 있던 것처럼 여겨졌다. 게다가 그 사람도 자기에게 무관심하지 않음을 알게 되었다는 그 행운이……, 그것은 행운이었고 행복이었다.

그녀는 행복에 젖어 생각했다.

'그래, 그 사람이 이곳 페테르부르크로 오게 된 것, 우리가 그 무도회에서 만나게 된 것…… 함께 춤을 추게 된 것…… 그게 모두 운명이야……. 운명적으로 그렇게 될 수밖에 없었던 거야. 그래, 그를 처음 보자마자 뭔가 특별한 느낌이 들었던 건 바로 그 때문이야.'

아직 나타샤 곁에 누워 있던 백작 부인이 그녀의 상념을 방해했다.

"그래, 무슨 말을 하든?"

나타샤는 동문서답을 했다.

"엄마, 홀아비랑 결혼하는 건 부끄러운 짓이 아니지요?"

"얘야, 그만! 하느님께 기도하자꾸나. 결혼이란 하늘이 정해주는 거란다."

"아, 엄마! 난 엄마가 정말 좋아! 아, 정말 행복해!" 나타샤는 행복과 기쁨의 눈물을 흘리며 어머니를 부둥켜안았다.

바로 그날 저녁 안드레이는 피에르를 만나서 자신이 나타샤를 사랑하며 그녀와 결혼해야겠다고 결심했음을 그에게 고백했다.

이튿날 안드레이는 '민둥산'으로 아버지를 찾아갔다. 결혼을 하려면 아버지의 승낙이 필요하다고 생각했던 것이다.

노공작은 겉으로는 태연한 척 아들의 이야기에 귀를 기울이고 있었지만 속에는 노여움을 감추고 있었다. '이제 인생 말년에 이르렀거늘 어찌하여 새로운 일을 집안에 끌어들인단 말인가?'라는 것이 그의 생각이었다. '그저 죽을 때까지만이라도 내가 하고 싶은 일만 하게 내버려두란 말이다. 그다음에야 마음대로 무슨 일을 하건 말건!'

하지만 그는 아들에게 속마음을 직접 말하지 않았다. 그는 심각한 문제에 봉착했을 때 언제나 그래왔듯 아주 능숙한 전략을 구사했다. 그는 곰곰 생각에 잠기더니 아들에게 조목조목 말했다.

첫째, 이 결혼은 상대방 가문이나 재산으로 보건대, 조금도 명예로운 결혼이 아니다. 둘째, 안드레이는 이제 한창때가 지나

기력이 전만 못할 텐데(노인은 특히 이 점을 강조했다) 그녀는 한창 젊다. 셋째, 안드레이에게는 아들이 있는데, 새엄마에게 그 아이 장래를 안심하고 맡길 수 없다.

거기까지 말한 노공작은 약간 뜸을 들이더니 비웃는 듯한 표정으로 아들을 쳐다보며 말했다.

"마지막으로, 이건 내 생각이라기보다는 차라리 부탁이다. 결혼을 1년만 미루면 어떻겠느냐? 1년간 외국에 머물면서 건강도 회복하고, 네 아들의 독일인 가정교사를 한 명 구해보라는 말이다. 그런 후에도 네 사랑이랄까, 열정이랄까, 혹은 집착이랄까, 뭐라 해도 상관없지만, 그런 게 남아 있다면 그때 가서 결혼해도 늦을 건 없지 않느냐. 이게 내 마지막 부탁이다. 마지막……."

그런 후 노인은 눈을 감았다. 1년 정도 지나면 아들이건 상대방 처녀건 마음이 변할 것이고, 이도 저도 아니면 자신이 그 사이에 죽어버릴 것이라고 계산한 모양이었다. 안드레이는 아버지의 제안을 거절할 명분이 없었다. 그는 3주일을 그곳에 머물다가 페테르부르크로 돌아왔다.

안드레이가 나타샤에게 아무 말도 하지 않고 시골로 떠났기에 그가 3주일이나 찾아오지 않자 나타샤는 온갖 상상에 시달리며 슬픔에 잠겨 있었다. 하지만 그녀는 오랫동안 슬픔에 잠겨 있는 체질이 아니었다. 그녀는 곧 기운을 회복했고, 평상시와 다름없는 나타샤로 돌아가 있었다. 아니, 적어도 본인은 그렇다고 믿었다.

그러던 어느 날, 아무 통보도 없이 그가 불쑥 나타났다. 하인을 통해 그가 왔다는 전갈을 듣고 그녀는 파랗게 질렸다. 그녀는 어머니에게 말했다.

"엄마, 볼콘스키가 왔어요……. 엄마, 무서워요! 견딜 수 없어요! 또다시 괴로워하기 싫어요!"

백작 부인이 뭐라고 대답도 하기 전에 안드레이가 심각한 얼굴로 객실로 들어섰다. 하지만 나타샤를 보자마자 그의 얼굴은 단숨에 기쁨으로 환하게 빛났다. 그는 백작 부인과 나타샤의 손에 입을 맞춘 후 소파에 앉았다.

"그동안 부친을 만나 뵙고 왔습니다. 부인, 부인께 긴히 드릴 말씀이 있습니다." 안드레이가 백작 부인에게 말했다. 부인은 모든 것을 짐작하고 나타샤에게 잠시 자리를 비우라고 눈짓을 했다. 나타샤는 겁에 질린 표정으로 마치 발걸음이 떨어지지 않는 듯 천천히 거실에서 나갔다.

"말씀해보세요." 백작 부인의 목소리는 떨리고 있었다.

"부인, 저는 따님께 청혼을 하려고 왔습니다."

백작 부인의 얼굴이 빨개졌다. 그녀는 아무 말도 하지 않았다. 잠시 아무 말이 없다가 그녀가 입을 열었다.

"당신의 청혼은…… 당신의 청혼은…… 우리로서는 기쁜 일이에요. 받아들이겠어요. 제 남편도 마찬가지예요. 하지만…… 뭐니 뭐니 해도 본인의 뜻이 중요하니까……."

안드레이는 아버지의 허락을 받았다고 말한 후, 다만 결혼을 1년만 미루어달라는 아버지의 뜻을 전했다. 부인은 나타샤의 나이가 어리니 어쩔 수 없는 일이라고 말한 후, 나타샤를 들여보내겠다며 거실에서 나갔다.

잠시 후 나타샤가 들어왔다. 그녀는 눈조차 들지 못했다.

안드레이가 말했다.

"당신을 처음 보았을 때부터 당신을 사랑했습니다. 당신의 사랑을 내게 주시겠습니까?"

그녀는 진지하고 열정이 깃든 눈길로 말없이 그를 바라보았다. 마치 무엇 때문에 그런 빤한 것을 묻느냐는 듯한 눈길이었다. 이어서 그녀는 눈물을 글썽이며 미소 지었다.

'이게 정말로 나일까? 모두들 철부지라고 말하던 나일까?

내가 정말, 아버지까지도 존경한다고 말하시곤 하던 이분의 아내가 되는 것일까? 그래, 장난이나 치며 살던 나는 이제 끝났어. 나는 이제 어른이 되는 거야.' 나타샤는 속으로 그런 생각을 하고 있었다.

안드레이가 말했다.

"결혼은 1년 후에야 할 수 있다는 말씀을 어머니에게 들으셨나요?"

나타샤에게는 너무나 청천벽력 같은 소리였지만 곧이어 그녀는 순순히 기다리겠다고 했다.

잠시 후 아버지와 어머니가 방으로 들어와 둘을 축복해주었다. 이날부터 안드레이 공작은 나타샤와 약혼한 몸으로 매일 그녀의 집에 드나들었다.

하지만 안드레이는 약혼식을 올리지도 않았고 그 누구에게도 약혼 사실을 알리지 않았다. 결혼을 연기할 수밖에 없었던 원인이 자신에게 있는 이상 그로 인한 모든 짐을 자신이 혼자 져야 한다는 생각에서였다. 그는 자신은 영원히 결혼 약속을 지키겠지만 나타샤에게는 그런 의무가 없다고 여러 번 말했다. 만일 몇 개월 후 그녀의 마음이 변한다면 얼마든지 이 혼담을 깰 수 있는 권리가 그녀에게 있다고 그는 말했다. 나타샤는 그의 말을 숫제 무시했지만, 안드레이는 수차례 그 말을 되풀이했다.

얼마 후 안드레이는 외국으로 떠났다. 그가 떠난 후 나타샤는 며칠 동안 방에만 틀어박혀 있었고 아무것에도 흥미가 없는 듯한 표정을 하고 지냈다. 다만 이따금, '아아, 그이는 왜 가야만 했을까?'라고 넋이 나간 듯 중얼거릴 뿐이었다.

하지만 보름 정도 지나자, 그녀는 언제 그랬냐는 듯 그런 멍한 상태에서 벗어나 본래의 모습을 되찾아 가족들을 놀라게 했다. 하지만 오랫동안 병을 앓고 난 뒤 아이들의 모습이 변하듯 그녀의 모습도 변했다. 그토록 격렬한 고통을 겪은 뒤에 그녀는 이전보다 정신적으로 훨씬 성숙한 새로운 사람으로 태어난 것이며, 그 모든 것이 그녀의 용모에 그대로 드러나 있었다.

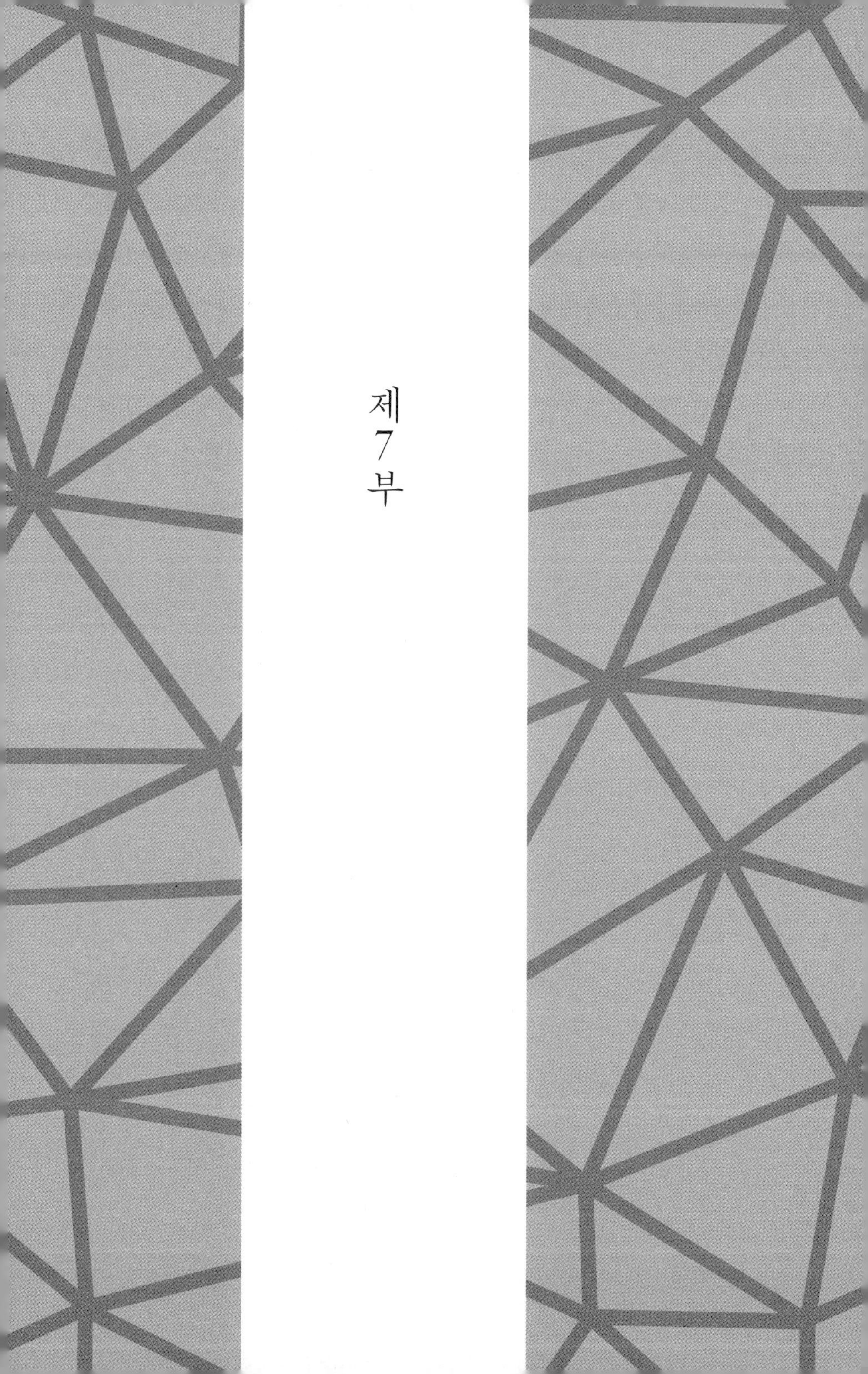

제 7 부

제1장

성서에 의하면 낙원에서 추방되기 전에 아담과 이브는 전혀 일을 하지 않았다. 무사태평 상태에서의 게으름이 행복의 전제 조건이었던 셈이다. 낙원에서 추방된 이래, 인간은 이마에 땀을 흘리지 않으면 결코 빵을 얻을 수 없다는 압력을 받으며 살고 있지만 게으름을 좋아하는 경향은 아련한 추억처럼 인간에게 여전히 남아 있다. 그런데 그런 잠재적인 욕구를 가장 잘 충족시켜주는 곳이 바로 군인 사회다. 군인들은 실제로 아무런 생산적인 일을 하지 않으면서도 그런 게으름을 꾸짖는 목소리를 별로 듣지 않는다. 게다가 의무적으로 군 복무를 하게 되어 있는 만큼, 그런 상대적 게으름은 너그럽게 허용되며 바로 그것이 군대생활이 지닌 큰 매력 중의 하나다.

니콜라이 로스토프는 1807년 이래 바로 그런 행복을 충분히 맛보고 있었다. 그는 줄곧 파블로그라드 연대에 근무하고 있었으며 이전에 데니소프가 지휘하던 중대를 지휘하고 있었다. 그는 모스크바의 친구들이 본다면 거칠게 변해 있었는지 몰라도 동료로부터는 신뢰를, 부하들로부터는 존경을 받고 있었다.

하지만 그런 여유 있는 마음을 헤집어놓는 것이 있었다. 바로 집으로부터 오는 편지였다. 1809년에 들어서자 편지가 올 때마다, 집안 재정 형편이 날로 어려워지고 있으니 어서 돌아와 나이 들어가는 부모를 기쁘게 해줄 수 없느냐는 어머니의 푸념이 늘어만 갔다. 하지만 그는 이 조용한 생활을 던져버리고 번잡하고 시끄러운 세속으로 다시 돌아가고 싶지 않았다. 그는 의례적인 공손한 내용의 답장을 보내며 언제쯤 페테르부르크로 돌아가겠다는 확답은 피하고 있었다.

그런데 1810년 초에 나타샤가 안드레이와 약혼했다는 소식이 적힌 어머니의 편지를 받고 그는 슬픔을 느끼는 동시에 화가 치밀었다. 우선 자기가 가장 사랑하는 누이동생을 떠나보내야 한다는, 오빠가 누이동생에게 가질 수 있는 일반적인 감정 때문이었다. 하지만 무엇보다도 결혼을 1년 미룰 수밖에 없었다는 사실 때문에 그는 화가 났다. 자기가 그 자리에 있었다면,

진정으로 나타샤를 사랑한다면 굳이 아버지의 승낙을 얻을 필요가 어디 있느냐고 안드레이에게 따질 수 있었으리라고 그는 생각했다. 경기병 중대장다운 생각이었다.

게다가 어머니가 다시 한번 간절한 내용의 편지를 보내왔다. 니콜라이가 돌아와서 재정 상태를 점검하고 정리해주지 않으면 길거리로 나앉을 형편이라는 것, 아버지가 너무 사람이 좋아서 모든 사람들에게 속고 있다는 것, 그러니 부디 돌아와서 집안을 바로잡아달라는 내용이었다. 편지에 의하면 가족들은 시골 오트라드노예로 옮겨가 지내고 있었다.

그는 어쨌든 반드시 돌아가야겠다고 생각했다. 제대까지는 아니더라도 휴가는 얻어야겠다고 그는 생각했다. 대위 진급을 앞두고 아쉬운 점이 없는 것은 아니었지만 그는 휴가를 얻어 집을 향해 떠났다.

모두들 그를 반겼다. 부모님은 조금 늙은 것 외에는 별 변화가 없었지만 다른 가족들은 모두 변해 있었다. 스무 살이 된 소냐는 더없이 성숙해 있었으며 언제나 어린아이 같던 동생 페차도 몸집이 큰 열네 살의 변성기 미소년이 되어 있었다. 하지만 무엇보다 변한 것은 나타샤였다. 니콜라이는 나타샤의 얼굴을 한참 들여다본 후에 말했다.

"너, 정말 몰라보게 변했구나!"

"그렇게 미워졌어?"

"아니, 그 반대야. 아주 점잖아졌군요, 공작 부인!"

나타샤는 즐거운 듯 안드레이 공작과 만나서 약혼을 하기까지의 과정을 이야기해주었다. 그리고 그에게 안드레이가 보낸 편지를 보여주었다. 그 편지에는 12월이 되어야 페테르부르크로 돌아올 수 있다고 쓰여 있었다.

니콜라이는 어머니가 자기를 불러들인 목적을 수행하기 위해 어느 날 영지 관리인을 찾아갔다. 하지만 니콜라이가 할 수 있는 것은 아무것도 없었다. 관리인이 엉터리 회계로 많은 돈을 착복했음을 알 수 있었지만 사실상 그 원인은 아버지가 제공한 셈이었다. 게다가 니콜라이가 관리인에게 "배은망덕한 놈!"이라며 욕설을 퍼부은 사실을 알게 된 아버지가 오히려 관리인을 두둔하는 바람에 니콜라이는 맥이 쫙 풀려버렸다. 그는 가사에 일절 참견하지 않고 자기만의 할 일을 찾았다. 바로 사냥개를 훈련하는 일이었다. 그리고 어느덧 초겨울이 되자 니콜라이는 훈련시킨 사냥개들을 데리고 사냥이나 다녔다. 그런데 그사이 한 가지 중요한 사건이 일어났다. 사건이라기보다는 니콜라이의 심경변화라고 하는 것이 옳을 것이다. 니콜라이가 소냐를 사랑하게 된 것이다. 그리고 그 사랑은 이전 어린 시절 소냐를 향해 품었던 감정과는 달랐다. 그들은 이미 성숙한 어른들이었다. 니콜라이는 소냐와 결혼하겠다고 부모에게 선언했다.

백작은 한숨만 내쉴 뿐이었고, 백작 부인은 분노가 치솟았다. 집안이 엉망이 된 마당에 지참금도 없는 소냐와 결혼하겠다니 억장이 무너질 지경이었다. 하지만 백작은 집안만 이런 꼴이 되지 않았다면 소냐만 한 배필도 없다는 생각, 그리고 집안을 이런 꼴로 만든 것은 모두 자기 탓이라는 생각에 대놓고 니콜라이에게 반대할 수도 없었다. 백작 부부는 아예 그 문제는 입 밖에 꺼내지 않기로 했다.

하지만 백작 부인은 도무지 참을 수 없었다. 어느 날 그녀는 소냐를 제 방으로 불렀다. 그리고 이제까지 단 한 번도 그녀에게서 볼 수 없었던 냉혹한 태도로 배은망덕도 유분수지, 어떻게 니콜라이를 유혹할 수 있느냐고 소냐를 몰아붙였다. 소냐는 눈길을 내리깐 채 묵묵히 부인의 부당한 질책을 듣고 있었다. 소냐는 부인이 자신에게 무엇을 요구하는지 알 수 없었다. 그녀는 이 집안 식구들을 모두 은인으로 생각하고 있었고 모든 것을 희생할 각오가 되어 있었다. 이들을 위해 희생하는 것만큼 단순하고 당연한 일은 그녀에게 없었다. 하지만 이번 경우에는 도무지 자신이 어떻게 행동해야 하는지 알 수 없었다. 이 가족 모두를 사랑하는 만큼, 자신을 필요로 하는 니콜라이를 어찌 사랑하지 않을 수 있겠는가? 그가 그의 행복을 위해 자기를 원한다고 하는데. 도대체 그를 사랑하는 것 말고 자신이 할 수 있는 일이 무엇이란 말인가? 그녀는 침울하게 말없이 있을 뿐이었다.

그 일이 있은 후 니콜라이는 어머니와 결말을 지으러 갔다. 그는 어머니가 정 그렇게 반대하면 소냐와 단둘이 비밀결혼이라도 하겠다고 어머니를 위협하기도 하고, 자신들의 행복을 빌어달라고 간청하기도 했다.

그러자 백작 부인이 아들에게 차갑게 말했다. 니콜라이가 이제까지 한 번도 들어보지 못한 낯선 어조였다.

"너도 이제 성인이다. 안드레이 공작도 아버지가 반대하는 결혼을 하려고 하니, 너도 그 본을 따르려무나. 하지만 나는 절대로 그렇게 뱃속이 검은 애를 며느리로 인정할 수 없다."

'뱃속이 검은 애'라는 어머니의 말에 니콜라이는 분노가 폭발했다. 그는, 어머니가 자기에게 사랑을 배반할 것을 강요할 줄은 몰랐다고 고함을 쳤다.

"어머니, 저는 절대로 결심을 꺾지 않을 겁니다! 만일 어머니가 계속 이런 식으로 나오시면, 이제는 정말로……."

그때 문이 열리며 얼굴이 파랗게 질린 나타샤가 방으로 뛰어들어왔다. 만일 그때 나타샤가 뛰어들지 않았더라면 니콜라이의 입에서 무슨 말이 튀어나왔을지 모를 일이었으며, 아마 모자 사이에 영원히 지울 수 없는 나쁜 기억으로 남게 되었을 것이다. 나타샤는 옆방에서 모자간에 오가는 대화를 모두 듣고 있다가 더 이상 참지 못하고 뛰어든 것이다.

"오빠, 대체 무슨 말을 하고 있는 거야! 그만둬요! 그만두라니까!"

백작 부인은 애처롭게 흐느껴 울면서 딸의 가슴에 얼굴을 파묻었고 니콜라이는 머리를 움켜쥐고 방에서 나갔다.

1811년 1월 초 니콜라이는 휴가를 끝내고 부대로 돌아갔다. 그는 부대 일을 정리하고 제대한 후 소냐와 결혼하겠다고 굳게 마음먹고 있었다. 어머니와의 불화 때문에 마음이 무거웠지만 자기는 소냐를 열렬히 사랑한다고 굳게 믿고 있었다. 그가 가버리자 로스토프 집안은 전보다 한층 더 무거운 분위기에 휩싸였으며 백작 부인은 앓아누워버렸다. 도무지 헤어날 길 없을 정도로 재정적 어려움에 처한 백작은 모스크바의 집과 모스크바 교외의 소유지를 팔지 않으면 안 될 형편이었다. 하지만 백작 부인의 건강 때문에 모스크바행을 차일피일 미루고 있었다.

한편 나타샤는 나타샤대로 날이 갈수록 우울해졌다. 안드레이로부터 계속 편지가 왔지만 편지를 받을수록 그녀는 노여움만 더해갔다. 안드레이는 편지에서 흥미로운 곳에서 새로운 사람들을 만나며 참된 생활을 하고 있다고 썼다. 나타샤는 그것을 견딜 수 없었다. 자기는 오로지 안드레이 생각만 하면서 괴롭게 지내고 있는데, 자기 없이도 그렇게 잘 지내고 있다니 마치 자신이 모욕이라도 당하는 기분이었다. 그의 편지가 재미있으면 재미있을수록, 즐거운 내용이면 즐거운 내용일수록 그녀는 화가 났다. 게다가 그녀는 제대로 편지를 쓸 수도 없었다. 편지에 쓰는 내용이 모두 거짓 같았고, 자신의 목소리와 미소로 전할 수 있는 것의 1000분의 1도 편지로는 표현할 수 없었다. 그녀가 어쩌다 편지를 쓴다 해도, 천편일률적인 무미건조한 편지였고, 심지어 어떤 때는 백작 부인이 편지의 초안을 잡아주기도 했다.

백작 부인의 병환은 호전되지 않았다. 하지만 모스크바 여행을 더 이상 늦출 수는 없었다. 집을 하루빨리 팔아야만 했으며,

그 돈으로 나타샤의 혼수도 마련해야 했다. 게다가 안드레이 공작이 이미 모스크바에 와 있을지도 몰랐다. 안드레이의 아버지인 니콜라이 볼콘스키 공작이 겨울을 모스크바에서 보내고 있었던 것이다. 나타샤는 안드레이가 틀림없이 돌아와 있을 것이라고 확신했다.

1811년 1월 하순, 로스토프 백작은 부인을 시골에 남겨둔 채 소냐와 나타샤를 데리고 모스크바를 향해 출발했다.

제2장

피에르는 그는 은인 이오시프가 그에게 계시한 진리를 깊이 믿고 있었으며, 그가 제시한 길을 뒤따르면서 기쁨을 느꼈었다. 그는 대단한 열의를 가지고 내면의 완성을 위해 힘썼다. 그런데 거의 동시에 찾아온 두 가지 사건이 그를 갑자기 변모시켰다. 그중 하나는 안드레이 공작과 나타샤의 약혼이었고, 다른 하나는 은인 이오시프의 죽음이었다. 은인의 죽음은 그렇다 치더라도 자기가 직접 인연을 맺어준 안드레이와 나타샤의 약혼이 왜 자신에게 충격을 주었는지 자신도 모를 일이었다. 그저, 이후로는 이제까지의 경건한 생활을 그대로 이어갈 수 없으리라고 그는 막연히 느꼈다. 그리고 실제로 그렇게 되었다. 그에게 감미롭게 여겨지기도 했던 그 경건한 생활이 갑자기 매력을 잃고 시들하게 여겨졌던 것이다. 그는 다시 클럽 출입을 시작했고 폭음을 했으며, 프리메이슨 조합에는 거의 출입을 하지 않았다. 일기도 쓰지 않았다. 그러다 갑자기 페테르부르크에서의 모든 생활에서 혐오감을 느꼈다. 화려한 저택, 어느 높은 사람의 총애를 받고 있는 요염한 아내, 무미건조하고 형식적인 관직, 이 모든 것이 시들해진 정도가 아니라 아예 혐오스러워진 것이다. 그는 페테르부르크를 떠나 모스크바로 갔다.

모스크바로 생활 무대를 옮긴 후 그는 비로소 절망감이나 사람들을 향한 혐오감에서 벗어날 수 있었다. 이유는 간단했다. 그의 주변에는 여전히 빈둥거리며 살아가는 한심한 사람들이 득실거렸다. 하지만 그는 자신에게 과연 그들을 혐오할 자격이 있는지 자문했다. '저들도 자신과 마찬가지로 무슨 불가항력적인 힘의 지배를 받아 저런 생활을 하고 있는 것이 아닌가'라고 그는 생각했다. 그러자 그들에 대한 혐오감이 사라졌다.

그는 이제 절망에 빠지지도 않았고, 삶 자체를 혐오하지도 않았다. 하지만 그의 내부에서는 '우리의 삶의 목표는 무엇인가? 우리는 왜 사는가? 우리는 이 세상에서 무엇을 하는가?'라는 괴로운 질문이 끊임없이 이어졌다. 그는 하루에도 수없이 그 질문을 되풀이했다. 그러나 그 질문에 대답이 없다는 것을 그는 경험으로 알고 있었다.

하지만 달라진 것이 있었다. 그런 질문으로 세상을 보니 세상이 온통 거짓투성이로 보였다.

'엘렌처럼 자기 자신 외에는 그 누구도 사랑해본 적이 없으며, 어리석기 짝이 없는 여자가 지혜를 지닌 여자로 간주되고 모든 사람들의 숭배를 받는다. 나폴레옹이 위대한 인물이었을 때는 모든 사람들이 그를 멸시했다. 그러나 이제 보잘것없는 희극배우처럼 된 마당에는 오스트리아 황제가 제발 자기 딸을 첩으로 삼아달라고 애원하고 있다. 프리메이슨은 어떠한가? 이웃을 위해 모든 것을 희생할 각오가 되어 있다고 피로 맹세하고도 빈민 구제 헌금은 단 1루블도 하지 않는다. 이웃을 사랑하라는 계율을 지키겠다고 엄숙히 선언하고는 지부끼리 서로 음모를 꾸며서 싸우고, 약한 자를 박해한다.'

피에르는 이 사회 전반을 물들이고 있는 위선과 거짓, 모든 사람들이 받아들이고 있는 이 영원한 위선과 거짓을 주변에서 늘 보고 느꼈다. 하지만 그때마다 전혀 새로운 것처럼 그를 격분하게 했다.

'나는 이 거짓과 혼란을 보고 느끼고 있으며 알고 있다.' 그는 생각했다. '하지만 그들에게 내가 보고 느낀 것을 그대로 말하는 것은 정말 어려운 일이다. 그래도 나는 그러려고 노력했다. 하지만 그들 역시 마음 깊은 곳에서는 나와 같이 느끼고 있으면서 다만 그 사실을 직시하지 않으려 하고 있다는 것만을 확인할 수 있었을 뿐이다. 그러니 도저히 어쩔 수 없는 일이 아닌가! 나는 대체 어떻게 해야 한단 말인가!'

불행히도 그는 많은 러시아인들이 지니고 있는 공통의 특질, 혹은 능력을 갖고 있었다. 그는 선을 믿었다. 하지만 동시에 분명하게 악을 보고 느끼고 있었다. 바로 그 때문에 선과 진리의 실현을 위한 능동적인 싸움을 할 힘이 부족했다. 바로 그의 눈앞에서 횡행하고 있는 온갖 악들이 그 악들을 향한 분노를 촉발하기보다는 오히려 온갖 회의(懷疑)를 낳았고, 능동적 활동에 장애가 되었다. 그럼에도 불구하고 살아가야만 했고, 그 무언가 해야만 했다. 도저히 해결할 수 없는 이런 문제에 시달린다는 것은 무서운 일이었다. 그는 그 중압감에서 벗어나기 위해 온갖 모임에 참석해 사람들 틈에 섞였으며 폭음을 했고, 닥치는 대로 독서에 몰입했다. 의사가 그처럼 비대한 사람에게 폭음은 위험하다고 경고했지만 그는 의사의 말을 듣지 않았다. 그리고 모든 사람들이 한결같이, 삶 자체에서 도피하려고 거짓된 삶을 살고 있는 것처럼 여겨졌다. 그는 이렇게 결론 내렸다.

'그래, 그 어떤 것도 유치하지 않고 그 어떤 것도 중요하지 않다! 모든 게 다 마찬가지다. 단지 이 가혹한 현실에서 벗어나, 그것과 직면하지 않으려 애를 쓰면 그만이다.'

제3장

니콜라이 볼콘스키 노공작은 초겨울 무렵 딸 마리아, 부리엔 양과 함께 모스크바로 거처를 옮겼다.

공작은 금년 접어들면서 부쩍 노쇠해졌다. 꾸벅꾸벅 졸기 일쑤였고 방금 전의 일을 깜빡 잊기 일쑤였다. 하지만 그의 과거 경력과 독특한 성격으로 인해 그는 많은 사람들의 존경의 대상이었다. 당시 알렉산드르 황제의 통치에 대한 사람들의 열광은 시들해졌으며 반 프랑스적인 애국 분위기가 모스크바를 지배하고 있었다. 그런 분위기 덕분에 볼콘스키 공작은 모스크바 사람들에게 특별한 존경을 받게 된 것이며 모스크바 내 반정부 세력의 중심이 되다시피 했다.

모스크바로 거처를 옮긴 후 가장 괴로운 것은 마리아였다.

무엇보다 '민둥산'에서 즐기던 고독을 더 이상 즐길 수 없었고, 순례자들과의 영적인 대화를 나눌 수 없게 된 것이다. 그녀는 사교계에 전혀 발을 들여놓지 않았고, 친구도 없었다. 부리엔 양과는 '민둥산'에 있을 때부터 흉금을 털어놓는 사이가 아니었다. 그리고 다정한 편지를 주고받던 줄리도 막상 만나보니 마치 남처럼 서먹서먹하기만 했다. 줄리는 오빠가 죽자 모스크바에서 가장 부유한 처녀가 되어 있었고, 그녀는 자기 주변에 몰려드는 젊은이들 중에서 만족할 만한 신랑감을 찾는 일에 혈안이 되어 있었다. 그렇게 세속적인 관심사에 몰두해 있는 그녀를 가끔 만나더라도 마리아는 조금도 즐겁지 않았다.

게다가 오빠 안드레이가 나타샤에 대한 아버지의 마음을 누그러지게 해달라고 부탁했건만 아버지의 마음은 조금도 변함이 없었다. 나타샤의 이름을 입에 올리기만 해도 아버지는 버럭 역정을 냈다. 그 일이 아니어도 아버지는 걸핏하면 마리아에게 화를 내서 마리아의 마음을 아프게 했다. 또한 아버지는 부리엔 양에게 전보다 한결 노골적으로 부드럽게 대하며 애정 표현을 했다.

볼콘스키 공작이 모스크바로 옮겨와 한 달을 지내는 사이, 여러분들에게 간단히 전할 두 가지 소식이 있다. 그중 하나는 출세 지향주의자 보리스가 마리아의 친구인 줄리와 약혼했다는 사실이다. 그리고 다른 하나는 피에르가 다른 명사들과 함께 볼콘스키 공작의 집을 방문해 세 번에 걸쳐 식사를 했다는 사실이다.

마리아는 피에르와 간단히 이야기를 나눌 기회가 있었다. 그런데 그녀는 실수를 저질렀다. 피에르 앞에서 마음속 괴로움을 털어놓다가 그만 울음을 터뜨린 것이다. 왠지 피에르가 고결하고 마음씨가 넓어 보여 모든 것을 털어놓고 싶은 충동을 느낀 것이다.

피에르는 마리아를 달래면서 자기에게 무엇이든 다 말하고 괴로운 일은 숨김없이 상의하라고 말해주었다. 그러자 그녀가 말했다.

"제가 한 말은 모두 잊어주세요. 저도 다 잊었어요. 다만 오빠의 결혼 문제로 오빠와 아버지 사이가 틀어진 게 걱정일 뿐이에요."

"그분이 탐탁지 않게 생각하시나요?"

마리아는 한숨을 내쉬며 고개를 저은 후 말했다.

"하지만 어떻게 하겠어요. 이제 몇 달 후면 오빠가 돌아올 텐데……. 로스토프 백작님 가족이 곧 오신다지요? 한시라도 빨리 오면 좋겠어요. 난 그 아가씨와 친해지고 싶어요. 당신 그 가족들을 알고 계시지요? 숨김없이 말씀해주세요. 그분은 어떤 아가씨예요?"

"어떻게 말씀을 드려야 좋을지 모르겠군요. 실은 저도 그 아가씨가 어떤 사람인지 잘 몰라서……. 다만 그녀가 아주 매혹적이라는 건 사실입니다. 왜 그런지는 묻지 마십시오. 저도 잘……."

마리아는 한숨을 내쉬었다.

"총명한 분이겠지요?"

피에르는 생각에 잠겼다.

"그렇기도 하고 그렇지 않기도 하고…… 게다가 똑똑한 것을 그다지 중요하게 생각하는 것 같지도 않아요. 어쨌든 무척 매력적입니다. 그 이상은……."

"암튼 그 가족이 한시라도 빨리 도착했으면 좋겠어요. 그녀가 아버지와 친해지도록 제가 노력할 거예요."

일리야 로스토프 백작은 1811년 1월 하순에 나타샤와 소냐를 데리고 모스크바에 도착했다. 앞서 말한 대로 백작 부인은 병환 중이라 여행을 할 수 없었다. 백작은 나타샤의 혼수를 마련하기 위해 모스크바 근교의 소유지를 팔아야만 했다. 그 외에도 그에게는 중요한 볼일이 하나 있었다. 볼콘스키 공작이 모스크바에 머무는 동안 그에게 미래의 며느리를 선보이는 일이었다. 모스크바의 로스토프 백작 집은 난방도 시원치 않은 데다 백작 부인도 동행하지 않았기에, 백작 가족은 전부터 잘 알고 지내던 마리아 드미트리예브나 부인의 집에 머물게 되었다.

모스크바에 도착한 바로 이튿날 로스토프 백작은 나타샤를 데리고 볼콘스키 공작의 집을 방문했다. 백작은 공작을 만나는 일이 은근히 두려웠지만 매사에 낙관적인 나타샤는 즐거운 나들이를 가는 기분이었다.

'그 사람들이 나를 좋아하지 않을 리 없어. 내게 그런 일은 한 번도 없었어. 나는 얼마든지 그 사람들 마음에 들게 처신할 수 있어. 노인은 그이의 아버지니까 당연히 사랑할 거고, 아가씨도 그이의 누이니까 사랑할 거야. 그래, 그분들 모두를 사랑할 거야.'

그들 부녀는 보즈트비센카 거리의 낡고 음침한 집 앞에 마차를 대고 현관으로 들어섰다. 로스토프 백작은 떨리는 목소리로 하인에게 공작과 따님이 집에 계시냐고 물었다. 하인은 허둥거리며 안으로 뛰어 들어가더니 잠시 후에 나와서 말했다.

"공작님은 건강 때문에 뵐 수 없다고 하십니다. 대신 아가씨께서 거실에서 기다리고 계십니다."

먼저 뛰어나와 손님을 맞은 것은 부리엔 양이었다. 그녀는 공손하게 부녀를 맞이해서 객실로 안내했다. 마리아는 잔뜩 흥분한 얼굴로 손님들을 맞으러 천천히 응접실 밖으로 나오고 있었다.

마리아는 침착하려 애썼지만 소용이 없었다. 그녀는 첫눈에도 나타샤가 마음에 들지 않았다. 너무 우아하게 차려입은 데다 경박하고 허영심에 들떠 있는 것 같았다. 마리아는 자기가 미래의 올케를 만나기도 전에 이미 그녀에 대해 무의식적인 반감을 품고 있다는 사실을 의식하지 못했다. 그녀는 나타샤의 아름다움을, 그녀의 젊음을, 그녀의 행복을 질투하고 있었으며 그녀가 오빠를 자신에게서 빼앗아가려 한다는 사실에서도 질투심을 느끼고 있었다. 그리고 그 질투심은 너무나 당연한 것이었다. 그 외에도 로스토프 부녀가 방문했다는 전갈을 받고 아버지가 절대로 만나지 않겠다고, 마리아가 만나고 싶다면 말리지 않겠지만 자신은 절대로 받아들이지 않겠다고 호통을 치는 바람에 그녀는 무척 불안해하고 있었다. 그녀는 그들 모녀를 만나기로 결심했다. 하지만 그들의 방문에 흥분해 있는 아버지가 언제라도 엉뚱한 짓을 저지를까봐 안절부절못하고 있었다.

"자, 아가씨, 드디어 우리의 가수(歌手)를 이렇게 데려왔습니다." 로스토프 백작은 언제라도 볼콘스키 공작이 튀어나올까봐 두려운 듯 주위를 두리번거리며 말했다. "만나 뵙게 되어 반갑습니다. 공작께서 몸이 불편하시다니 걱정입니다."

백작은 틀에 박힌 인사를 하더니 슬그머니 자리에서 일어섰다.

"자, 나는 좀 실례하겠습니다. 여기서 가까운 곳에 살고 있는 안나 세묘노브나 부인 댁에 볼일이 좀 있어서……."

그는 미래의 시누이와 올케에게 격의 없는 대화를 나눌 기회도 줄 겸, 또 무서운 볼콘스키 공작과의 대면을 피할 겸, 그런 외교적 꾀를 낸 것이었다.

나타샤는 아버지가 겁에 질린 표정으로 불안해하는 것을 보고는 모욕감을 느끼고 얼굴이 붉어졌다. 그리고 자신의 얼굴이 붉어진 것에 대해 화가 치밀었다. 그녀는 자신은 아무것도 두려울 것이 없다는 듯 도전적인 눈길로 마리아를 바라보았다. 마리아는 나타샤와 단둘이 이야기를 나누고 싶었지만 부리엔 양은 눈치도 없이 그대로 눌러앉아 모스크바의 오락거리와 연극 등에 대해 쉴 새 없이 지껄였다.

나타샤는 잔뜩 비위가 상해 모든 것이 마음에 들지 않았다. 마리아가 너무 못생긴 데다 위선적이며 주변머리도, 유머도 없는 여자로 여겨졌다. 대화는 부자연스럽게 겉돌 수밖에 없었다. 그때 갑자기 슬리퍼 끄는 소리가 들렸다. 마리아의 얼굴에 당황한 빛이 떠올랐다. 잠시 후 방문이 열리고 흰 실내복 차림의 공작이 들어섰다.

"이런, 실례했군. 내가 잘못 안 게 아니라면…… 로스토프 백작의 따님……. 아가씨가 여기 있는 줄은 모르고…… 난, 내 딸만 있는 줄 알고 그냥 이런 차림으로…… 실례했소."

마리아는 눈을 내리깐 채 어쩔 줄 모르고 서 있었고, 나타샤도 벌떡 일어났다가 다시 자리에 앉았으나 역시 어찌할 바를 모르고 있었다. 다만 부리엔 양만이 뭐가 재미있는지 생글거리고 있었다.

공작은 잠시 나타샤의 얼굴을 살펴보더니 또다시 실례했다는 말과 함께 밖으로 나갔다. 부리엔 양이 쉴 새 없이 입을 놀리고 있었을 뿐 마리아와 나타샤는 아무 말 없이 적대적인 눈길만 교환하고 있었다.

잠시 후 로스토프 백작이 돌아왔고, 모녀는 그 집을 나섰다.

그날 저녁 나타샤는 저녁 식사 때까지 식당에 나타나지 않았다. 그녀는 거실에 앉아 어린애처럼 흐느끼고 있었다. 소냐가 그녀의 머리에 입을 맞추며 그녀를 달랬다.

"나타샤, 왜 우는 거야? 그런다고 뭐 달라질 거 있어? 다 잘 될 거야."

"너는 몰라서 그래. 얼마나 모욕을 당했는데……."

"이제 그만 나타샤……. 넌 잘못한 게 하나도 없는데 네가 왜 울어?"

"나도 모르겠어. 그 누구 잘못도 아니야. 아니, 내 잘못인지도 몰라. 하지만 이런 건 정말 싫어. 아, 그이는 왜 오지 않는 걸까?"

그녀는 소냐에게 이끌려 식당으로 갔다.

제4장

그날 밤, 로스토프 일가는 마리아 드미트리예브나가 구해준 표로 오페라를 보러 갔다. 오랫동안 모스크바에서 모습을 보이지 않고 있던 로스토프 백작도 사람들의 눈길을 끌었지만 무엇보다 사람들의 눈길이 머문 것은 아름답기 그지없는 두 아가씨, 나타샤와 소냐였다. 사람들은 안드레이와 나타샤가 약혼한 사실도 알고 있었으므로 더욱 호기심에 가득 찬 눈으로 나타샤를 바라보았다.

그녀의 아름다움은 절정에 달해 있었고 게다가 그날 밤은 약간 흥분에 휩싸여 있었기에 눈이 부실 정도였다. 그녀는, 어찌 보면 젊음의 생명력과 아름다움을 한껏 뽐내고 있는 것 같으면서도 반대로 주위 모든 것에 대해 무관심한 것 같은 모습을 동시에 보이고 있었다.

오랜만에 사교계 인사들이 모인 곳에 나타난 로스토프 백작은 오페라에 나타난 사람들을 이리저리 둘러보았다. 나타샤와 소냐도 아버지처럼 주위를 둘러보았다. 아는 사람이 여럿 눈에 띄었고, 약혼한 보리스와 줄리의 모습도 보였다. 그리고 화려한 복장으로 뭇 여자들의 시선을 끌고 있는 돌로호프도 있었다.

로스토프 가족이 오페라에 온 사람들에게 눈길을 주고 있을 때, 바로 옆 칸막이 좌석으로 훤칠한 키의 미인이 나타났다. 하얗고 풍성한 어깨와 가슴이 훤히 드러나 있었으며, 목에는 굵은 진주알을 두 줄로 꿴 목걸이가 걸려 있었다. 그쪽으로 눈길을 돌리던 나타샤는 그 풍성한 목과 목걸이의 아름다움에 넋을 잃을 지경이었다. 그 귀부인은 옆으로 고개를 돌리다가 로스토프 백작과 눈이 마주치자 고개를 살짝 숙이면서 방긋 웃었다. 바로 피에르의 아내 엘렌이었다.

백작이 나타샤에게 속삭였다.

"미인이지?"

"네, 아버지. 정말 굉장해요." 나타샤가 말했다. "남자들이 왜 그녀에게 홀딱 빠지는지 알겠어요."

이윽고 막이 올랐다. 오페라가 진행되면서 나타샤는 차츰 그녀가 오랫동안 경험하지 못했던 도취 상태에 빠져들기 시작했다. 오페라에 취한 게 아니라 그냥 분위기 자체에 취해 정신이 없을 정도가 된 것이다. 그녀는 자기가 지금 어디에 있는지, 심지어 자기가 지금 눈앞에 무엇을 보고 있는지도 잊은 채, 그저 멍하니 앞을 바라보고만 있었다. 그리고 아주 엉뚱한 생각들이 되는 대로 그녀의 머리를 스쳐 지나갔다.

'당장 뛰쳐나가 무대에 서서 가수와 함께 아리아를 부르면 안 될까? 바로 앞에 앉아 있는 노인의 팔꿈치를 부채로 쿡쿡 찔러보고 싶어. 엘렌 쪽으로 몸을 기울여 간지럽혀주고 싶어.'

그때 엘렌이 앉아 있는 칸막이 좌석이 삐걱 소리를 내더니 한 남자가 들어섰다. 나타샤는 고개를 들어 그 남자를 보았다. 명랑한 표정의 정말 잘생긴 남자였다. 그는 바로 엘렌의 오빠 아나톨리 쿠라긴이었다. 그는 흘낏 나타샤를 보았다. 그는 흠칫 놀라는 표정을 하더니 누이에게 '정말 매력적인데'라고 속삭였다. 나타샤는 말소리는 들을 수 없었지만 그 입술 모양으로 자기 이야기를 한다는 것을 눈치챌 수 있었다. 아나톨리는 앞쪽 돌로호프 옆에 앉았다.

얼마 후 1막이 끝났고 2막이 시작되기 전에 피에르가 아래층 좌석에 나타났다. 침울한 얼굴빛이었으며 나타샤가 전에 보았을 때보다도 더 비대해 보였다. 그는 나타샤의 모습을 보자 환한 얼굴이 되더니 그녀에게 와서 몇 마디 이야기를 나누었다. 나타샤가 피에르와 이야기를 나누는 중 엘렌의 옆 좌석에서 남자 목소리가 들렸다.

아나톨리였다. 나타샤는 그가 엘렌에게 자기 이야기를 하고 있다는 것을 눈치챘다. 왠지 기분이 나쁘지 않았다. 2막이 진행되는 동안에도 앞쪽 좌석에 앉은 아나톨리는 자주 고개를 돌리고 나타샤를 바라보았다. 그가 자신에게 반했다는 것은 기분 나쁜 일이 아니었지만 그녀는 설마 그 눈길에 무슨 나쁜 의도가 숨어 있으리라고는 조금도 의심하지 않았다.

이윽고 2막이 끝났다. 엘렌은 막간을 이용해서 손가락으로 로스토프 백작을 부르는 시늉을 하면서 말했다.

"댁의 따님들을 소개해주시지 않으시겠어요? 모두들 따님 이야기들을 하는데, 저는 아직 소개받지를 못해서요."

백작은 나타샤와 소냐를 엘렌에게 소개했고, 3막이 시작되었을 때 나타샤는 엘렌 옆에 앉아 있었다. 엘렌이 좀 더 친해지고 싶다며 그녀에게 자기 곁에 앉아달라고 간청한 것이었다.

이윽고 3막이 끝났을 때였다. 엘렌의 지정석 문이 열리며 아나톨리가 안으로 들어왔다.

"오빠를 소개해주겠어요." 엘렌이 나타샤에게 말했다. 나타샤는 그 귀여운 얼굴을 아나톨리 쪽으로 향하며 방긋 웃었다. 그는 그녀 옆에 앉았다. 아나톨리를 가까이서 보니 엘렌과 너무 닮았고, 멀리서 볼 때만큼 정말 잘생긴 얼굴이었다.

남자들과 이야기를 나눌 때의 아나톨리와 여자들과 이야기를 나눌 때의 아나톨리는 마치 전혀 딴사람 같았다. 그는 여자들과 이야기를 나눌 때면 한결 자연스럽고 천진난만한 모습이 되었다. 나타샤는 듣던 것과는 달리 그가 솔직하고 순박한 데 놀랐다. 그녀는 그가 조금도 두렵지 않았다.

아나톨리는 그녀의 눈을 똑바로 바라보며 이런저런 이야기를 했다. 그리고 그녀는 단번에 그 눈길과 온화한 미소에 사로잡혀버렸다. 그녀는 그의 눈을 바라보며 미소로 답례했다. 그리고 마치 그와 자기 사이에 아무런 장벽도 없는 것처럼 느끼고 그녀 스스로도 놀라고 말았다.

다시 막이 올랐다. 아나톨리는 자기 자리로 돌아갔다. 나타샤도 아버지 곁 자기 자리로 돌아왔다. 그녀는 마치 새로운 세계를 맛본 것 같은 감흥에 젖어 있었다. 약혼자에 대한 추억도, 오늘 아침의 그 불쾌한 방문에 대한 기억도, 시골에서 지냈던 생활도, 그녀에게는 마치 머나먼 옛일처럼 전혀 머리에 떠오르지 않았다.

오페라가 끝나고 극장을 나왔을 때 아나톨리가 그들 곁으로 와서 마차에 오르는 것을 도와주었다. 그는 그녀를 부축하면서 팔꿈치 위쪽을 꼭 쥐었다. 당황한 나타샤는 얼굴이 빨개지며 눈길을 들었다. 바로 코앞에서 부드럽게 미소 지으며 어둠 속에서 반짝이는 그의 두 눈이 그녀를 바라보고 있었다.

나타샤는 집으로 돌아와 가족들과 차를 마실 때가 되어서야 비로소 정신을 차리고 자신에게 무슨 일이 벌어진 것인지 차분하게 생각할 수 있었다. 안드레이 공작 생각이 떠오르자 그녀는 갑자기 얼굴이 새빨개지더니 "아아, 어쩌면 좋아!"라고 소리치며 방을 뛰쳐나갔다. 하지만 다행히 마리아 드미트리예브나도, 아버지도, 소냐도 눈치를 채지 못했다.

'아아, 나는 파멸이야! 어쩌면 그런 짓을 할 수 있었던 거지?'

이어서 그녀는 오늘 자기에게 어떤 일이 일어난 것인지 차분히 생각해보려고 애썼다. 하지만 도무지 이해할 수가 없었다. 그저 모든 것이 불명확하고 두려울 뿐이었다.

'대체 무슨 일이 내게 일어난 거지? 그 사람과 있으면서 왜

그렇게 불안했던 거지? 왜 이렇게 양심의 가책을 느끼는 거지?'

어머니가 곁에 없으니 털어놓고 의논할 상대도 없었다. 엄격하기만 한 소냐는 자기보다 더 놀라며 자신을 책망할 것이 뻔했다.

'나는 이제 안드레이 공작의 사랑을 받을 자격이 없어진 걸까?' 그녀는 자문해보았다. 그런 후 스스로를 달래면서 대답했다. '나도 참 바보야. 그런 질문을 하다니! 내게 아무 일도 일어나지 않았잖아. 나는 아무 짓도 하지 않았고, 내가 그 사람에게 그런 생각을 품게 만든 것도 아니잖아. 아무도 무슨 일이 있었는지 모르고 난 그 사람을 다시는 만나지 않을 거야. 내가 잘못한 건 아무것도 없어. 안드레이 공작은 여전히 있는 그대로의 나를 사랑해줄 거야. 아아, 하지만 있는 그대로의 내가 누구일까? 아아, 나는, 나는……. 아, 왜 그이는 여기 없는 걸까?'

나타샤는 마음을 가라앉히려고 애를 썼으나 그 어떤 은밀한 본능이 그녀를 다시 괴롭혔다. 아무리 그럴듯하게 논리를 세워보아도 약혼자를 향한 사랑은 그 순결함을 잃은 것 같았다. 그리고 아나톨리가 그녀에게 속삭였던 말들, 그의 얼굴 모습, 그의 몸짓이, 그녀의 팔을 잡았을 때 그 아름답고 대담한 사내가 짓고 있었던 그 유혹적인 미소가 자꾸만 어른거렸다.

제5장

아나톨리는 방탕한 생활을 하다가 2만 루블 이상의 빚을 지고 아버지 바실리 공작에 의해 페테르부르크에서 추방당한 처지였다. 모스크바로 온 그는 피에르의 집에서 신세를 지고 있었다. 바실리 공작은 아들을 추방하면서 이번에는 빚을 갚아주겠지만, 모스크바로 가게 되면 어렵게 자리를 마련해준 총사령관 부관 근무에 충실하면서 적당한 배우자를 구해보라고 명령했다.

하지만 아나톨리의 아버지조차 모르는 사실이 있었다. 실은 아나톨리는 이미 결혼한 몸이었다. 2년 전 그의 부대가 폴란드에 주둔하고 있을 때, 그리 부유하지 않은 한 폴란드 지주가 자신의 딸을 그와 억지로 결혼시켰던 것이다. 하지만 아주 가까운 친구들 몇 명 외에는 그 사실을 모르고 있었으며, 피에르도 그 사실을 알고 있는 친구 중 한 명이었다. 하지만 그는 곧 아내를 버렸다. 그는 약간의 돈을 장인에게 보내준다는 조건으로 아내와 별거하면서 독신자 행세를 할 수 있었다. 하지만 그는 명목상으로나 법적으로나 엄연히 기혼자였다. 그는 예나 지금이나 돌로호프와 가장 잘 어울렸다. 그는 돌로호프에게 자신이 나타샤에게 마음이 있다는 것을 넌지시 알려주었다.

그러던 어느 날이었다. 엘렌이 로스토프 가족을 자기 집에서 열리는 야회에 초대했다. 아나톨리가 엘렌에게 나타샤를 초대해달라고 부탁했고 엘렌이 오빠의 부탁을 들어준 것이다. 그녀는 오빠와 나타샤를 맺어주는 일에 흥미를 느끼고 있었다.

로스토프 백작은 두 딸을 데리고 엘렌 베주호프 백작 부인의 집으로 갔다. 야회에는 상당히 많은 사람이 모여 있었다. 하지만 대부분이 나타샤가 모르는 사람들이었다. 로스토프 백작은 이 야회가 점잖은 사람들이 아니라 방종한 젊은이들의 모임인 것을 알고 불만을 느꼈다.

이윽고 무도회가 시작되었고 아나톨리는 나타샤에게 왈츠를 청했다. 춤을 추는 동안 아나톨리는 나타샤의 허리를 꼭 껴안은 채 당신은 넋을 빼앗을 만큼 아름다운 분이라느니, 자기는 진정으로 당신을 사랑한다느니 귀에 입김을 불어넣으며 속삭였다.

"제게 그런 말씀 하지 마세요. 저는 약혼한 몸이에요." 나타샤는 재빨리 말하고 그를 뚫어지게 바라보았다. 아나톨리는 그 말을 듣고도 난처해하거나 실망한 기색을 전혀 보이지 않았다.

"그런 말을 내게 왜 하시는 거지요?" 아나톨리는 그런 말은 개의치 않는다는 듯 말했다. "그게 나랑 무슨 상관이 있다는 거지요? 나는 당신을 사랑합니다. 그것도 미치도록, 정말 미치도록! 당신이 그토록 매력적인 게 내 잘못이란 말입니까?"

그날 그녀는 그와 몇 차례 더 춤을 추었다. 하지만 그녀는 나중에 그곳에서 있었던 일을 정확히 기억하지 못했다. 독일 춤 차례가 끝났을 때 아버지가 이만 돌아가자고 말했지만 자기가 조금 더 있자고 간청한 일, 아버지의 허락을 얻어 화장실에서 옷매무새를 고친 일, 엘렌이 뒤에서 오빠가 자기를 정말 사랑하고 있다고 말했던 일, 그리고, 그리고 어떻게 된 일인지 아나톨리와 단둘이 어느 방 소파에 앉아 있었던 일…… 그런 것들이 어렴풋이 기억날 뿐이었다.

그리고 그 소파에서 그가 사랑을 속삭이던 일, 그의 불타는 입술을 자기 입술로 받아들인 일……. 그러자 이상하게 자유로워진 것 같은 느낌에 사로잡혔던 일…….

그날 집으로 돌아온 뒤 나타샤는 뜬눈으로 밤을 새웠다. '도대체 나는 누구를 사랑하는 걸까? 안드레이인가, 아나톨리인가?'

그녀는 자신이 안드레이를 열렬히 사랑하고 있음을 잘 알고 있었다. 하지만 동시에 아나톨리를 사랑한다는 것 또한 조금도 의심의 여지가 없었다.

'만일 그렇지 않다면 내가 어떻게 그런 짓을 할 수 있었겠어? 내가 그의 미소에 미소로 답할 수 있었던 것, 그의 입술을 거부하지 않고 받아들였던 것이 바로 내가 처음부터 그를 사랑하고 있었다는 증거야. 그 사람은 친절하고 집안도 좋고 미남이라서 사랑하지 않을 수 없었던 거야. 아, 내가 두 사람을 다 사랑한다면, 나는 어떻게 해야 하지?'

하지만 해답이 있을 수 없었다. 그녀는 다만 그 질문만 마음속으로 되풀이할 뿐이었다.

이튿날이었다. 마리아 드미트리예브나가 나타샤에게 편지를 한 통 전해주었다. 안드레이의 누이 마리아에게서 온 편지였다.

나타샤는 혼자 거실로 들어가 그녀의 편지를 읽었다. 마리아는 편지에서, 어제 둘 사이에 생긴 오해로 인해 몹시 절망하고 있다, 자신은 오빠를 사랑하기 때문에 오빠가 선택한 당신을 당연히 사랑한다, 자기가 무엇보다 원하는 것은 오빠의 행복이라고 썼다. 또한 아버지도 나타샤에게 나쁜 감정을 품고 있는 것이 아니라 단지 병을 앓고 있는 노인이라 그런다고 생각하고 너그럽게 보아달라고 썼다. 마지막으로 마리아는 한 번 더 만날 수 있는 날짜와 시간을 정해달라고 썼다.

편지를 읽고 나타샤는 답장을 쓰기 위해 책상 앞에 앉았다. 하지만 '친애하는 공작 아가씨에게'라는 첫머리만 기계적으로 쓴 뒤에 펜을 멈출 수밖에 없었다.

'어젯밤 그런 일이 있었는데, 어떻게 편지를 쓸 수 있어? 맞아! 그건 실제로 있었던 일이야! 이제 모든 것이 달라진 거야.'

그녀는 고통스러웠다. 그녀는 안드레이의 아내로서의 자신의 모습을 상상하며 마음을 다잡으려 했지만, 동시에 어젯밤 아나톨리를 만났을 때를 상기하며 흥분에 몸을 떨었다.

'아아, 어째서 두 사람을 다 사랑할 수 없는 것일까?' 도무지 갈피를 잡을 수 없게 된 그녀는 그렇게 중얼거리기도 했다.

그때였다. 하녀가 거실로 들어오더니 나타샤에게 편지를 한 통 전해주었다. 아나톨리의 편지였다. 사실을 말하자면 그 편지는 돌로호프가 대필한 편지였다. 하지만 나타샤에게는 구구절절 심금을 울리는 내용이었다. 편지는 '어젯밤에 제 운명은 결정되었습니다. 당신의 사랑을 얻느냐, 아니면 죽느냐, 두 가지 중 하나밖에 없습니다'라는 구절로 시작되고 있었다. 그리고 주변에서 아무리 반대를 하고 방해를 하더라도 당신의 "예!" 하는 한 마디 대답만으로 충분하다고, 그 대답만으로 자신은 모든 어려움을 헤쳐나갈 것이며, 그 누구도 두 사람의 행복을 방해할 수 없을 것이다, 사랑의 힘은 그 어떤 어려움도 이겨나갈 만큼 위대하며, 당신과 함께라면 이 세상 끝까지 갈 각오가 되어 있다고 적혀 있었다. 그리고 사랑으로 이 세상 난관을 이겨가며 살아갈 준비가 되어 있다면, 다음 날 밤 10시에 집 앞에 마차를 대기해놓을 테니 현관 앞에 나와 있으라고 쓰여 있었다.

'그래, 나는 그 사람을 사랑하고 있어!' 나타샤는 편지를 수없이 되풀이해 읽으면서 한 마디 한 마디마다 특별한 의미를 찾고 느꼈다.

갑자기 나타샤의 얼굴에 단호한 표정이 떠올랐다. 그녀는 단숨에 편지를 썼다. 안드레이의 여동생 마리아에게 보내는 편지였다. 그녀는 정중하게 자신의 모든 행동을 용서해달라는 말과 함께, 안드레이의 아버지나 누이의 태도로 보건대, 자신은 도저히 안드레이 공작의 아내가 될 수 없다는 내용을 간단히 적었다. 그 순간, 그녀에게는 모든 것이 단순하고 명확했으며 손쉬운 일로 여겨졌다.

'그래, 진정으로 사랑하는 이와 어디로든 도망가는 거야.'

그녀는 결심한 듯 중얼거렸다. 그녀에게는 이제 아나톨리 없이 세상을 살아간다는 것은 불가능하게 여겨졌다.

로스토프 일가는 금요일에 시골로 돌아갈 예정이었다. 백작은 수요일에 자신의 소유지를 살 사람과 함께 모스크바 근교의 영지에 가 있었고 집에는 하인들과 소냐만 있었다.

저녁 때 소냐는 나타샤의 방으로 들어갔다. 그런데 나타샤는 소파 위에서 잠들어 있었다. 탁자 위에는 아나톨리의 편지가 있었다. 소냐는 편지를 읽으면서 숨이 막혀 왔고 몸을 부들부들 떨었다.

'아니, 일이 이 지경이 되도록 어떻게 내가 모를 수 있었지? 이 애는 안드레이 공작을 정말 사랑하잖아. 그런데 어떻게 아나톨리 쿠라긴 같은 사람과 도망가겠다는 마음을 품을 수 있는 거지?'

소냐는 한동안 눈물을 흘렸다. 그리고 조용히 나타샤를 깨웠다.

잠에서 깬 나타샤는 소냐의 표정을 보고 그녀가 편지를 읽었음을 알 수 있었다.

"너, 편지 읽었구나."

"응."

"그래, 잘됐어. 이제 더 이상 네게 숨길 수 없어. 나는 그 사람을 사랑하고 있어. 그 사람과 도망갈 거야."

"그럼 안드레이 볼콘스키 공작은?"

하지만 나타샤는 그 질문에 대답하지 않았다.

"아아, 소냐! 내가 아나톨리 그 사람을 얼마나 사랑하는지 네가 알 수 있다면! 너는 사랑이란 게 어떤 건지 정말 모를 거야."

"그럼 안드레이 공작과는 끝났다는 거야? 만 1년이나 한 사람을 사랑해왔으면서 어떻게 단 사흘 만에…… 난 도저히 이해할 수가 없어."

"단 사흘…… 그래, 단 사흘이야. 하지만 그걸로 충분해. 난, 100년 이상 그 사람을 사랑하고 있었다는 느낌이야. 정말 이런 느낌은 처음이야. 그 사람을 만난 순간부터 그 사람은 내 영혼을 지배하는 사람이고 나는 그 사람의 노예 같다는 기분이 들었어. 그리고 그 사람을 사랑하지 않고는 못 배길 것 같은 느낌이

들었어. 그래, 난 그 사람의 노예야! 뭐든 시키는 대로 하겠어."

소냐가 아무리 나타샤를 책망하고 달래보아도 아무 소용이 없었다. 아버지와 어머니, 니콜라이를 생각해보라고 아무리 설득해도 나타샤는 "난 그 사람 외에는 아무도 필요 없어! 아무도 사랑하지 않아!"라고 앙칼지게 소리쳤을 뿐이었다. 그리고 소냐에게 더 이상 말다툼하기 싫으니 어서 방에서 나가라고 소리쳤다. 소냐는 울면서 나타샤의 방에서 뛰쳐나갔다.

한편 아나톨리는 최근 돌로호프의 집으로 거처를 옮겼다. 둘은 나타샤를 유괴할 계획을 세워놓고 있었다. 모든 계획은 돌로호프가 세웠고 준비도 다 갖추어 있었다. 그리고 그 계획을 실행에 옮기기로 한 날 나타샤가 밤 10시에 계단 아래 내려와 있으리라고 철석같이 믿고 있었다. 아나톨리는 그녀를 미리 준비한 마차에 태워 모스크바에서 60킬로미터 정도 떨어진 카멘카 마을로 데려갈 작정이었다. 그는 그곳에 살고 있는 파문당한 사제에게 결혼식을 올려달라고 미리 부탁해놓았다. 그런 후 그녀를 데리고 외국으로 도망갈 작정이었다. 아나톨리는 여권도 돈도 가지고 있었다. 엘렌에게서 1만 루블을 얻었고 1만 루블은 돌로호프의 주선으로 다른 곳에서 빌렸다.

준비가 다 된 아나톨리와 돌로호프는 의기양양하게 로스토프의 거처를 향해 마차를 몰았다.

하지만 결론부터 말하기로 하자. 그들의 나타샤 납치 계획은 수포로 돌아갔다. 그들이 집 앞에 도착해 이미 나타샤와 약속한 대로 멋지게 휘파람을 불자 그들 앞에 나타난 것은 나타샤가 아니라 하녀였다. 하녀가 따라오라고 하자 아나톨리는 그 뒤를 따라 계단을 올랐다. 그런데 계단을 오르자 거구의 하인이 떡 버티고 서서, 마님이 기다리고 계신다고 말했다.

"아니, 마님이라니! 넌 누구야?" 아나톨리가 외쳤다.

"함께 가시지요. 마님이 기다리고 계십니다." 하인은 무뚝뚝하게 대답했을 뿐이었다. 그러자 낌새를 눈치챈 돌로호프가 소리를 질렀다.

"이봐, 아나톨리, 들켰어! 어서 돌아와! 어서 돌아오라고!"

아나톨리는 재빨리 몸을 돌려 계단을 내려가서 마차에 올라 잽싸게 도망갔다.

그런 일이 벌어지게 된 사정은 이러했다. 나타샤의 방에서 뛰쳐나온 소냐는 나타샤를 막고 싶었지만 너무 막막해서 복도에서 울고 있었다. 그런데 그 모습을 마리야 드미트리예브나가 발견하고 소냐를 추궁했다. 소냐는 모든 것을 다 털어놓을 수 밖에 없었다. 마리아 드미트리예브나는 소냐에게서 편지를 빼앗아 들고는 나타샤의 방으로 뛰어 들어갔다. 그리고 나타샤에게 "이게 무슨 못된 짓이냐!"고 소릴 친 후 그녀를 방에 가두고 자물쇠를 채워버렸다. 그런 후 하인에게 아나톨리를 자기에게 안내하라고 말한 후 객실에 앉아 기다리고 있었던 것이다.

제6장

그들이 사라지자 마리아 드미트리예브나는 나타샤를 야단친 후 절대로 아버지에게 말하지 말라고 당부했다. 그녀 생각에 아나톨리만 어디로 보내버리면 아무도 알 사람이 없이 문제가 해결될 것 같았다. 그녀는 피에르에게 도움을 청하기로 작정하고 그에게 와달라고 편지를 보냈다. 편지에는 간단하게 나타샤와 약혼자 안드레이 볼콘스키와의 문제에 대해 긴히 상의할 일이 있다고 적었다.

볼일을 보고 돌아온 로스토프 백작은 나타샤가 거의 병이 나다시피 드러누워 있는 데다, 소냐와 여주인이 안절부절못하는 모습을 보고 무슨 일이 일어났다는 것을 눈치챌 수 있었다. 딸에게 무슨 일이라도 일어났을까봐 겁이 더럭 났지만, 그런 일은 생각만 해도 두려웠기에 오히려 묻지 않았다. 그는 무사태평을 좋아하는 본래의 성격대로 별로 특별한 일은 없으려니 자신을 안심시켰다.

한편 편지를 받은 피에르는 영문을 알 수 없었다. 게다가 그는 나타샤를 만나는 것을 꺼리고 있었다. 결혼한 몸으로 안드레이의 약혼자에게 호의 이상의 감정을 자신이 품고 있는 것처럼 여겨진 때문이었다.

'대체 무슨 일이 벌어진 것일까? 내게 무슨 볼일이 있는 것일까? 빨리 안드레이 공작이 돌아와서 둘이 결혼해버리면 좋으련만.'

로스토프의 집으로 가자 마리아 드미트리예브나 그를 기다리고 있다가 그를 은밀히 자기 방으로 데리고 갔다. 그녀는 자초지종을 다 이야기해주었다. 피에르는 도무지 믿기 어려웠다. 어렸을 때부터 알고 있던 나타샤의 청순한 인상과 이 사건을 도저히 연결시키기 어려웠다. 그리고 부인 엘렌의 모습이 겹쳐 떠올랐다.

'여자란 다 그런 건가? 나만 더러운 여자와 맺어진 저주받은 운명이 아니었나?' 그는 잠시 생각에 잠겼다. 하지만 나타샤는 엘렌과는 전혀 다르다는 것을 그는 모르고 있었다. 그녀가 아나톨리의 유혹에 넘어갈 수 있었던 것은 그만큼 그녀가 순진한 때문이었다. 그것은 한때의 장난이나 욕정이 아니었기에 지금 나타샤의 마음이 온통 부끄러움과 굴욕에 가득 차 있음을 그는 모르고 있었다.

이윽고 피에르가 중얼거리듯 말했다.

"아니, 아나톨리 그 친구는 이미 결혼한 몸이면서 어쩌자고 그런 짓을 저지르려던 거지? 어떻게 다시 결혼을 할 수 있다는 거지?"

마리아 드미트리예브나는 깜짝 놀라며 그 말이 사실이냐고 물었다. 피에르가 정확히 사실을 말해주자 그녀는 "정말 끔찍한 녀석이로군!"이라고 분노하며 "당장 나타샤에게 알려줘야지"라고 말했다. 그녀는 피에르에게 제발 뒷마무리가 잘되도록 아나톨리를 어디론가 멀리 보내달라고 부탁했다. 피에르는 흔쾌히 그러겠다고 했다.

피에르는 마리아 드미트리예브나에 이어 로스토프 백작을 만났다. 백작은 어리둥절 혼란에 빠져 있었다. 나타샤가 아침에 느닷없이 볼콘스키가에 파혼을 알리는 편지를 보냈다고 고백한 때문이었다.

'이보게, 정말 어떻게 된 영문인지 모르겠네. 하긴 나도 그다지 탐탁지 않게 여기던 결혼이긴 하지만……. 물론 당사자야 훌륭한 사람이지. 하지만 아버지가 반대하는 결혼을 하면 그 결과가 신통치 않을 건 뻔하지 않은가. 그렇다고 나타샤에게 다른 혼처가 없는 것도 아니고…….'

그는 백작의 방에서 나왔다. 그러자 소냐가 그에게 오더니 나타샤가 잠깐 보고 싶어한다는 말을 전했다. 피에르를 만난 나타샤는 아나톨리에게 아내가 있는 게 사실이냐고 단도직입적으로 물었다. 그 사이 마리아 드미트리예브나가 그녀를 만나서 말해준 것이다. 피에르는 사실이라고 말해주었다. 나타샤는 더 이상 말할 기운도 없는 듯 피에르에게 나가달라고 손짓했다.

밖으로 나온 피에르는 아나톨리를 찾아온 모스크바를 헤매고 다녔으나 만날 수 없었다. 그런데 헛걸음을 하고 집으로 돌아오자 아나톨리가 그의 집에 있었다. 아나톨리를 보자 피에르는 다짜고짜 그의 군복 깃을 움켜잡고 마구 흔들어댔다. 단추가 떨어지고 옷깃이 찢어질 정도였다. 그토록 능글맞은 아나톨리도 겁에 질릴 정도였다.

"이, 짐승 같은 놈아! 네놈 머리통을 박살 내면 시원할 텐데! 어쨌든 내일 당장 모스크바를 떠나!"

"아니, 왜……?"

"잔소리 말고! 네놈이 무슨 짓을 했는지 네놈이 잘 알면서! 그리고 그 일을 입 밖에 뻥끗이라도 했다간……. 네놈에게도 양심은 있겠지! 자, 여기 돈이 있어!"

돈을 보자 아나톨리의 입가에 비열한 미소가 번졌다.

"에이, 비열한 인간 같으니! 양심이라곤 없는 놈 같으니!" 피에르는 그 말과 함께 방에서 나와버렸다.

이튿날 아나톨리는 페테르부르크로 떠났다.

그날 피에르는 로스토프가를 방문했다. 소냐와 나타샤에게 아나톨리를 쫓아냈다는 사실을 알려주기 위해서였다. 소냐의 말에 의하면 나타샤는 자살을 기도했다. 하지만 비소를 아주 조금 먹은 데다 갑자기 겁이 나서 소냐에게 그 사실을 털어놓은 덕분에 큰 탈은 없었다. 피에르는 넋이 다 나간 백작과 울어서 눈이 퉁퉁 부은 소냐는 볼 수 있었지만 나타샤는 만나지 못했다. 독약을 먹고 몸이 불편해진 나타샤가 앓아누울 수밖에 없었기에 시골행은 미뤄졌다. 대신 백작은 부인을 모스크바로 부르기로 했다.

이날 클럽에서 식사를 하면서 피에르는 아나톨리가 나타샤를 납치하려던 일이 사람들의 화제가 되고 있음을 알았다. 그는 만나는 사람마다 그 이야기를 부정하고 다만 자기 처남이 나타샤에게 청혼했다가 거절당했을 뿐이라고 설명했다. 피에르는 이 사건을 완전히 부정하고 나타샤의 명예를 회복시켜주는 일이 자신의 의무처럼 여겨졌다.

그는 걱정하는 마음으로 안드레이의 귀국을 기다렸다. 니콜라이 볼콘스키 공작은 부리엔 양을 통해서 시중에 떠도는 소문을 이미 들어서 알고 있었고 나타샤가 보낸 파혼의 편지도 이미 읽은 터였다.

아나톨리가 모스크바를 떠난 지 며칠 후에 안드레이가 귀국했다. 아버지는 아들에게 제일 먼저 파혼 통보서를 보여주었다. 그리고 나타샤와 아나톨리 사이에 벌어졌던 스캔들을 과장해서 들려주었다.

바로 그날 저녁 피에르는 안드레이를 찾아갔다. 안드레이가 풀이 죽어 있으리라고 생각했던 피에르는 그의 원기 왕성한 목소리를 듣고 놀랐다.

안드레이가 피에르에게 물었다.

"자, 여기 로스토프가의 따님에게서 온 결혼 거절 편지가 있네. 그리고 자네 처남이 그녀에게 청혼했느니, 아니니 하는 소리들이 들리더군. 모두 사실인가?"

"사실이기도 하고 거짓이기도 합니다."

"어쨌든 청혼한 것은 아니지?"

"그건 불가능하지요. 아내가 있으니까."

"그 사람 지금 어디 있나?"

"모스크바를 떠났습니다. 아마, 페테르……, 아니, 지금 어디 있는지 모르겠습니다."

"뭐 그런 건 아무래도 좋고. 내, 자네에게 부탁이 있네. 로스토프 백작의 따님께 이 편지와 함께 내 말을 꼭 전해주게. 그 사람은 처음부터 완전히 자유였고, 지금도 그렇다고……. 그리고 내가 그녀의 행복을 빌고 있다고 말이야."

그날 피에르는 공작 가족들과 저녁 식사를 한 후 돌아갔다. 식사 내내 화제는 임박한 전쟁 문제에 국한되어 있었다.

볼콘스키 공작의 집에서 나온 피에르는 곧장 로스토프 백작의 집으로 갔다. 나타샤는 병상에 누워 있었고 백작은 외출 중이었다. 피에르를 맞은 소냐가 말했다.

"잘 오셨어요. 나타샤가 백작님을 꼭 뵙고 싶어해요."

피에르는 나타샤의 방으로 들어갔다. 예상과는 달리 그녀는 방 한가운데 서 있었다.

"아, 백작님, 백작님은 그분의 친구분이시지요?" 그녀는 인사를 하는 둥 마는 둥 말했다. "그분께서는 외국으로 떠나실 때 모든 일을 백작님과 상의하라고 말씀하셨어요. 그분이 돌아오셨다는 말씀을 들었어요. 죄송하지만 말씀을 좀……, 아무쪼록 저를 용서해주시기를……." 그녀는 숨이 가쁜지 말을 멈추었다. 하지만 눈물을 흘리지는 않았다.

"저는…… 저는……." 피에르는 무슨 말을 해야 할지 알 수 없었다.

"아니에요……. 저도 알아요. 이제 다 끝났다는 걸……. 하지만 그분께 못할 짓을 한 게 괴로울 뿐이에요. 그러니 제발 한 마디만 전해주세요. 제가…… 제가 한 모든 일에 대해서…… 용서를…… 용서를 빌고 있다고……."

사실 그녀를 보기 전까지는 피에르는 그녀에 대해 나무라는 마음을 품고 있었고, 실제로 그녀를 나무라려 하고 있었다. 하지만 그녀를 직접 보자 피에르는 점점 연민의 정에 가득 차게 되었다.

"제가 안드레이 공작에게 잘 말해보겠습니다. 다만 한 가지

제가 알고 싶은 것은……."

"뭔데요?"

"다만 한 가지…… 당신이 사랑한 남자가 바로 그…… 그 악당이었나요?"

"아, 그 사람을 그렇게 부르지 말아주세요. 전, 정말…… 전, 정말 아무것도…… 아무것도…… 모르겠어요." 그녀는 울음을 터뜨렸다.

그녀가 우는 모습을 보자 연민, 위로해주고 싶은 마음, 사랑의 감정이 한꺼번에 피에르를 사로잡았다. 그의 안경 밑으로 눈물이 흘렀다.

"나타샤, 더 이상 아무 말도 하지 않기로 하지요. 안드레이에게 모든 것을 다 말하겠습니다. 다만 한 가지, 당신께 부탁이 있습니다. 이제부터 나를…… 나를 친구로 생각해주십시오. 언제고 도움이나 조언이 필요할 때면…… 그 무언가 가슴속을 털어놓고 싶은 사람이 필요하면……." 피에르는 그녀의 손에 입을 맞추었다. "나는 내가 당신의 친구라도 될 수 있다면 행복할 겁니다."

"오, 그런 말 마세요. 저는 그럴 자격이 없어요!"

그 말과 함께 그녀는 밖으로 나가려 했다. 그러자 피에르가 마치 아직 할 말이 남았다는 듯 그녀의 손을 잡았다. 그리고 스스로 자신이 한 말에 놀라고 만 그런 말이 입 밖으로 나오고 말았다.

"절대로 그렇지 않습니다. 당신 앞에는 아직 온전한 인생이 놓여 있어요!"

"아니에요. 모든 게 다 끝난 걸요."

"아니, 절대로 끝나지 않았어요. 만약 내가 지금의 내가 아니라, 보다 잘생기고, 보다 총명하고, 보다 훌륭한 사람이라면, 내가 만일 결혼한 몸이 아니라면…… 나는…… 나는…… 지금 당장 당신 앞에 무릎을 꿇고 당신의 따뜻한 손길과 사랑을 청했을 것입니다."

며칠간 상심과 비탄에만 젖어 있던 나타샤는 감사와 애정의 눈물을 흘리며 피에르를 흘낏 바라보고 방에서 나갔다.

피에르는 가슴이 벅찬 상태에서 밖으로 나왔다. 생전 처음으로 느낀 감정이었다. 피에르는 마차에 올랐다.

꽁꽁 얼어붙은 맑은 밤이었다. 이 지저분한 거리 위로, 거뭇거뭇한 지붕들 위로 별들이 반짝이는 하늘이 펼쳐져 있었다. 그는 마치 자신의 마음에 화답하는 것 같은 저 드높고 신비스러운 하늘을 바라보며 이 지상의 더러움을 모두 잊었다. 저 하늘 한가운데 갑자기 순수한 빛이 반짝 빛을 발했다. 사금을 뿌려놓은 것 같은 다른 별들에 둘러싸여 있는 그 빛은 다른 별들보다 지상에 가까이 있었으며 하얀 꼬리를 그 뒤에 달고 있었다. 바로 거대하고 찬란한 혜성이었다. 이 세상의 종말을 예언한다고 하는 1812년의 바로 그 혜성이었다.

하지만 긴 꼬리를 흔들며 빛나는 그 별이 피에르는 조금도 무섭지 않았다. 오히려 피에르는 눈물을 글썽이며 환희에 차서 그 혜성을 바라보고 있었다. 그것은 마치 저 광대한 허공을 이루 말할 수 없이 빠른 속도로 날아와서는, 마치 땅에 화살이 박히듯이 저 하늘 어느 지점에 쿡 박힌 채, 힘차게 꼬리를 치켜세우고 저 무한한 우주를 향해 그 빛을 발하고 있는 것 같았다. 피에르에게는 그 모든 것이 지금 자기의 영혼에서 벌어지고 있는 일에 화답하고 있는 것만 같았다. 부드럽게 충만해서, 새로운 삶을 향해 꽃을 피우고 있는 것 같은 그 영혼!

전쟁과 평화 I

생각하는 힘: 진형준 교수의 세계문학컬렉션 51

펴낸날 **초판 1쇄 2020년 12월 24일**

지은이 **레프 톨스토이**
옮긴이 **진형준**
펴낸이 **심만수**
펴낸곳 **(주)살림출판사**
출판등록 **1989년 11월 1일 제9-210호**

주소 **경기도 파주시 광인사길 30**
전화 **031-955-1350** 팩스 **031-624-1356**
홈페이지 **http://www.sallimbooks.com**
이메일 **book@sallimbooks.com**

ISBN 978-89-522-4275-4 04800
978-89-522-3984-6 04800 (세트)

※ 값은 뒤표지에 있습니다.
※ 잘못 만들어진 책은 구입하신 서점에서 바꾸어 드립니다.

책임편집 **최정원**